स्टूडेंट
Mind Power

स्टूडेंट Mind Power

जीतना है हर शिखर

डॉ. रणजीत कुमार सिंह, IAS

प्रकाशक

प्रभात प्रकाशन प्रा. लि.

4/19 आसफ अली रोड, नई दिल्ली–110002

फोन : 011–23289777 • हेल्पलाइन नं. : 7827007777

इ–मेल : prabhatbooks@gmail.com ❖ वेब ठिकाना : www.prabhatbooks.com

संस्करण

2026

पेपरबैक मूल्य

चार सौ रुपए

मुद्रक

आर–टेक ऑफसेट प्रिंटर्स, दिल्ली

———————— ★ ————————

STUDENT MIND POWER

by Dr. Ranjit Kumar Singh, IAS

Published by **PRABHAT PRAKASHAN PVT. LTD.**

4/19 Asaf Ali Road, New Delhi-110002

ISBN 978-93-5488-659-1

₹ 400.00 (PB)

प्रस्तावना

'स्टूडेंट Mind Power' पुस्तक में आपका स्वागत है। यह पुस्तक विशेष रूप से आपके बौद्धिक क्षेत्र में आत्म-निपुणता की ओर यात्रा में आपकी मार्गदर्शिका बनने के लिए डिजाइन की गई है। हमारा मस्तिष्क एक जटिल और शक्तिशाली उपकरण है, जो हमारे जीवन को गहराई से आकार दे सकता है। फिर भी, हममें से बहुत से लोग अपने विचारों, भावनाओं और व्यवहारों को प्रबंधित करने के लिए संघर्ष करते हैं, अकसर अपनी बुद्धि की निरंतर बक-बक से अभिभूत महसूस करते हैं।

मस्तिष्क एक शानदार यंत्र है, लेकिन अगर प्रभावी ढंग से प्रबंधित नहीं किया जाता है, तो यह संकट, नकारात्मकता और उदासीनता का स्रोत बन सकता है। हालाँकि, अच्छी खबर यह है कि सही ज्ञान, उपकरणों और अभ्यासों के साथ, हम अपनी बुद्धि की शक्ति का उपयोग करना सीख सकते हैं और अपने स्वयं के बौद्धिक क्षेत्र के स्वामी बन सकते हैं। यह पुस्तक आपको व्यावहारिक रणनीतियों, उदाहरणों और अंतर्दृष्टि प्रदान करने के लिए है, जो आपको अपनी बुद्धि पर नियंत्रण रखने और अपने लक्ष्यों, मूल्यों और आकांक्षाओं के अनुरूप जीवन बनाने में मदद कर सकती है।

आत्म-निपुणता की यात्रा आत्म-चेतना से शुरू होती है। जैसा कि यूनानी दार्शनिक सुकरात ने कहा है, 'स्वयं को जानो।' खुद को, अपने विचारों, भावनाओं और व्यवहार को समझना ही व्यक्तिगत विकास और परिवर्तन की नींव है। इस पुस्तक में हम अपने विचारों, भावनाओं, विश्वासों, आदतों और धारणाओं सहित मस्तिष्क के विभिन्न पहलुओं की खोज करेंगे। हम मस्तिष्क के पीछे के विज्ञान के साथ-साथ उन व्यावहारिक उपकरणों और तकनीकों में लीन होंगे, जो हमें अधिक

स्पष्टता और प्रभावशीलता के साथ हमारी आंतरिक दुनिया को नेविगेट करने में मदद कर सकते हैं।

पुस्तक को कई अध्यायों में विभाजित किया गया है, प्रत्येक अपने स्वयं के मस्तिष्क पर काबू पाने से संबंधित एक विशिष्ट विषय पर केंद्रित है। प्रत्येक अध्याय को सूचनात्मक, व्यावहारिक और कारवाई योग्य बनाने के लिए डिजाइन किया गया है, जो आपको उपकरण और तकनीक प्रदान करता है, जिसे आप अपने दैनिक जीवन में अधिक आत्म-चेतना, लचीलेपन, आत्म-देखभाल और आत्म-निपुणता विकसित करने के लिए लागू कर सकते हैं। आपके मस्तिष्क को समझने और प्रबंधित करने के लिए एक व्यापक रूपरेखा तैयार करने के लिए अध्यायों को एक तार्किक क्रम में व्यवस्थित किया गया है।

इस पुस्तक में आप अपने विचारों की शक्ति के बारे में जानेंगे और यह भी जानेंगे कि कैसे वे आपकी वास्तविकता को आकार देते हैं? आप अपने जीवन में भावनाओं की भूमिका का पता लगाएँगे और उन्हें प्रभावी ढंग से प्रबंधित करने की रणनीति सीखेंगे। आपको पता चल जाएगा कि विश्वास और धारणाएँ आपके विचारों एवं व्यवहारों को कैसे प्रभावित करती हैं, और सीमित विश्वासों को कैसे चुनौती दें या बदलें? आप अपनी बुद्धि की आदतों और पैटर्न के बारे में भी जानेंगे और स्वस्थ तथा सशक्त करने वाली आदतों को कैसे विकसित करें, सीखेंगे? आप सकारात्मक बौद्धिकता विकसित करने में आत्म-देखभाल, आत्म-स्वीकृति और क्षमा के महत्त्व का पता लगाएँगे। आप सचेत निर्णय लेने, अनिश्चित समय में लचीलापन बनाने और अपनी बौद्धिक फिटनेस बढ़ाने के लिए रणनीतियाँ सीखेंगे। आप विजुअलाइजेशन की कला की खोज करेंगे और यह आपकी इच्छाओं को प्रकट करने में कैसे मदद कर सकता है? आप आंतरिक शांति विकसित करने की रणनीतियाँ भी सीखेंगे और नकारात्मक भावनाओं का प्रबंधन करना भी। अंत में, आप अपने आत्मविश्वास को बढ़ाने और अपनी पूरी क्षमता को अनलॉक करने के तरीके तलाशेंगे।

पूरी पुस्तक में आपको व्यावहारिक उदाहरण, केस स्टडी और अभ्यास मिलेंगे, जो आपकी अवधारणाओं को अपने जीवन में लागू करने में मदद करेंगे। इन उदाहरणों को यह समझाने के लिए डिजाइन किया गया है कि पुस्तक में चर्चा की गई रणनीतियों और तकनीकों को वास्तविक जीवन स्थितियों में कैसे लागू किया जा सकता है, सामग्री को आपकी अनूठी परिस्थितियों से संबंधित और लागू किया जा सकता है? आपको सामग्री के साथ सक्रिय रूप से जुड़ने, अपने

विचारों, भावनाओं और व्यवहारों को प्रतिबिंबित करने तथा अपने और अपनी बुद्धि की गहरी समझ विकसित करने के लिए तकनीकों का अभ्यास करने के लिए प्रोत्साहित किया जाता है।

यह ध्यान रखना महत्त्वपूर्ण है कि अपनी बुद्धि पर काबू पाना एक आजीवन यात्रा है और इसके लिए समर्पण, प्रयास और अभ्यास की आवश्यकता होती है। यह पुस्तक एक त्वरित समाधान नहीं है, बल्कि एक रोडमैप है, जो आपको अधिक आत्म-चेतना, आत्म-देखभाल और आत्म-निपुणता की ओर मार्गदर्शन कर सकता है। यह एक ऐसा उपकरण है जिसका उपयोग आप सकारात्मक बौद्धिकता विकसित करने, स्वस्थ आदतें बनाने, अपनी भावनाओं को प्रबंधित करने और सोच-समझकर निर्णय लेने के लिए कर सकते हैं। यह एक ऐसा संसाधन है, जिसका आप संदर्भ ले सकते हैं—जब भी आपको अपनी बुद्धि पर काबू पाने की यात्रा में मार्गदर्शन और समर्थन की आवश्यकता हो।

मैं अपने गुरुओं, शिक्षकों और उन सभी के प्रति आभार व्यक्त करना चाहता हूँ, जिन्होंने मुझे आत्म-निपुणता की ओर अपनी यात्रा पर प्रेरित और निर्देशित किया है। उनके ज्ञान और अंतर्दृष्टि ने मस्तिष्क की मेरी समझ और परिवर्तन के लिए इसकी क्षमता को आकार दिया है। मैं इस पुस्तक को लिखने के अपने प्रयास में अपने परिवार, दोस्तों और प्रियजन के अटूट समर्थन और प्रोत्साहन के लिए भी अपनी प्रशंसा व्यक्त करना चाहता हूँ।

मेरे साथ आत्म-निपुणता की इस यात्रा को शुरू करने हेतु चुनने के लिए, पाठको, मैं आपका भी आभारी हूँ। मुझे आशा है कि इस पुस्तक में साझा किए गए उपकरण, तकनीक और अंतर्दृष्टि आपको अपनी बुद्धि पर नियंत्रण रखने और अपने सच्चे स्व के साथ संरेखित जीवन बनाने के लिए सशक्त बनाएँगे। मैं आपको इस पुस्तक को खुले मस्तिष्क, प्रतिबिंबित करने और सीखने की इच्छा और अपने दैनिक जीवन में साझा की गई रणनीतियों का अभ्यास करने की प्रतिबद्धता के साथ देखने के लिए प्रोत्साहित करता हूँ।

मेरा मानना है कि प्रत्येक व्यक्ति में अपने स्वयं के मस्तिष्क का स्वामी होने, आंतरिक शांति को विकसित करने और उद्देश्य, पूर्ति और आनंद का जीवन बनाने की क्षमता है। सही ज्ञान, उपकरणों और अभ्यासों से आप अपनी बुद्धि को बदल सकते हैं और अपनी पूरी क्षमता को अनलॉक कर सकते हैं। जैसा कि आप इस पुस्तक के अध्यायों को पढ़ते हैं, मैं आपको अपने प्रति जिज्ञासु, आत्मविश्लेषी और दयालु होने के लिए आमंत्रित करता हूँ। याद रखें कि परिवर्तन में समय और मेहनत

लगती है और रास्ते में खुद के प्रति धैर्यवान और दयालु होना महत्त्वपूर्ण है।

जैसा कि आप इस पुस्तक के अध्यायों में स्वयं को तल्लीन करते हैं, आप व्यावहारिक रणनीतियों, उदाहरणों और अभ्यासों की खोज करेंगे, जो आपको आत्म-चेतना विकसित करने, अपने विचारों एवं भावनाओं को प्रबंधित करने, सीमित विश्वासों को चुनौती देने, स्वस्थ आदतों को विकसित करने, सावधानीपूर्वक निर्णय लेने और अपने को बढ़ाने में मदद कर सकते हैं। आप एक सकारात्मक बौद्धिकता के पोषण और लचीलेपन के निर्माण में आत्म-देखभाल, क्षमा एवं आत्म-स्वीकृति की शक्ति के बारे में भी जानेंगे। इस पुस्तक में साझा किए गए उदाहरणों का उद्देश्य यह दरशाना है कि रणनीतियों और तकनीकों को वास्तविक जीवन स्थितियों में कैसे लागू किया जा सकता है? और मैं आपको सामग्री के साथ सक्रिय रूप से जुड़ने तथा पुस्तक के माध्यम से आगे बढ़ने पर अपने स्वयं के अनुभवों को प्रतिबिंबित करने के लिए प्रोत्साहित करता हूँ।

मैं इस बात पर जोर देना चाहूँगा कि आत्म-निपुणता की यात्रा पूर्णता प्राप्त करने या अपने जीवन की सभी चुनौतियों को समाप्त करने के बारे में नहीं है। यह आपके बारे में, आपके मस्तिष्क और आपकी भावनाओं की गहरी समझ विकसित करने के बारे में है और यह सीखने के बारे में है कि जीवन की चुनौतियों का जवाब चेतना, लचीलेपन तथा ज्ञान के साथ कैसे देना है? यह पहचानने के बारे में है कि आपके पास यह चुनने की शक्ति है कि आप जीवन की परिस्थितियों पर कैसे प्रतिक्रिया करते हैं? और आप एक सकारात्मक बौद्धिकता पैदा कर सकते हैं तथा एक ऐसा जीवन बना सकते हैं, जो आपके मूल्यों और आकांक्षाओं के अनुरूप हो।

मैं आशा करता हूँ कि यह पुस्तक आपको अपनी बुद्धि को नियंत्रित करने की यात्रा में एक मूल्यवान संसाधन के रूप में कार्य करेगी। यह आपको आंतरिक शांति, लचीलेपन और आत्मविश्वास पैदा करने के लिए प्रेरित और सशक्त करें तथा यह आपको उद्देश्यपूर्ति और आनंद के जीवन की ओर ले जाए। याद रखें कि आत्म-निपुणता एक आजीवन यात्रा है, और इसे शुरू करने में कभी देर नहीं होती।

—डॉ. रणजीत कुमार सिंह, IAS

अनुक्रम

1

अपने बौद्धिक परिदृश्य को सुदृढ़ करना

मस्तिष्क एक जटिल परिदृश्य है, जिसे हम सभी हर दिन नेविगेट करते हैं। जिस क्षण हम सुबह उठते हैं, उस क्षण से जब हम रात को सोने जाते हैं, हमारे विचार और भावनाएँ दुनिया के हमारे अनुभव को आकार देते हैं। अपने स्वयं के मस्तिष्क का स्वामी बनने के लिए आपको कौशल और सटीकता के साथ इस परिदृश्य को नेविगेट करने का तरीका सीखने की आवश्यकता है। इस अध्याय में हम आपके बौद्धिक परिदृश्य पर महारत हासिल करने के लिए कुछ व्यावहारिक युक्तियों और रणनीतियों का पता लगाएँगे।

अपने विचारों को समझें

अपने बौद्धिक परिदृश्य में महारत हासिल करने के लिए पहला कदम अपने विचारों को समझना है। आपके विचार आपके मस्तिष्क में मौसम की तरह होते हैं—कभी तूफानी, कभी शांत, कभी बादल और कभी साफ। अपने विचारों को समझने के लिए आपको उनका अवलोकन करना शुरू करना होगा। दिन भर मस्तिष्क में उठने वाले विचारों पर ध्यान दें। उभरने वाले पैटर्न और विषयों पर ध्यान दें। आपके विचार ज्यादातर सकारात्मक होते हैं या नकारात्मक ? क्या वे अतीत, वर्तमान या भविष्य पर केंद्रित हैं ? क्या वे सहायक या अनुपयोगी हैं ?

अपने विचारों को समझकर आप उन पर नियंत्रण पाना शुरू कर सकते हैं। आप अनुपयोगी विचारों की पहचान करना सीख सकते हैं और उन्हें अधिक सकारात्मक और रचनात्मक विचारों से बदल सकते हैं। उदाहरण के लिए, यदि आप अपने आप को लगातार भविष्य के बारे में चिंता करते हुए पाते हैं,

तो आप वर्तमान क्षण पर ध्यान केंद्रित करके और जिन चीजों को आप अभी नियंत्रित कर सकते हैं, उन पर ध्यान केंद्रित करके अपने विचारों को नया रूप देना सीख सकते हैं।

चेतना का अभ्यास करें

चेतना आपके बौद्धिक परिदृश्य पर महारत हासिल करने के लिए एक शक्तिशाली उपकरण है। चेतना वर्तमान क्षण पर जिज्ञासा और बिना निर्णय के ध्यान देने का अभ्यास है। जब आप चेतना का अभ्यास करते हैं, तो आप अपने विचारों, भावनाओं और शारीरिक संवेदनाओं के प्रति अधिक जागरूक हो जाते हैं। आप उनमें फँसे बिना या उन पर प्रतिक्रिया किए बिना उनका निरीक्षण करना सीखते हैं।

चेतना आपको अपनी बुद्धि में शांति और केंद्रितता की भावना पैदा करने में मदद कर सकती है। यह आपको अधिक स्पष्टता और फोकस विकसित करने में भी मदद कर सकती है। नियमित रूप से चेतना का अभ्यास करके, आप अपनी बुद्धि को अधिक उपस्थित और कम प्रतिक्रियाशील होने के लिए प्रशिक्षित कर सकते हैं। आप अपने और दूसरों के प्रति करुणा और दया की भावना विकसित करना भी सीख सकते हैं।

सकारात्मक भावनाओं की रचना करें

भावनाएँ हमारे बौद्धिक परिदृश्य का एक महत्त्वपूर्ण हिस्सा हैं। वे दुनिया के हमारे अनुभव को आकार दे सकती हैं और हमारे व्यवहार को प्रभावित कर सकती हैं। अपने स्वयं के मस्तिष्क का स्वामी बनने के लिए आपको यह सीखने की आवश्यकता है कि सकारात्मक भावनाओं को कैसे विकसित किया जाए? कृतज्ञता, आनंद और प्रेम जैसी सकारात्मक भावनाएँ आपको खुश, अधिक संतुष्ट और अधिक पूर्ण महसूस करने में मदद कर सकती हैं।

सकारात्मक भावनाओं को विकसित करने के कई तरीके हैं। आप अपने जीवन में उन चीजों पर ध्यान केंद्रित करके शुरुआत कर सकते हैं, जिनके लिए आप आभारी हैं। आप अपने और दूसरों के प्रति दयालुता के कार्य भी कर सकते हैं। आप ऐसी गतिविधियों में संलग्न हो सकते हैं, जो आपको आनंदित करें और आपको जीवंत महसूस कराएँ। सकारात्मक भावनाओं को विकसित करके आप अपने लिए एक अधिक सकारात्मक बौद्धिक परिदृश्य बना सकते हैं।

आत्म-करुणा विकसित करें

अपने बौद्धिक परिदृश्य में महारत हासिल करने के लिए आत्म-करुणा एक आवश्यक घटक है। आत्म-करुणा अपने आप को दया, देखभाल और समझ के साथ व्यवहार करने का अभ्यास है। इसमें यह पहचानना शामिल है कि आप इनसान हैं, पर आप संपूर्ण नहीं हैं। जब आप गलतियाँ करते हैं या कठिन परिस्थितियों का सामना करते हैं तो इसमें स्वयं के साथ कोमल होना भी शामिल है।

आत्म-करुणा आपको अधिक लचीलापन और भावनात्मक बुद्धिमत्ता विकसित करने में मदद कर सकती है। यह आपको अधिक सकारात्मक आत्म-छवि और आत्म मूल्य की अधिक भावना विकसित करने में भी मदद कर सकता है। आत्म-करुणा का अभ्यास करके आप अपने और दूसरों के प्रति अधिक क्षमाशील होना सीख सकते हैं। आप आंतरिक शांति और स्थिरता की एक बड़ी भावना भी विकसित कर सकते हैं।

उदाहरण

अनिता एक व्यस्त कार्यकारी है, जो अकसर खुद को तनावग्रस्त और अभिभूत महसूस करती है। वह अपने बौद्धिक परिदृश्य को प्रबंधित करने में मदद करने के लिए चेतना का अभ्यास शुरू करने का फैसला करती है। वह हर दिन 10 मिनट के लिए चेतना-ध्यान का अभ्यास शुरू करती है। इस समय के दौरान वह अपनी साँस पर ध्यान केंद्रित करती है और बिना निर्णय के अपने विचारों एवं भावनाओं को देखती है। समय के साथ उसने नोटिस किया कि काम पर व्यस्त और तनावपूर्ण समय के दौरान भी वह शांत और अधिक केंद्रित महसूस करती है। वह यह भी नोटिस करना शुरू कर देती है कि वह दिन भर अपने विचारों एवं भावनाओं के बारे में अधिक जागरूक रहती है और जब वे उठते हैं तो उन्हें बेहतर तरीके से प्रबंधित करने में सक्षम होती है।

जॉनी एक कॉलेज छात्र है, जो चिंता और आत्म-संदेह से जूझता है। वह अपने बौद्धिक परिदृश्य को प्रबंधित करने में मदद करने के लिए आत्म-करुणा का अभ्यास शुरू करने का निर्णय लेता है। वह तीन चीजों को लिखकर शुरू करता है, जिसके लिए वह हर दिन आभारी है और खुद को अपने मूल्य एवं क्षमता को याद दिलाने के लिए प्रतिज्ञान का अभ्यास करता है। जब वह गलतियाँ करता है या चुनौतियों का सामना करता है तो वह स्वयं के प्रति दयालु होने और क्षमा करने की बात भी करता है। समय के साथ वह नोटिस करता है कि उसकी चिंता का

स्तर कम हो गया है और वह अपने एवं अपनी क्षमताओं में अधिक आत्मविश्वास महसूस करता है।

मारिया एक घर में रहने वाली माँ है, जो अकसर अपनी दैनिक जिम्मेदारियों से अभिभूत और थकी हुई महसूस करती है। वह अपने बौद्धिक परिदृश्य को प्रबंधित करने में मदद करने के लिए सकारात्मक भावनाओं की रचना शुरू करने का फैसला करती है। वह उन चीजों की एक सूची बनाकर शुरू करती है, जो उसे खुशी और तृप्ति देती हैं, जैसे कि अपने बच्चों के साथ समय बिताना, प्रकृति में सैर करना और किताबें पढ़ना। वह इन गतिविधियों में नियमित रूप से शामिल होने की बात करती है, भले ही हर दिन थोड़े समय के लिए ही क्यों न हो। समय के साथ, उसने नोटिस किया कि वह अधिक ऊर्जावान और पूर्ण महसूस करती है और अपने दैनिक जीवन के तनावों को बेहतर ढंग से प्रबंधित करने में सक्षम है।

अंत में, अपने बौद्धिक परिदृश्य में महारत हासिल करना एक आजीवन यात्रा है। इसके लिए धैर्य, दृढ़ता और अपने स्वयं के मस्तिष्क को तलाशने और समझने की इच्छा की आवश्यकता होती है। चेतना का अभ्यास करके, सकारात्मक भावनाओं को पैदा करके और आत्म-करुणा विकसित करके, आप अपने लिए एक अधिक सकारात्मक और पूर्ण बौद्धिक परिदृश्य बना सकते हैं। समय और अभ्यास के साथ आप अपनी बुद्धि के स्वामी बन सकते हैं और जीवन की चुनौतियों को अधिक आसानी एवं सहजता के साथ नेविगेट कर सकते हैं।

□

2
अपनी आंतरिक शक्ति का दोहन

मानव मस्तिष्क एक शक्तिशाली उपकरण है, जिसका उपयोग महान चीजों को प्राप्त करने के लिए किया जा सकता है। हालाँकि, बहुत से लोग अपनी आंतरिक शक्ति और क्षमता का उपयोग करने में विफल रहते हैं और परिणामस्वरूप, वे ऐसा जीवन जीते हैं, जो अधूरा है और उद्देश्य में कमी है। इस अध्याय में हम आपकी आंतरिक शक्ति का उपयोग करने और आपकी पूरी क्षमता को उजागर करने के लिए कुछ व्यावहारिक युक्तियों और रणनीतियों का पता लगाएँगे।

अपने आप पर यकीन रखें

अपनी आंतरिक शक्ति का दोहन करने के लिए पहला कदम अपने आप में विश्वास करना है। अपने आप में विश्वास एक शक्तिशाली शक्ति है, जो आपको आत्म-संदेह को दूर करने और अपने लक्ष्यों को प्राप्त करने में मदद कर सकती है। जब आप खुद पर विश्वास करते हैं, तो आप अपनी क्षमताओं में और अधिक आत्मविश्वासी हो जाते हैं और चुनौतियों का सामना करने के लिए अधिक लचीले हो जाते हैं।

आत्मविश्वास पैदा करने के लिए अपनी ताकत और उपलब्धियों पर ध्यान केंद्रित करके शुरुआत करें। उन चीजों की एक सूची बनाएँ जिन पर आपको गर्व है और खुद को नियमित रूप से याद दिलाएँ। अपने आपको सहायक एवं प्रोत्साहित करने वाले लोगों से घेरें, जो आप और आपकी क्षमताओं पर विश्वास करते हैं। अंत में, अपने साथ दयालु और सौम्य रहें और नकारात्मक आत्म-चिंतन से बचें।

लक्ष्य बनाना

लक्ष्य निर्धारित करना अपनी आंतरिक शक्ति का उपयोग करने और अपने सपनों को प्राप्त करने का एक शक्तिशाली तरीका है। लक्ष्य आपको दिशा और उद्देश्य देते हैं तथा जो महत्त्वपूर्ण है, उस पर ध्यान केंद्रित करने में आपकी मदद करते हैं। लक्ष्य निर्धारित करते समय, उन्हें विशिष्ट, मापने योग्य और प्राप्त करने योग्य बनाना महत्त्वपूर्ण है।

लक्ष्य निर्धारित करने के लिए यह पहचानकर शुरू करें कि आपके लिए क्या महत्त्वपूर्ण है। आपके मूल्य और प्राथमिकताएँ क्या हैं? आप अपने जीवन में क्या हासिल करना चाहते हैं? एक बार जब आप अपने लक्ष्यों की पहचान कर लेते हैं, तो उन्हें छोटे, अधिक प्रबंधनीय चरणों में तोड़ दें। जब आप उन्हें प्राप्त करने की दिशा में काम करते हैं तो यह आपको प्रेरित और केंद्रित रहने में मदद करेगा।

काररवाई करना

अपनी आंतरिक शक्ति का दोहन करने के लिए काररवाई करना एक महत्त्वपूर्ण कदम है। काररवाई के बिना, आपके लक्ष्य और सपने इच्छाओं और कल्पनाओं से ज्यादा कुछ नहीं रहेंगे। काररवाई करने के लिए आपको अपने सुविधा क्षेत्र से बाहर कदम रखने और जोखिम लेने के लिए तैयार रहने की आवश्यकता है।

काररवाई शुरू करने के लिए एक छोटे से कदम की पहचान करें जिसे आप अपने लक्ष्य की ओर ले जा सकते हैं। यह एक फोन कॉल करना, इ-मेल भेजना या कुछ शोध करना हो सकता है। जो भी हो, जल्द-से-जल्द काररवाई करें। आप जितनी अधिक काररवाई करेंगे, उतनी ही अधिक गति आप प्राप्त करेंगे और आप अपने लक्ष्यों को प्राप्त करने के उतने ही करीब पहुँचेंगे।

असफलता को गले लगाएँ

असफलता सफलता की ओर यात्रा का एक स्वाभाविक हिस्सा है। असफलता को गले लगाना और उससे सीखना आपकी आंतरिक शक्ति का दोहन करने का एक प्रमुख पहलू है। जब आप असफल होते हैं, तो आपके पास अपनी गलतियों से सीखने और एक व्यक्ति के रूप में विकसित होने का अवसर होता है। असफलता आपको लचीलापन बनाने और विकास की बौद्धिकता विकसित करने में भी मदद करती है।

असफलता को गले लगाने के लिए अपनी बौद्धिकता को सुधारकर शुरुआत करें। असफलता को एक नकारात्मक अनुभव के रूप में देखने के बजाय, इसे विकास और सीखने के अवसर के रूप में देखें। अपनी असफलताओं पर चिंतन करने के लिए समय निकालें और पहचानें कि आप उनसे क्या सीख सकते हैं। अंत में, अपने प्रति दयालु और उदार बनें और आत्म-दोष और आलोचना से बचें।

उदाहरण

सारा हाल ही में एक कॉलेज ग्रैजुएट है, जो अपना खुद का व्यवसाय शुरू करना चाहती है। वह खुद पर और अपनी क्षमताओं पर विश्वास करती है और हाथ से बने गहनों को बेचने वाला एक छोटा ऑनलाइन स्टोर शुरू करने का लक्ष्य रखती है। वह एक ऑनलाइन स्टोर स्थापित करने और अपने गहने बनाने के लिए आपूर्ति खरीदने के तरीके पर शोध करके काररवाई करती है। जब वह चुनौतियों का सामना करती है, तो वह असफलता को गले लगाती है और अपनी गलतियों से सीखती है। समय के साथ, वह एक सफल व्यवसाय का निर्माण करती है और एक उद्यमी बनने के अपने सपने को प्राप्त करती है।

मोती एक अधेड़ उम्र का आदमी है जिसने हमेशा मैराथन दौड़ने का सपना देखा है। आत्म-संदेह और भय महसूस करने के बावजूद, वह छह महीने में मैराथन दौड़ने का लक्ष्य रखता है। वह एक रनिंग कोच को काम पर रखकर और एक प्रशिक्षण कार्यक्रम शुरू करके काररवाई करता है। जब वह असफलताओं और चोटों का अनुभव करता है, तो वह असफलता को गले लगाता है और अपनी गलतियों से सीखता है। अंत में, वह मैराथन दौड़ता है और अपने सपने को प्राप्त करता है, सशक्त महसूस करता है और खुद पर गर्व करता है।

मिली एक सिंगल मदर है, जो कई सालों से कम वेतन वाली नौकरी कर रही है। वह खुद पर और अपनी क्षमताओं पर विश्वास करती है और स्कूल वापस जाने और नर्सिंग में डिग्री हासिल करने का लक्ष्य रखती है। वह नर्सिंग कार्यक्रमों पर शोध करके और स्कूलों में आवेदन करके काररवाई करती है। जब वह चुनौतियों का सामना करती है, जैसे कि काम और स्कूल में संतुलन बनाना, तो वह असफलता को गले लगा लेती है और अपनी गलतियों से सीखती है। समय के साथ वह अपनी डिग्री हासिल करती है और एक नर्स के रूप में एक उच्च वेतन वाली नौकरी हासिल करती है, अपने परिवार के लिए आजीविका और दूसरों के जीवन में बदलाव लाने के अपने सपने को पूरा करती है।

अंत में, अपने लक्ष्यों और सपनों को प्राप्त करने के लिए अपनी आंतरिक शक्ति का उपयोग करना एक महत्त्वपूर्ण कदम है। अपने आप में विश्वास करके, लक्ष्य निर्धारित करके, काररवाई करके और असफलता को गले लगाकर आप अपनी पूरी क्षमता का उपयोग कर सकते हैं और अपनी आंतरिक शक्ति को उजागर कर सकते हैं। समय, प्रयास और समर्पण के साथ आप वह सबकुछ हासिल कर सकते हैं, जिसके लिए आपने अपना मस्तिष्क लगाया है और एक ऐसा जीवन जी सकते हैं, जो पूर्ण, उद्देश्यपूर्ण और वास्तव में आपका अपना हो।

□

3

सीमित विश्वासों पर विजय प्राप्त करना

सीमित विश्वास नकारात्मक विचार और विश्वास हैं, जो हमें अपने लक्ष्यों को प्राप्त करने और अपना सर्वश्रेष्ठ जीवन जीने से रोकते हैं। इन मान्यताओं को गहराई से शामिल किया जा सकता है और उन्हें दूर करना मुश्किल हो सकता है, लेकिन सही बौद्धिकता और रणनीतियों के साथ, उन्हें जीतना और हमारी पूरी क्षमता को अनलॉक करना संभव है। इस अध्याय में हम सीमित विश्वासों पर विजय पाने के लिए कुछ व्यावहारिक सुझावों और उदाहरणों की खोज करेंगे।

अपने सीमित विश्वासों को पहचानें

सीमित मान्यताओं पर विजय पाने का पहला कदम उन्हें पहचानना है। सीमित विश्वास अकसर अवचेतन होते हैं, इसलिए अपने विचारों और व्यवहारों को प्रतिबिंबित करने के लिए कुछ समय निकालना मददगार हो सकता है। अपने आप से पूछें कि आपके पास अपने या अपनी क्षमताओं के बारे में क्या नकारात्मक विचार या विश्वास हैं। ये मान्यताएँ पिछले अनुभवों, सांस्कृतिक या सामाजिक संदेशों, या यहाँ तक कि व्यक्तिगत असुरक्षाओं से संबंधित हो सकती हैं।

एक बार जब आप अपने सीमित विश्वासों की पहचान कर लेते हैं, तो उन्हें लिख लें और उन पर करीब से नजर डालें। अपने आप से पूछें कि क्या वे सच हैं या यदि वे केवल नकारात्मक विचार हैं, जो आपको वापस पकड़ रहे हैं। यह आपके विश्वासों को एक विश्वसनीय मित्र या चिकित्सक के साथ साझा करने में भी मददगार हो सकता है, जो एक वस्तुनिष्ठ दृष्टिकोण प्रदान कर सकता है।

अपने सीमित विश्वासों को चुनौती दें

एक बार जब आप अपने सीमित विश्वासों की पहचान कर लेते हैं, तो अगला कदम उन्हें चुनौती देना है। इसमें उनकी वैधता पर सवाल उठाना और उनके विपरीत सबूत ढूँढ़ना शामिल है। उदाहरण के लिए, यदि आपका यह मानना है कि आप अपना खुद का व्यवसाय शुरू करने के लिए पर्याप्त रूप से सक्षम नहीं हैं, तो ऐसे लोगों के उदाहरण ढूँढ़कर इस विश्वास को चुनौती दें, जिन्होंने समान चुनौतियों का सामना करने के बावजूद सफल व्यवसाय शुरू किया है।

अपने सीमित विश्वासों को चुनौती देने का एक और तरीका है कि उन्हें नया रूप दिया जाए। उन्हें पूर्ण सत्य के रूप में देखने के बजाय, उन्हें परिकल्पना के रूप में देखें, जिन्हें परखा जा सकता है और झूठा साबित किया जा सकता है। यह आपकी बौद्धिकता को आत्म-संदेह से जिज्ञासा और अन्वेषण में बदलने में मदद कर सकता है।

अपने सीमित विश्वासों को सकारात्मक अभिपुष्टियों से बदलें

अपने सीमित विश्वासों को चुनौती देने के अलावा, उन्हें सकारात्मक प्रतिज्ञानों से बदलना महत्त्वपूर्ण है। सकारात्मक प्रतिज्ञान वे कथन हैं, जो आपके मूल्य और क्षमताओं की पुष्टि करते हैं और आपको अधिक सकारात्मक और सशक्त बौद्धिकता विकसित करने में मदद कर सकते हैं।

सकारात्मक प्रतिज्ञान बनाने के लिए अपने जीवन के उन क्षेत्रों की पहचान करके शुरू करें, जहाँ आप सीमित विश्वासों के साथ संघर्ष करते हैं। फिर इन क्षेत्रों में अपनी ताकत और क्षमताओं की पुष्टि करने वाले कथन बनाएँ। उदाहरण के लिए, यदि आप अपने कॅरियर में आत्म-संदेह के साथ संघर्ष करते हैं, तो "मैं अपने काम में सक्षम और आश्वस्त हूँ और मैं अपने योगदान के लिए मूल्यवान हूँ।"

अपने सीमित विश्वासों पर काबू पाने के लिए कारवाई करें

सीमित विश्वासों पर विजय पाने के लिए कारवाई करना एक महत्त्वपूर्ण कदम है। अपने सीमित विश्वासों को न केवल चुनौती देना और बदलना महत्त्वपूर्ण है, बल्कि उन पर काबू पाने की दिशा में ठोस कदम उठाना भी महत्त्वपूर्ण है। इसमें जोखिम लेना, अपने कंफर्ट जोन से बाहर निकलना और नई चीजों को आजमाना शामिल हो सकता है।

उदाहरण के लिए, यदि आपको सीमित विश्वास है कि आप रचनात्मक नहीं हैं, तो पेंटिंग या लेखन जैसे रचनात्मक प्रयास में कक्षा लें। यह आपको अपने विश्वास को चुनौती देने और नए कौशल और क्षमताओं को विकसित करने की अनुमति देगा। जितना अधिक आप अपने सीमित विश्वासों को दूर करने के लिए काररवाई करेंगे, उतने ही अधिक सशक्त और आत्मविश्वासी बनेंगे।

उदाहरण

रचित एक कॉलेज छात्र है, जो सामाजिक चिंता से जूझता है। उसका एक सीमित विश्वास है कि वह दिलचस्प या दिलकश नहीं है, जो उसे दोस्त बनाने और सामाजिक गतिविधियों में भाग लेने से रोकता है। वह इस विश्वास की पहचान करता है और खुद को उस समय की याद दिलाकर इसे चुनौती देता है जब उसने दोस्त बनाए हैं और सकारात्मक सामाजिक अनुभव प्राप्त किए हैं। वह इस सीमित विश्वास को सकारात्मक पुष्टि के साथ बदल देता है, "मैं दिलचस्प और पसंद करने योग्य हूँ और लोग मेरी कंपनी का आनंद लेते हैं।" अंत में, वह कैंपस में एक सोशल क्लब में शामिल होकर और सामाजिक कार्यक्रमों में सक्रिय रूप से भाग लेकर काररवाई करता है। समय के साथ, वह अपने सीमित विश्वासों पर विजय प्राप्त करता है और मजबूत दोस्ती और सामाजिक संबंध विकसित करता है।

मोना एक घर पर रहने वाली माँ है जिसका सीमित विश्वास है कि वह स्कूल वापस जाने के अपने सपने को आगे बढ़ाने के लिए पर्याप्त स्मार्ट नहीं है। वह इस विश्वास को कार्यक्रमों पर शोध करके और परामर्शदाताओं से बात करके चुनौती देती है, जो उसकी ताकत और क्षमता को समझने में उसकी मदद करते हैं। वह अपने सीमित विश्वास को सकारात्मक पुष्टि के साथ बदल देती है, "मैं स्मार्ट हूँ और अपने लक्ष्यों को प्राप्त करने में सक्षम हूँ।" अंत में, वह एक अंशकालिक ऑनलाइन कार्यक्रम में नामांकन करके और अध्ययन करने तथा कार्यों को पूरा करने के लिए प्रत्येक दिन समय समर्पित करके काररवाई करती है। रास्ते में कुछ चुनौतियों का सामना करने के बावजूद, वह अंततः अपनी डिग्री अर्जित करती है और अपनी उपलब्धि पर गर्व महसूस करती है, खुद को साबित करती है कि वह कुछ भी हासिल करने में सक्षम है।

डेविड एक विक्रेता है, जो अस्वीकृति के साथ संघर्ष करता है और सीमित विश्वास रखता है कि वह अपनी नौकरी में सफल होने के लिए पर्याप्त नहीं है। वह खुद को उस समय की याद दिलाकर इस विश्वास को चुनौती देता है जब उसने

सफल बिक्री की है और ग्राहकों से सकारात्मक प्रतिक्रिया प्राप्त की है। वह इस सीमित विश्वास को सकारात्मक पुष्टि के साथ बदल देता है, "मैं एक कुशल और सफल विक्रेता हूँ, जो मेरे ग्राहकों को मूल्य प्रदान करता है।" अंत में, वह अपने उद्योग में सफल सेल्सपर्सन से अतिरिक्त प्रशिक्षण और सलाह लेकर काररवाई करता है। जैसा कि वह काररवाई करना जारी रखता है तथा अपने कौशल और आत्मविश्वास का निर्माण करता है, वह अपनी बिक्री में वृद्धि देखता है और अपनी नौकरी में सफल होने के लिए सशक्त महसूस करता है।

अंत में, सीमित विश्वासों पर विजय प्राप्त करना अपने स्वयं के मस्तिष्क को महारत हासिल करने और अपनी पूरी क्षमता को अनलॉक करने में एक महत्त्वपूर्ण कदम है। नकारात्मक विश्वासों की पहचान करके और उन्हें चुनौती देकर, उन्हें सकारात्मक प्रतिज्ञानों के साथ बदलकर और उन्हें दूर करने के लिए काररवाई करके आप एक अधिक सकारात्मक और सशक्त बौद्धिकता विकसित कर सकते हैं, जो आपको अपने लक्ष्यों को प्राप्त करने और अपना सर्वश्रेष्ठ जीवन जीने में सक्षम बनाती है। याद रखें कि सीमित विश्वासों पर विजय प्राप्त करना एक ऐसी प्रक्रिया है, जिसमें समय और प्रयास लगता है, लेकिन दृढ़ता और समर्पण के साथ, आप सबसे गहराई तक जमा हुए विश्वासों पर भी काबू पा सकते हैं और अपनी पूरी क्षमता का अहसास कर सकते हैं।

□

4

विचारों को सशक्त बनाना

हमारे विचारों की शक्ति को अतिरंजित नहीं किया जा सकता है। हमारे विचार वास्तविकता की हमारी धारणा को आकार देते हैं तथा हमारी भावनाओं और व्यवहारों को प्रभावित करते हैं। अगर हम सशक्त विचारों को विकसित करना सीख सकते हैं, तो हम एक अधिक सकारात्मक और पूर्ण जीवन बना सकते हैं। इस अध्याय में हम सशक्त विचारों को विकसित करने के महत्त्व का पता लगाएँगे और ऐसा करने के उदाहरण प्रदान करेंगे।

नकारात्मक विचारों को पहचानें और चुनौती दें

सशक्त विचारों को विकसित करने में पहला कदम नकारात्मक विचारों को पहचानना और उन्हें चुनौती देना है। कई बार हमें अपने मस्तिष्क में चलने वाले नकारात्मक विचारों के बारे में पता भी नहीं चलता है। इन विचारों में आत्म-संदेह, आलोचना और निर्णय शामिल हो सकते हैं। इन विचारों के बारे में अधिक जागरूक होने के लिए अपने आंतरिक संवाद पर ध्यान देने का प्रयास करें। जब आप एक नकारात्मक विचार देखते हैं, तो उसे चुनौती दें। अपने आप से पूछें, "क्या यह विचार वास्तविकता पर आधारित है ? क्या यह सहायक या हानिकारक है ? इस विचार का समर्थन करने के लिए मेरे पास क्या सबूत हैं ?" नकारात्मक विचारों को चुनौती देकर आप नकारात्मकता के चक्र को तोड़ना शुरू कर सकते हैं और अधिक सशक्त विचारों के उभरने के लिए जगह बना सकते हैं।

कृतज्ञता का अभ्यास करें

सशक्त विचारों को विकसित करने के लिए आभार एक शक्तिशाली उपकरण

है। जब हम उस पर ध्यान केंद्रित करते हैं, जिसके लिए हम आभारी हैं, तो हम अपना ध्यान नकारात्मक विचारों से हटाकर अपने जीवन के सकारात्मक पहलुओं पर केंद्रित करते हैं। कृतज्ञता का अभ्यास करने के लिए प्रत्येक दिन कुछ मिनट निकालकर इस बात पर चिंतन करें कि आप किस चीज के लिए आभारी हैं। यह आपके जीवन में लोगों से लेकर आपके अनुभवों तक कुछ भी हो सकता है। कृतज्ञता पर ध्यान केंद्रित करके आप अधिक सकारात्मक बुद्धि विकसित कर सकते हैं और अपने जीवन में अधिक सकारात्मक अनुभवों को आकर्षित कर सकते हैं।

सकारात्मक पुष्टि का प्रयोग करें

सशक्त विचारों को विकसित करने के लिए सकारात्मक पुष्टि एक और शक्तिशाली उपकरण है। सकारात्मक कथन हैं जिन्हें आप अधिक सकारात्मक बौद्धिकता बनाने के लिए दोहराते हैं। सकारात्मक प्रतिज्ञान के उदाहरणों में शामिल हैं—"मैं अपने लक्ष्यों को प्राप्त करने में सक्षम हूँ", "मैं प्यार और सम्मान के योग्य हूँ," और "मैं आश्वस्त और लचीला हूँ।" प्रतिज्ञान का उपयोग करने के लिए, एक या दो चुनें, जो आपके साथ प्रतिध्वनित हों और उन्हें पूरे दिन अपने आप में दोहराएँ। आप उन्हें लिख सकते हैं, उन्हें जोर से बोल सकते हैं, या उन्हें चुपचाप अपने मस्तिष्क में दोहरा सकते हैं।

अपने आप को सकारात्मकता से घेरें

हमारे आसपास के लोग और पर्यावरण हमारे विचारों और भावनाओं पर महत्त्वपूर्ण प्रभाव डाल सकते हैं। सशक्त विचारों को विकसित करने के लिए अपने आप को सकारात्मकता से घेरें। उन लोगों के साथ समय बिताएँ, जो आपका उत्थान और समर्थन करते हैं और उन लोगों से बचें, जो आपको नीचे लाते हैं। अपने आप को सकारात्मक पुष्टि और छवियों से घेरें, जो आपको प्रेरित करती हैं। एक ऐसी जगह बनाएँ, जो शांतिपूर्ण और स्थिर हो, जहाँ आप प्रतिबिंबित करने और रिचार्ज करने के लिए जा सकें।

चेतना का अभ्यास करें

चेतना इस समय मौजूद रहने और पूरी तरह से व्यस्त रहने का अभ्यास है। चेतना का अभ्यास करके हम अपने विचारों और भावनाओं के प्रति अधिक जागरूक हो सकते हैं और उन्हें नियंत्रित करना सीख सकते हैं। चेतना का अभ्यास

करने के लिए प्रत्येक दिन कुछ मिनट चुपचाप बैठें और अपनी साँस पर ध्यान केंद्रित करें। जब आपका मस्तिष्क भटक जाए, तो उसे धीरे से अपनी साँसों पर वापस लाएँ। जैसे-जैसे आप चेतना में अधिक कुशल होते जाते हैं, आप इसे अपने जीवन के अन्य क्षेत्रों में लागू करना शुरू कर सकते हैं, जैसे कि खाना, व्यायाम करना और दूसरों के साथ संवाद करना।

उदाहरण

लीला एक व्यस्त पेशेवर है, जो आत्म-संदेह और चिंता से जूझती है। वह पहचानती है कि उसके नकारात्मक विचार उसे वापस पकड़ रहे हैं और उन्हें चुनौती देने का फैसला करती है। जब वह एक नकारात्मक विचार देखती है, तो वह खुद से पूछती है कि क्या यह वास्तविकता पर आधारित है और यह सहायक या हानिकारक है? वह नकारात्मक विचारों को सकारात्मक पुष्टि के साथ बदल देती है, जैसे "मैं सक्षम और समर्थ हूँ," और "मैं अच्छे निर्णय लेने के लिए खुद पर भरोसा करती हूँ।" वह अपनी साँस पर ध्यान केंद्रित करने और वर्तमान में मौजूद रहने के लिए हर दिन कुछ मिनट निकालकर चेतना का अभ्यास करती है। जैसे-जैसे वह अधिक सशक्त विचारों की रचना करती है, वह पाती है कि उसकी चिंता कम हो जाती है और वह अपनी क्षमताओं में अधिक आत्मविश्वास महसूस करती है।

पॉल एक कॉलेज छात्र है, जो शिथिलता और आत्म-आलोचना से जूझता है। वह दैनिक आभार पत्रिका लेकर कृतज्ञता का अभ्यास करने का निर्णय लेता है। हर सुबह वह तीन चीजें लिखता है, जिनके लिए वह आभारी है, चाहे वे कितनी भी छोटी क्यों न लगें। वह अपने कमरे में प्रेरक उद्धरण और चित्र लगाकर तथा प्रेरक संगीत सुनकर खुद को सकारात्मकता से घेर लेता है। जब नकारात्मक विचार उत्पन्न होते हैं, तो वह स्वयं से यह पूछकर उन्हें चुनौती देता है कि क्या वे वास्तविकता पर आधारित हैं और क्या वे सहायक या हानिकारक हैं? वह नकारात्मक विचारों को सकारात्मक पुष्टि के साथ बदल देता है, जैसे "मैं अपने लक्ष्यों को प्राप्त करने में सक्षम हूँ" और "मैं सफलता के योग्य हूँ।" जैसे-जैसे वह सशक्त विचारों को विकसित करना जारी रखता है, वह पाता है कि उसकी प्रेरणा और आत्मविश्वास में सुधार होता है और वह अपनी शिथिलता की आदतों पर काबू पा सकता है।

सुनीता घर पर रहने वाली माँ है, जो अकसर अभिभूत और तनावग्रस्त महसूस करती है। वह चुपचाप बैठने और अपनी साँस पर ध्यान केंद्रित करने के लिए हर दिन कुछ मिनट निकालकर चेतना का अभ्यास करने का फैसला करती है। वह उन

दोस्तों के साथ समय बिताकर खुद को सकारात्मकता से घेर लेती है, जो उसका उत्थान और समर्थन करते हैं। जब नकारात्मक विचार उत्पन्न होते हैं, तो वह अपने घर में एक शांतिपूर्ण और स्थिर वातावरण बनाकर स्वयं से पूछकर उन्हें चुनौती देती है कि क्या वे वास्तविकता पर आधारित हैं और क्या वे सहायक या हानिकारक हैं? वह नकारात्मक विचारों को सकारात्मक पुष्टि के साथ बदल देती है, जैसे "मैं सबसे अच्छा कर रही हूँ," और "मैं एक प्यार करने वाली और देखभाल करने वाली माँ हूँ।" जैसे-जैसे वह अधिक सशक्त विचारों की रचना करती है, वह पाती है कि उसके तनाव का स्तर कम हो जाता है और वह अपने परिवार के साथ अधिक समय का आनंद ले सकती है।

अंत में, अधिक सकारात्मक और पूर्ण जीवन बनाने के लिए सशक्त विचारों को विकसित करना एक शक्तिशाली उपकरण है। नकारात्मक विचारों को पहचानने और चुनौती देने से, कृतज्ञता का अभ्यास करने से, सकारात्मक पुष्टियों का उपयोग करने से, अपने आप को सकारात्मकता से घेरने और सचेतनता का अभ्यास करने से आप अपने बौद्धिक परिदृश्य को बदल सकते हैं। याद रखें कि सशक्त विचारों को विकसित करने में समय और प्रयास लगता है, लेकिन अभ्यास और दृढ़ता से आप अधिक सकारात्मक बौद्धिक बन सकते हैं और अपने जीवन में अधिक सकारात्मक अनुभवों को आत्मसात् कर सकते हैं।

□

5

भीतरी आलोचक को वश में करना

आंतरिक आलोचक हमारे मस्तिष्क की आवाज है, जो हमारे हर विचार, कार्य और निर्णय की आलोचना और न्याय करती है। यह वह आवाज है, जो हमें बताती है कि हम अच्छे नहीं हैं, काफी स्मार्ट हैं, या काफी प्रतिभाशाली हैं। भीतर का आलोचक इतना शक्तिशाली हो सकता है कि वह हमें अपने लक्ष्यों और सपनों का पीछा करने से रोक सकता है। इस अध्याय में हम चर्चा करेंगे कि आंतरिक आलोचक को कैसे वश में किया जाए और हमारे जीवन पर उसके नकारात्मक प्रभाव को कैसे दूर किया जाए?

आंतरिक आलोचक को समझना

भीतर का आलोचक अकसर नकारात्मक अनुभवों या विश्वासों का परिणाम होता है जिन्हें हमने आत्मसात् कर लिया है। यह पिछले आघात, नौकरी के नकारात्मक संदेश या पूर्णतावादी बौद्धिकता का परिणाम हो सकता है। भीतर का आलोचक कभी-कभी मददगार हो सकता है, हमें उत्कृष्टता के लिए प्रयास करने और गलतियों से बचने के लिए प्रेरित करता है। हालाँकि, जब यह अथक और अत्यधिक आलोचनात्मक हो जाता है, तो यह आत्म-संदेह, चिंता और अवसाद का कारण बन सकता है।

आंतरिक आलोचक को वश में करना

अपने भीतर के आलोचक की आवाज को पहचानें—अपने भीतर के आलोचक को वश में करने का पहला कदम उसकी उपस्थिति के बारे में जागरूक होना है। पहचानें कि यह कब दिखाई देता है और यह क्या कहता है, एक बार जब

आप अपने भीतर के आलोचक की आवाज की पहचान कर लेते हैं, तो आप उसके नकारात्मक संदेशों को चुनौती देना शुरू कर सकते हैं।

भीतर के आलोचक को चुनौती दें—जब भीतर का आलोचक आपकी आलोचना करना शुरू कर दे, तो खुद से यह पूछकर उसे चुनौती दें कि क्या उसकी आलोचना वास्तविकता पर आधारित है? अकसर आंतरिक आलोचक की आलोचना तर्कहीन भय या विश्वासों पर आधारित होती है। अपने आप से पूछें कि क्या भीतर का आलोचक जो कह रहा है, वह सच है या यदि यह सिर्फ एक नकारात्मक विचार है।

नकारात्मक आत्म-चर्चा को सकारात्मक प्रतिज्ञान से बदलें—आंतरिक आलोचक के नकारात्मक संदेशों को सुनने के बजाय, उन्हें सकारात्मक प्रतिज्ञान से बदलें। प्रतिज्ञान सरल कथन हो सकते हैं, जैसे "मैं प्यार और सम्मान के योग्य हूँ," या "मैं अपने लक्ष्यों को प्राप्त करने में सक्षम हूँ।" ये प्रतिज्ञान आंतरिक आलोचक की नकारात्मक आत्म-चर्चा का प्रतिकार करने में मदद कर सकते हैं।

आत्म-करुणा का अभ्यास करें—अपने प्रति दयालु बनें और अपने आप को उसी दया और करुणा के साथ व्यवहार करें, जो आप किसी मित्र को दिखाएँगे। याद रखें कि हर कोई गलतियाँ करता है और सबमें कमियाँ होती हैं। आप जैसे हैं वैसे ही खुद को स्वीकार करें और अपनी कमजोरियों के बजाय अपनी खूबियों पर ध्यान दें।

उदाहरण

सोम एक ग्राफिक डिजाइनर है, जो अकसर आंतरिक आलोचक की आवाज के साथ संघर्ष करता है। वह खुद को लगातार अपने काम की आलोचना करते हुए और चिंता करते हुए पाता है कि यह काफी अच्छा नहीं है। अपने भीतर के आलोचक को वश में करने के लिए सोम यह पहचानना शुरू कर देता है कि यह कब दिखाई देता है और इसके नकारात्मक संदेशों को चुनौती देता है। जब भीतर का आलोचक कहता है कि उसका काम काफी अच्छा नहीं है, तो सोम खुद से पूछता है कि क्या यह वास्तविकता पर आधारित है। वह नकारात्मक आत्म-चर्चा को सकारात्मक पुष्टि के साथ बदल देता है, जैसे "मैं एक प्रतिभाशाली ग्राफिक डिजाइनर हूँ" और "मेरा काम मान्यता के योग्य है।" जैसे-जैसे वह अपने भीतर के आलोचक को वश में करने का अभ्यास करता है, वह पाता है कि उसका आत्मविश्वास सुधरता है, और वह रचनात्मक जोखिम लेने के लिए अधिक इच्छुक है।

राधिका एक छात्रा है, जो अकसर अपने ग्रेड की बात करते समय आंतरिक आलोचक की आवाज के साथ संघर्ष करती है। वह खुद को लगातार इस बात की चिंता में पाती है कि वह फेल हो जाएगी और वह ज्यादा स्मार्ट नहीं है। अपने भीतर के आलोचक को वश में करने के लिए राधिका यह पहचानना शुरू कर देती है कि यह कब दिखाई देता है और इसके नकारात्मक संदेशों को चुनौती देती है। जब आंतरिक आलोचक कहता है कि वह पर्याप्त चतुर नहीं है, तो राधिका खुद से पूछती है कि क्या यह वास्तविकता पर आधारित है। वह नकारात्मक आत्म-चर्चा को सकारात्मक पुष्टि के साथ बदल देती है, जैसे "मैं एक मेहनती छात्रा हूँ" और "मैं अच्छे ग्रेड प्राप्त करने में सक्षम हूँ।" जैसे-जैसे वह अपने भीतर के आलोचक को वश में करने का अभ्यास करती है, उसे पता चलता है कि उसकी चिंता का स्तर कम हो गया है और वह अपनी पढ़ाई पर अधिक ध्यान केंद्रित कर सकती है।

अंत में, हमारे भीतर का आलोचक हमारे जीवन में एक शक्तिशाली शक्ति हो सकता है, लेकिन इसे वश में करना और इसके नकारात्मक प्रभाव को दूर करना संभव है। आंतरिक आलोचक की आवाज को पहचानकर, उसके नकारात्मक संदेशों को चुनौती देकर, नकारात्मक आत्म-चर्चा को सकारात्मक पुष्टि के साथ बदलकर, और आत्म-करुणा का अभ्यास करके हम अपनी स्वयं की बुद्धि के स्वामी बनना सीख सकते हैं। आंतरिक आलोचक को वश में करने में समय और अभ्यास लगता है, लेकिन दृढ़ता के साथ हम अधिक सकारात्मक और पूर्ण जीवन जीना सीख सकते हैं। याद रखें कि आत्म-संदेह और नकारात्मक आत्म-चर्चा सामान्य अनुभव हैं और यदि आवश्यक हो तो चिकित्सक या परामर्शदाता से सहायता लेना ठीक है। आंतरिक आलोचक को वश में करने के लिए कदम उठाकर हम एक अधिक सशक्त और आत्म-पुष्टि करने वाले आंतरिक संवाद की रचना कर सकते हैं, जो हमें अपनी पूरी क्षमता तक पहुँचने में मदद करेगा।

□

6

बौद्धिक लचीलापन बनाना

बौद्धिक लचीलापन विपरीत परिस्थितियों के अनुकूल होने और पीछे हटने की क्षमता है। यह तनाव, आघात और झटके से उबरने की क्षमता है। अच्छे बौद्धिक स्वास्थ्य को बनाए रखने और जीवन में सफलता प्राप्त करने के लिए बौद्धिक लचीलापन बनाना महत्त्वपूर्ण है। इस अध्याय में हम बौद्धिक लचीलापन बनाने और चुनौतियों पर काबू पाने की रणनीतियों पर चर्चा करेंगे।

बौद्धिक लचीलेपन को समझना

बौद्धिक लचीलापन तनाव या कठिनाई के प्रति प्रतिरक्षित होने के बारे में नहीं है। इसके बजाय, यह विपरीत परिस्थितियों से निपटने के लिए आवश्यक कौशल और संसाधनों को विकसित करने के बारे में है। सकारात्मक सोच, सामाजिक समर्थन, भावनात्मक विनियमन और समस्या को सुलझाने के कौशल सहित कारकों के संयोजन के माध्यम से बौद्धिक लचीलापन बनाया गया है।

बौद्धिक लचीलापन बनाना

विकास की बौद्धिकता विकसित करें—विकास बौद्धिकता एक विश्वास है कि आपकी क्षमताओं और कौशल को कड़ी मेहनत और समर्पण के माध्यम से विकसित किया जा सकता है। यह एक निश्चित बौद्धिकता के विपरीत है, जोकि यह विश्वास है कि आपकी क्षमताएँ पत्थर की लकीर हैं। विकास की बौद्धिकता विकसित करके आप बाधाओं और असफलताओं को अधिक आसानी से दूर कर सकते हैं।

सामाजिक समर्थन का निर्माण करें—सामाजिक समर्थन बौद्धिक लचीलेपन का एक महत्त्वपूर्ण घटक है। दोस्तों, परिवार और सहकर्मियों का एक नेटवर्क होना

महत्त्वपूर्ण है, जो जरूरत पड़ने पर भावनात्मक समर्थन और व्यावहारिक मदद दे सके। मजबूत रिश्ते बनाना और सामाजिक संबंध बनाए रखना आपको तनाव और विपत्ति से निपटने में मदद कर सकता है।

चेतना का अभ्यास करें—चेतना इस समय मौजूद रहने और बिना निर्णय के अपने विचारों और भावनाओं पर ध्यान देने का अभ्यास है। चेतना का अभ्यास करके आप अधिक आत्म-चेतना, भावनात्मक विनियमन और लचीलापन विकसित कर सकते हैं। चेतना आपको तनाव और चिंता को प्रबंधित करने में भी मदद कर सकती है।

अपने शारीरिक स्वास्थ्य का ध्यान रखें—शारीरिक स्वास्थ्य का बौद्धिक स्वास्थ्य से गहरा संबंध है। एक स्वस्थ आहार खाने, नियमित व्यायाम करने और पर्याप्त नींद लेने से आपको बौद्धिक लचीलापन बनाने और तनाव से निपटने में मदद मिल सकती है।

समस्या को सुलझाने के कौशल विकसित करें—समस्याओं को प्रभावी ढंग से हल करना सीखना बौद्धिक लचीलापन बनाने का एक महत्त्वपूर्ण हिस्सा है। समस्या को सुलझाने के कौशल विकसित करके आप सकारात्मक दृष्टिकोण के साथ चुनौतियों का सामना कर सकते हैं और कठिन परिस्थितियों का रचनात्मक समाधान ढूँढ़ सकते हैं।

उदाहरण

ईशा एक कॉलेज छात्रा है, जो अपनी अंशकालिक नौकरी के साथ अपने शैक्षणिक कार्यभार को संतुलित करने के लिए संघर्ष कर रही है। वह अभिभूत और तनावग्रस्त महसूस कर रही है और उसे यकीन नहीं है कि वह अपने समय का प्रभावी ढंग से प्रबंधन कैसे करे? अपना बौद्धिक लचीलापन बनाने के लिए ईशा एक विकास बौद्धिकता विकसित करके शुरू करती है। वह खुद को याद दिलाती है कि कड़ी मेहनत और ध्यान केंद्रित करके वह इस चुनौती को पार कर सकती है। वह समर्थन के लिए अपने दोस्तों और परिवार के पास भी पहुँचती है और अपने तनाव के स्तर को प्रबंधित करने के लिए चेतना का अभ्यास करना शुरू कर देती है। ईशा पौष्टिक भोजन खाकर, नियमित व्यायाम करके और पर्याप्त नींद लेकर अपने शारीरिक स्वास्थ्य का भी ध्यान रखती है। वह प्रबंधनीय कार्यों में अपने वर्कलोड को तोड़कर और एक शेड्यूल बनाकर समस्या सुलझाने के कौशल भी विकसित करती है, जो उसे अपनी जिम्मेदारियों को प्रभावी ढंग से संतुलित करने की अनुमति देती है। जैसे-जैसे ईशा

अपने बौद्धिक लचीलेपन का निर्माण करती है, उसमें समस्या को सुलझाने का कौशल विकसित होने लगता है और वह अधिक सकारात्मक अनुभव करती है।

डेविड एक छोटे व्यवसाय का स्वामी है, जो कोविड-19 महामारी के दौरान अपने व्यवसाय को बचाए रखने के लिए संघर्ष कर रहा है। वह अपने व्यवसाय के भविष्य को लेकर तनावग्रस्त और चिंतित महसूस कर रहा है। बौद्धिक लचीलापन बनाने के लिए डेविड एक विकास बौद्धिकता विकसित करना शुरू करता है। वह खुद को याद दिलाता है कि उसके पास मौजूदा स्थिति के अनुकूल होने के लिए आवश्यक कौशल और संसाधन हैं। वह समर्थन और सलाह के लिए अपने सहयोगियों और साथियों के पास भी पहुँचता है। डेविड अपने तनाव के स्तर को प्रबंधित करने के लिए चेतना का भी अभ्यास करता है और वह नियमित व्यायाम और स्वस्थ भोजन ग्रहण करके अपने शारीरिक स्वास्थ्य का ध्यान रखता है। वह एक महामारी के दौरान व्यवसाय चलाने के लिए नई रणनीतियों पर शोध करके और अपने व्यवसाय को बचाए रखने के लिए रचनात्मक समाधान की खोज द्वारा समस्या को सुलझाने का कौशल भी विकसित करता है। जैसे-जैसे डेविड अपना बौद्धिक लचीलापन बनाता है, तनाव से निपटने और असफलताओं को दूर करने के लिए आवश्यक कौशल और संसाधनों का निर्माण कर लेता है।

अंत में, अच्छे बौद्धिक स्वास्थ्य को बनाए रखने और जीवन में सफलता प्राप्त करने के लिए बौद्धिक लचीलापन बनाना आवश्यक है। एक विकास बौद्धिकता विकसित करके सामाजिक समर्थन का निर्माण करके, चेतना का अभ्यास करके, अपने शारीरिक स्वास्थ्य की देखभाल करके और समस्या सुलझाने के कौशल विकसित करके, आप चुनौतियों को दूर कर सकते हैं और विपत्ति से पीछे हट सकते हैं। बौद्धिक लचीलापन ऐसा कुछ नहीं है, जिसे रातोरात विकसित किया जा सकता है, लेकिन निरंतर प्रयास और अभ्यास के साथ किसी भी तनाव से निपटने तथा असफलताओं को दूर करने के लिए आवश्यक कौशल और संसाधनों का निर्माण कर सकता है।

याद रखें कि बौद्धिक लचीलापन पूर्ण होने या कभी कठिनाई का अनुभव न करने के बारे में नहीं है। यह परिवर्तन के अनुकूल होने, तनाव का प्रबंधन करने और चुनौतियों से पार पाने में सक्षम होने के बारे में है। बौद्धिक लचीलापन बनाकर आप अपने समग्र कल्याण में सुधार कर सकते हैं और अपने जीवन के सभी क्षेत्रों में सफलता प्राप्त कर सकते हैं।

□

7

सकारात्मक आत्म-चर्चा को अपनाना

हमारे आंतरिक संवाद, जिसे आत्म-चर्चा के रूप में भी जाना जाता है, का हमारे बौद्धिक स्वास्थ्य और कल्याण पर महत्त्वपूर्ण प्रभाव पड़ता है। जिस तरह से हम खुद से बात करते हैं, वह या तो हमें सशक्त बना सकता है या हमें तोड़ सकता है। दुर्भाग्य से, बहुत से लोग नकारात्मक आत्म-बातचीत में इसे महसूस किए बिना संलग्न होते हैं, जिससे आत्म-संदेह, कम आत्मसम्मान और चिंता की भावना पैदा हो सकती है। हालाँकि, सकारात्मक आत्म-चर्चा को अपनाकर हम अपनी बौद्धिकता को बदल सकते हैं और अधिक सकारात्मक और पूर्ण जीवन बना सकते हैं।

सकारात्मक आत्म-चर्चा क्या है?

सकारात्मक आत्म-चर्चा स्वयं से बात करते समय उत्साहजनक, सकारात्मक और सहायक भाषा का उपयोग करने का अभ्यास है। इसमें नकारात्मक विचारों को सकारात्मक विचारों से बदलना और हमारे आंतरिक संवाद को इस तरह से बदलना शामिल है, जो हमारे लक्ष्यों और मूल्यों का समर्थन करता है। सकारात्मक आत्म-चर्चा वास्तविकता को अनदेखा करने या यह दिखावा करने के बारे में नहीं है कि सबकुछ सही है। यह विकास की बौद्धिकता के साथ परिस्थितियों से निपटने और नकारात्मक पर ध्यान केंद्रित करने के बजाय स्थिति के सकारात्मक पहलुओं पर ध्यान केंद्रित करने के बारे में है।

सकारात्मक आत्म-चर्चा के उदाहरण

यहाँ सकारात्मक आत्म-चर्चा के कुछ उदाहरण दिए गए हैं, जिनका उपयोग

आप अपनी बौद्धिकता को बदलने और अपने आत्मविश्वास को बढ़ाने के लिए कर सकते हैं—

"मैं इस स्थिति को सँभालने में सक्षम हूँ।"

"मैं मजबूत और लचीला हूँ।"

"मैं प्यार और सम्मान के योग्य हूँ।"

"मुझे अपनी उपलब्धियों पर गर्व है।"

"मैं अपने लक्ष्यों की ओर प्रगति कर रहा हूँ।"

"मैं अपने जीवन में आशीर्वाद के लिए आभारी हूँ।"

"मुझे किसी भी बाधा को दूर करने की अपनी क्षमता पर भरोसा है।"

"मैं इस स्थिति के सकारात्मक पहलुओं पर ध्यान देना चुनता हूँ।"

"मैं खुशी और सफलता का हकदार हूँ।"

"मैं जैसा हूँ, वैसा ही काफी हूँ।"

सकारात्मक आत्म-चर्चा के लाभ

सकारात्मक आत्म-चर्चा का अभ्यास करने के कई लाभ हैं। यहाँ कुछ तरीके दिए गए हैं, जिन्हें सकारात्मक आत्म-चर्चा में अपनाने से आपके बौद्धिक स्वास्थ्य और कल्याण में सुधार हो सकता है—

आत्मविश्वास बढ़ाता है—नकारात्मक आत्म-चर्चा को सकारात्मक पुष्टि के साथ बदलकर, आप अपने आत्मविश्वास को बढ़ा सकते हैं और अपने आत्मसम्मान में सुधार कर सकते हैं।

चिंता कम करता है—नकारात्मक आत्म-चर्चा चिंता का एक प्रमुख स्रोत हो सकती है। नकारात्मक विचारों को सकारात्मक विचारों से बदलकर आप अपनी चिंता को कम कर सकते हैं और अपने कल्याण की समग्र भावना में सुधार कर सकते हैं।

लचीलेपन में सुधार—सकारात्मक आत्म-चर्चा आपको असफलताओं से पीछे हटने और चुनौतियों से उबरने में मदद कर सकती है। स्थितियों को एक सकारात्मक प्रकाश में रखकर आप लचीलेपन और अनुकूलता की भावना पैदा कर सकते हैं।

प्रेरणा बढ़ाता है—सकारात्मक आत्म-चर्चा आपको प्रेरित रहने और अपने लक्ष्यों पर ध्यान केंद्रित करने में मदद कर सकती है। उत्साहजनक भाषा का प्रयोग करके आप ऊर्जावान बने रह सकते हैं और अपने उद्देश्यों को प्राप्त करने के लिए प्रतिबद्ध रह सकते हैं।

रिश्तों में सुधार—सकारात्मक आत्म-चर्चा आपको अधिक प्रभावी ढंग से संवाद करने और बेहतर संबंध बनाने में मदद कर सकती है। सकारात्मक बौद्धिकता के साथ स्थितियों का सामना करके, आप दूसरों के साथ अपनी बातचीत में सुधार कर सकते हैं और अधिक सकारात्मक संबंध विकसित कर सकते हैं।

सकारात्मक आत्म-चर्चा को अपनाने के लिए टिप्स

सकारात्मक आत्म-चर्चा को अपनाने के लिए यहाँ कुछ युक्तियाँ दी गई हैं—

आत्म-चेतना का अभ्यास करें—अपने आंतरिक संवाद पर ध्यान दें और जब आप नकारात्मक आत्म-चर्चा में संलग्न हों तो ध्यान दें।

नकारात्मक विचारों को चुनौती दें—जब आप नकारात्मक आत्म-चर्चा को नोटिस करते हैं, तो खुद से पूछकर चुनौती दें कि क्या यह सच है और क्या इसका समर्थन करने के लिए सबूत हैं?

नकारात्मक विचारों को फिर से फ्रेम करें—एक बार जब आप नकारात्मक विचारों की पहचान कर लेते हैं, तो उन्हें सकारात्मक रूप से फिर से फ्रेम करें। उदाहरण के लिए, 'मैं काफी अच्छा नहीं हूँ' कहने के बजाय, 'मैं जैसा हूँ, वैसा ही काफी हूँ' कहें।

सकारात्मक प्रतिज्ञान का उपयोग करें—अपनी ताकत और क्षमताओं को याद दिलाने के लिए सकारात्मक प्रतिज्ञान का उपयोग करें। उन्हें पूरे दिन अपने आप में दोहराएँ, खासकर जब आप उदास या निराश महसूस कर रहे हों।

अपने आप को सकारात्मकता से घेरें—अपने आप को सकारात्मक लोगों, सकारात्मक मीडिया और सकारात्मक अनुभवों से घेरें। यह सकारात्मक आत्म-चर्चा को सुदृढ़ करने और अधिक सकारात्मक बौद्धिकता बनाने में मदद करेगा।

अंत में, सकारात्मक आत्म-चर्चा को अपनाने से हमारे बौद्धिक स्वास्थ्य और कल्याण पर गहरा प्रभाव पड़ सकता है। नकारात्मक विचारों को सकारात्मक विचारों से बदलकर और अपने आंतरिक संवाद को फिर से तैयार करके हम अपने आत्मविश्वास को बढ़ा सकते हैं, चिंता को कम कर सकते हैं और अपने लचीलेपन में सुधार कर सकते हैं। सकारात्मक आत्म-चर्चा का अभ्यास करने के लिए प्रयास और आत्म-चेतना की आवश्यकता होती है। समय और अभ्यास के साथ आप अधिक सकारात्मक बौद्धिकता विकसित कर सकते हैं और एक अधिक परिपूर्ण जीवन बना सकते हैं।

□

8
अपनी आंतरिक दुनिया में नेविगेट करना

मानव मस्तिष्क एक विशाल और जटिल परिदृश्य है। इसके भीतर विचारों, भावनाओं और विश्वासों की भीड़ है, प्रत्येक ध्यान और प्रभुत्व के लिए होड़ कर रहा है। इस आंतरिक दुनिया में नेविगेट करना एक कठिन काम हो सकता है, लेकिन अगर हम अपनी बुद्धि के मालिक बनना चाहते हैं तो यह जरूरी है। इस अध्याय में हम आपकी आंतरिक दुनिया में नेविगेट करने के लिए कुछ व्यावहारिक रणनीतियों का पता लगाएँगे और दैनिक जीवन में इन रणनीतियों को कैसे लागू किया जा सकता है, इसके उदाहरण प्रस्तुत करेंगे।

सचेतन

चेतना आपका ध्यान वर्तमान क्षण पर बिना निर्णय या व्याकुलता के लाने का अभ्यास है। यह आपके भीतर की दुनिया को नेविगेट करने के लिए एक शक्तिशाली उपकरण है, क्योंकि यह आपको अपने विचारों और भावनाओं को उनके बह जाने के बिना निरीक्षण करने की अनुमति देता है। जब आप चेतना का अभ्यास करते हैं, तो आप अपनी बौद्धिक प्रक्रियाओं के बारे में अधिक जागरूक हो जाते हैं और ऐसे पैटर्न और ट्रिगर्स की पहचान करना शुरू कर सकते हैं, जो नकारात्मक विचारों या भावनाओं का कारण हो सकते हैं।

उदाहरण के लिए, मान लें कि आप काम पर हैं और आपको अपने बॉस से एक इ-मेल प्राप्त होता है, जो आपके हाल के काम के लिए महत्त्वपूर्ण है। आपकी प्रारंभिक प्रतिक्रिया क्रोध या रक्षात्मकता की हो सकती है। हालाँकि, यदि आप चेतना का अभ्यास करते हैं, तो आप इन भावनाओं को उनमें उलझे बिना देख सकते हैं। आप देख सकते हैं कि आपका गुस्सा असफलता के डर में निहित है, या यह कि

आपकी रक्षात्मकता अंडरवैल्यूड महसूस करने का परिणाम है। इन अंतर्निहित भावनाओं को पहचानकर आप उन्हें और अधिक रचनात्मक रूप से संबोधित करना शुरू कर सकते हैं।

जर्नलिंग

अपने भीतर की दुनिया को नेविगेट करने के लिए जर्नलिंग एक और शक्तिशाली उपकरण है। अपने विचारों और भावनाओं को कागज पर उतारने से आप अपनी बौद्धिक प्रक्रियाओं की बेहतर समझ हासिल कर सकते हैं और ऐसे पैटर्न की पहचान कर सकते हैं, जो नकारात्मक विचारों या भावनाओं का कारण हो सकते हैं। जर्नलिंग आपको कठिन भावनाओं के माध्यम से काम करने और समस्याओं के समाधान के साथ आने में भी मदद कर सकता है।

उदाहरण के लिए, मान लीजिए कि आप चिंता से जूझ रहे हैं। अपने चिंतित विचारों और भावनाओं के बारे में जर्नलिंग करके आप उन ट्रिगर्स की पहचान करना शुरू कर सकते हैं, जो आपकी चिंता का कारण बनते हैं। आप ऐसी रणनीतियों के साथ भी आ सकते हैं, जो आपकी चिंता को अधिक प्रभावी ढंग से प्रबंधित करने में आपकी सहायता कर सकती हैं।

आत्म-प्रतिबिंब

आत्म-प्रतिबिंब आपके अपने विचारों, भावनाओं और व्यवहारों की जाँच करने का अभ्यास है। यह उन क्षेत्रों की पहचान करने में आपकी सहायता कर सकता है, जहाँ आप फँस सकते हैं या जहाँ आपको अपने लक्ष्यों को प्राप्त करने के लिए परिवर्तन करने की आवश्यकता हो सकती है। आत्म-चिंतन आपको आत्म-चेतना और दूसरों के प्रति सहानुभूति की भावना विकसित करने में भी मदद कर सकता है।

उदाहरण के लिए, मान लें कि आपको अपने व्यक्तिगत संबंधों में कठिनाई हो रही है। अपने स्वयं के विचारों, भावनाओं और व्यवहारों को प्रतिबिंबित करके, आप उन प्रतिमानों की पहचान करना शुरू कर सकते हैं, जो संघर्ष का कारण बन रहे हैं। आप अपनी स्वयं की भावनात्मक आवश्यकताओं की बेहतर समझ भी प्राप्त कर सकते हैं और यह भी जान सकते हैं कि वे आपके संबंधों को कैसे प्रभावित कर रहे हैं?

संज्ञानात्मक पुनर्गठन

संज्ञानात्मक पुनर्गठन एक ऐसी तकनीक है, जिसका उपयोग संज्ञानात्मक-व्यवहार थेरैपी में व्यक्तियों को नकारात्मक विचार पैटर्न की पहचान करने और बदलने में मदद करने के लिए किया जाता है। इसमें नकारात्मक विचारों की पहचान करना और उन्हें अधिक सकारात्मक और रचनात्मक विचारों से बदलना शामिल है। संज्ञानात्मक पुनर्गठन आपकी आंतरिक दुनिया को नेविगेट करने के लिए एक शक्तिशाली उपकरण हो सकता है, क्योंकि यह आपको नकारात्मक विचार पैटर्न से मुक्त करने में मदद कर सकता है, जो आपको वापस पकड़ सकता है।

उदाहरण के लिए, मानं लें कि आप स्थितियों को विनाशकारी करते हैं। आप किसी भी स्थिति में सबसे खराब स्थिति को स्वचालित रूप से ग्रहण कर सकते हैं। संज्ञानात्मक पुनर्गठन का अभ्यास करके आप इन नकारात्मक विचार पैटर्न की पहचान करना सीख सकते हैं और उन्हें अधिक यथार्थवादी और रचनात्मक विचारों से बदल सकते हैं। आप स्थितियों को अधिक संतुलित तरीके से देखना शुरू कर सकते हैं, जिससे अधिक लचीलेपन और बौद्धिक स्वास्थ्य में सुधार हो सकता है।

भावनात्मक विनियमन

भावनात्मक विनियमन आपकी भावनाओं को स्वस्थ और रचनात्मक रूप से प्रबंधित करने की क्षमता है। इसमें आपकी भावनाओं को पहचानना और स्वीकार करना शामिल है, लेकिन उनकी तीव्रता और अवधि को नियंत्रित करने में सक्षम होना भी शामिल है। भावनात्मक विनियमन आपकी आंतरिक दुनिया को नेविगेट करने के लिए एक शक्तिशाली उपकरण हो सकता है, क्योंकि यह आपको कठिन भावनाओं को प्रबंधित करने और उनसे अभिभूत होने से बचने में मदद कर सकता है।

उदाहरण के लिए, मान लीजिए कि आप तनाव से अभिभूत महसूस कर रहे हैं। गहरी साँस लेने या चेतना जैसी भावनात्मक विनियमन तकनीकों का अभ्यास करके आप अपनी भावनाओं को नियंत्रित करना शुरू कर सकते हैं और उन्हें नियंत्रण से बाहर होने से रोक सकते हैं। आप मुकाबला करने की रणनीतियों को भी विकसित कर सकते हैं, जो तनाव को अधिक प्रभावी ढंग से प्रबंधित करने में आपकी सहायता कर सकते हैं, जैसे पूरे दिन ब्रेक लेना या शारीरिक गतिविधि में शामिल होना।

समर्थन माँगना

अपने भीतर की दुनिया को नेविगेट करना एक चुनौतीपूर्ण प्रक्रिया हो सकती है और यह याद रखना महत्त्वपूर्ण है कि आपको इसे अकेले नहीं करना है। मित्रों, परिवार के सदस्यों या बौद्धिक स्वास्थ्य पेशेवरों से समर्थन माँगना आपके विचारों, भावनाओं और विश्वासों के प्रबंधन के लिए एक शक्तिशाली उपकरण हो सकता है।

उदाहरण के लिए, मान लीजिए कि आप अवसाद से जूझ रहे हैं। एक चिकित्सक से सहायता माँगकर आप अंतर्निहित मुद्दों की पहचान करने में सक्षम हो सकते हैं, जो आपके अवसाद में योगदान दे रहे हैं और एक उपचार योजना विकसित कर सकते हैं, जो आपके लक्षणों को प्रबंधित करने में आपकी सहायता कर सकती है। आप सहायता समूहों या सहकर्मी परामर्श से भी लाभान्वित हो सकते हैं, जहाँ आप ऐसे अन्य लोगों से जुड़ सकते हैं, जो समान अनुभवों से गुजर रहे हैं।

मस्तिष्की आंदोलन

मस्तिष्की आंदोलन या माइंडफुल मूवमेंट एक ऐसा अभ्यास है, जो शारीरिक गति को चेतना के साथ जोड़ता है। इसमें निर्णय या व्याकुलता के बिना आपका ध्यान अपने शरीर और अपनी गतिविधियों पर लाना शामिल है। माइंडफुल मूवमेंट आपकी आंतरिक दुनिया को नेविगेट करने के लिए एक शक्तिशाली उपकरण हो सकता है, क्योंकि यह आपको अपने शरीर से जुड़ने और शारीरिक तनाव को दूर करने में मदद कर सकता है, जो नकारात्मक विचारों या भावनाओं में योगदान दे सकता है।

उदाहरण के लिए, मान लीजिए कि आप चिंतित महसूस कर रहे हैं। योग या ताई ची जैसे मस्तिष्की आंदोलनों का अभ्यास करके, आप शारीरिक तनाव से मुक्त होना शुरू कर सकते हैं और अपनी साँस से जुड़ सकते हैं। आप यह भी पा सकते हैं कि मस्तिष्की गति आपको इस समय अधिक जमीनी और वर्तमान महसूस करने में मदद करती है, जो चिंता की भावनाओं को कम करने में मदद कर सकती है।

खुद की देखभाल

आत्म-देखभाल आपकी शारीरिक, बौद्धिक और भावनात्मक भलाई की देखभाल करने का अभ्यास है। इसमें ऐसी गतिविधियों में संलग्न होना शामिल है, जो स्वास्थ्य और कल्याण को बढ़ावा देती हैं, जैसे कि व्यायाम, पौष्टिक भोजन और विश्राम तकनीक। स्व-देखभाल आपकी आंतरिक दुनिया को नेविगेट करने के

लिए एक शक्तिशाली उपकरण हो सकता है, क्योंकि यह आपको तनाव कम करने और समग्र कल्याण को बढ़ावा देने में मदद कर सकता है।

उदाहरण के लिए, मान लीजिए कि आप काम से अभिभूत महसूस कर रहे हैं। टहलने या गरम स्नान करने जैसी स्व-देखभाल गतिविधियों में संलग्न होकर आप तनाव कम करना और विश्राम को बढ़ावा देना शुरू कर सकते हैं। आप उन गतिविधियों से भी लाभान्वित हो सकते हैं, जो बौद्धिक और भावनात्मक कल्याण को बढ़ावा देती हैं, जैसे कि ध्यान या मेडिटेशन।

अंत में, अपने भीतर की दुनिया को नेविगेट करना एक आजीवन प्रक्रिया है, लेकिन यह विशेष पुरस्कार ला सकती है। चेतना, जर्नलिंग, सेल्फ-रिफ्लेक्शन, कॉग्निटिव रीस्ट्रक्चरिंग, इमोशनल रेगुलेशन, सपोर्ट माँगने, माइंडफुल मूवमेंट और सेल्फ-केयर का अभ्यास करके आप आत्म-चेतना की एक बड़ी समझ विकसित कर सकते हैं और अपने विचारों, भावनाओं और विश्वासों को स्वस्थ और रचनात्मक रूप से प्रबंधित करना सीख सकते हैं। इन रणनीतियों को जीवन के सभी क्षेत्रों में लागू किया जा सकता है, व्यक्तिगत संबंधों से लेकर, काम करने से लेकर समग्र कल्याण तक। अभ्यास और दृढ़ता के साथ आप अपनी स्वयं की बुद्धि के स्वामी बन सकते हैं और अपनी आंतरिक दुनिया को अधिक आसानी और स्पष्टता के साथ नेविगेट कर सकते हैं।

□

9

बौद्धिक क्षमता को अनलॉक करना

अपनी बौद्धिक क्षमता को अनलॉक करना आपकी संज्ञानात्मक क्षमताओं की पूरी श्रृंखला में दोहन करने के बारे में है, जिसमें स्मृति, रचनात्मकता, समस्या-समाधान और महत्त्वपूर्ण सोच शामिल है। अपने मस्तिष्क के प्रदर्शन को अनुकूलित करके आप अपने जीवन की समग्र गुणवत्ता को बढ़ा सकते हैं और अपने लक्ष्यों को अधिक आसानी और दक्षता से प्राप्त कर सकते हैं।

इस अध्याय में हम आपकी बौद्धिक क्षमता को अनलॉक करने के लिए कुछ प्रमुख रणनीतियों का पता लगाएँगे, जिनमें शामिल हैं—

मस्तिष्क व्यायाम

जैसे आपके शरीर को स्वस्थ रहने के लिए शारीरिक व्यायाम की आवश्यकता होती है, वैसे ही आपके मस्तिष्क को तेज रहने के लिए बौद्धिक व्यायाम की आवश्यकता होती है। मस्तिष्क व्यायाम आपकी याददाश्त, फोकस और समग्र संज्ञानात्मक कार्य को बेहतर बनाने में मदद कर सकता है।

उदाहरण के लिए, आप क्रॉसवर्ड पजल्स, सुडोकू या ब्रेन टीजर जैसे ब्रेन गेम खेलने की कोशिश कर सकते हैं। आप उन गतिविधियों में भी शामिल हो सकते हैं, जो आपके मस्तिष्क को चुनौती देती हैं, जैसे कि एक नई भाषा सीखना, एक वाद्य यंत्र बजाना या एक नया शौक अपनाना। इन गतिविधियों में नियमित रूप से शामिल होने से आप अपने तंत्रिका कनेक्शन को मजबूत कर सकते हैं और अपने मस्तिष्क के प्रदर्शन में सुधार कर सकते हैं।

ध्यान

ध्यान एक ऐसा अभ्यास है जिसमें निर्णय या व्याकुलता के बिना अपना ध्यान वर्तमान क्षण पर केंद्रित करना शामिल है। यह दिखाया गया है कि बौद्धिक स्वास्थ्य के लिए इसके कई लाभ हैं, जिनमें तनाव और चिंता को कम करना, फोकस में सुधार करना और रचनात्मकता को बढ़ाना शामिल है।

उदाहरण के लिए, आप चेतना मेडिटेशन की कोशिश कर सकते हैं, जिसमें बिना निर्णय के अपनी साँस और अपने विचारों पर ध्यान देना शामिल है। नियमित रूप से चेतना का अभ्यास करके आप अपने मस्तिष्क को अधिक प्रभावी ढंग से ध्यान केंद्रित करने और अपने विचारों और भावनाओं को अधिक कुशलता से प्रबंधित करने के लिए प्रशिक्षित कर सकते हैं।

नींद

नींद इष्टतम मस्तिष्क सक्रियता के लिए आवश्यक है। जब आप सोते हैं, तो आपका मस्तिष्क यादों को समेकित करता है और विषाक्त पदार्थों को साफ करता है, जो जागने के घंटों के दौरान जमा हो सकते हैं। स्मृति, रचनात्मकता और समस्या-समाधान सहित संज्ञानात्मक प्रदर्शन के लिए पर्याप्त उच्च गुणवत्ता वाली नींद लेना आवश्यक है।

उदाहरण के लिए, आप हर दिन एक ही समय पर सोने और जागने से एक सुसंगत नींद की दिनचर्या स्थापित करने का प्रयास कर सकते हैं। आप अपने शयनकक्ष को ठंडा, अँधेरा और शांत रखकर भी नींद के अनुकूल वातावरण बना सकते हैं।

पोषण

आपके मस्तिष्क को ठीक से काम करने के लिए पोषक तत्त्वों की आवश्यकता होती है। एक पौष्टिक आहार, जिसमें फल, सब्जियाँ, साबुत अनाज और लीन प्रोटीन जैसे खाद्य पदार्थ शामिल हैं, आपके मस्तिष्क के प्रदर्शन को अनुकूलित करने में मदद कर सकते हैं।

उदाहरण के लिए, आप अपने आहार में अधिक मस्तिष्क-स्वस्थ खाद्य पदार्थों को शामिल करने का प्रयास कर सकते हैं, जैसे पत्तेदार साग, जामुन, नट और मछली। आप प्रसंस्कृत खाद्य पदार्थ, शर्करायुक्त पेय और शराब से भी बच सकते हैं, जो संज्ञानात्मक कार्य को नुकसान पहुँचा सकते हैं।

सीखना

सीखना आपकी बौद्धिक क्षमता को अनलॉक करने का एक अनिवार्य घटक है। लगातार नए ज्ञान और कौशल की तलाश करके आप अपनी बुद्धि को चुनौती दे सकते हैं और अपनी संज्ञानात्मक क्षमताओं का विस्तार कर सकते हैं।

उदाहरण के लिए, आप नए पाठ्यक्रम में भाग ले सकते हैं, कार्यशालाओं या सम्मेलनों में भाग ले सकते हैं या विषयों की एक विस्तृत श्रृंखला पर पुस्तकें पढ़ सकते हैं। अपने आप को नए विचारों और अवधारणाओं के सामने लाकर, आप अपने मस्तिष्क को उत्तेजित कर सकते हैं तथा अपनी रचनात्मकता और समस्या को सुलझाने के कौशल को बढ़ा सकते हैं।

मानसिक दर्शन

मानसिक दर्शन या विजुअलाइजेशन आपकी बौद्धिक क्षमता को अनलॉक करने का एक शक्तिशाली उपकरण है। इसमें उन परिणामों की बौद्धिक छवियाँ बनाना शामिल है, जिन्हें आप प्राप्त करना चाहते हैं, जो आपको अपना ध्यान और प्रेरणा केंद्रित करने में मदद कर सकते हैं।

उदाहरण के लिए, आप अपने लक्ष्यों को प्राप्त करने की कल्पना करने की कोशिश कर सकते हैं, जैसे एक परियोजना को पूरा करना या एक प्रतियोगिता जीतना। सफलता की एक स्पष्ट बौद्धिक छवि बनाकर आप अपनी प्रेरणा बढ़ा सकते हैं और अपने लक्ष्यों को प्राप्त करने पर ध्यान केंद्रित कर सकते हैं।

लक्ष्य की स्थापना

अपनी बौद्धिक क्षमता को अनलॉक करने के लिए लक्ष्य-निर्धारण एक और महत्त्वपूर्ण रणनीति है। स्पष्ट और प्राप्त करने योग्य लक्ष्य निर्धारित करके आप विशिष्ट परिणामों पर अपना ध्यान और प्रेरणा केंद्रित कर सकते हैं।

उदाहरण के लिए, आप अपने जीवन के विभिन्न क्षेत्रों, जैसे कॅरियर, रिश्ते, स्वास्थ्य और व्यक्तिगत विकास में अल्पकालिक और दीर्घकालिक लक्ष्य निर्धारित कर सकते हैं। अपने लक्ष्यों को छोटे, प्राप्त करने योग्य चरणों में तोड़कर आप प्रगति और गति की भावना पैदा कर सकते हैं, जो आपको प्रेरित और ट्रैक पर रखने में मदद कर सकता है।

सकारात्मक सोच

सकारात्मक सोच आपकी बौद्धिक क्षमता को अनलॉक करने का एक शक्तिशाली उपकरण है। एक सकारात्मक बौद्धिकता विकसित करके आप अपने बौद्धिक स्वास्थ्य में सुधार कर सकते हैं और अपने समग्र संज्ञानात्मक कार्य को बढ़ा सकते हैं।

उदाहरण के लिए, आप अपनी ताकत और उपलब्धियों पर ध्यान केंद्रित करके और अपने जीवन के सकारात्मक पहलुओं के लिए कृतज्ञता का अभ्यास करते हुए नकारात्मक विचारों को सकारात्मक में बदलने की कोशिश कर सकते हैं। एक सकारात्मक बौद्धिकता विकसित करके आप तनाव और चिंता को कम कर सकते हैं, अपनी मनोदशा में सुधार कर सकते हैं और अपनी संज्ञानात्मक क्षमताओं को बढ़ा सकते हैं।

सचेतना

सचेतना आपकी बौद्धिक क्षमता को अनलॉक करने के लिए एक और महत्त्वपूर्ण रणनीति है। इसमें निर्णय या व्याकुलता के बिना इस समय में मौजूद रहना शामिल है और फोकस को बेहतर बनाने, तनाव को कम करने और रचनात्मकता को बढ़ाने में मदद कर सकता है।

उदाहरण के लिए, आप श्वास या शरीर की बारीक गतिविधियों पर ध्यान देकर या पैदल चलने का अभ्यास करने का प्रयास कर सकते हैं। नियमित रूप से सचेतना का अभ्यास करके आप अपने मस्तिष्क को अधिक प्रभावी ढंग से ध्यान केंद्रित करने के लिए प्रशिक्षित कर सकते हैं, अपने विचारों और भावनाओं को अधिक कुशलता से प्रबंधित कर सकते हैं और अपने समग्र संज्ञानात्मक कार्य को बढ़ा सकते हैं।

व्यायाम

व्यायाम न केवल आपके शारीरिक स्वास्थ्य के लिए बल्कि आपके बौद्धिक स्वास्थ्य और संज्ञानात्मक कार्य के लिए भी फायदेमंद है। नियमित व्यायाम तनाव और चिंता को कम करने, मूड में सुधार करने और संज्ञानात्मक कार्य को बढ़ाने में मदद कर सकता है।

उदाहरण के लिए, आप नियमित शारीरिक गतिविधि को अपनी दिनचर्या में शामिल करने का प्रयास कर सकते हैं, जैसे चलना, दौड़ना, तैरना या साइकिल

चलाना। नियमित शारीरिक गतिविधि में संलग्न होकर आप अपने समग्र स्वास्थ्य और कल्याण में सुधार कर सकते हैं और अपनी संज्ञानात्मक क्षमताओं को बढ़ा सकते हैं।

निष्कर्षत:—अपनी बौद्धिक क्षमता को अनलॉक करने के लिए एक समग्र दृष्टिकोण की आवश्यकता होती है जिसमें मस्तिष्क व्यायाम, ध्यान, नींद, पोषण, सीखने, विजुअलाइजेशन, लक्ष्य-निर्धारण, सकारात्मक सोच, चेतनता और व्यायाम सहित कई रणनीतियों के माध्यम से अपने मस्तिष्क के प्रदर्शन को अनुकूलित करना शामिल है। इन रणनीतियों को अपनी दिनचर्या में शामिल करके आप अपनी संज्ञानात्मक क्षमताओं को बढ़ा सकते हैं, अपने बौद्धिक स्वास्थ्य में सुधार कर सकते हैं और अपने लक्ष्यों को अधिक आसानी और दक्षता से प्राप्त कर सकते हैं।

□

10

आत्म-चेतना विकसित करना

आत्म-चेतना व्यक्तिगत विकास और वृद्धि का एक अनिवार्य घटक है। यह आपकी अपनी भावनाओं, विचारों और व्यवहारों को पहचानने और यह समझने की क्षमता है कि वे आपके जीवन और रिश्तों को कैसे प्रभावित करते हैं? सफलता प्राप्त करने, स्वस्थ संबंध बनाने और एक परिपूर्ण जीवन जीने के लिए आत्म-चेतना विकसित करना महत्त्वपूर्ण है। इस अध्याय में हम आत्म-चेतना विकसित करने के कुछ व्यावहारिक तरीकों की खोज करेंगे।

जर्नलिंग

आत्म-चेतना विकसित करने के लिए जर्नलिंग एक प्रभावी उपकरण है। अपने विचारों और भावनाओं को लिखकर आपको अपनी स्वयं की प्रेरणाओं और व्यवहारों के बारे में जानकारी प्राप्त करने में मदद मिल सकती है। अपनी जर्नल प्रविष्टियों पर विचार करके आप उन प्रतिमानों और विषयों की पहचान कर सकते हैं, जो आपके जीवन को प्रभावित कर रहे हैं।

उदाहरण के लिए, आप हर दिन अपनी डायरी में लिखने की कोशिश कर सकते हैं, या जब भी आपको अपने विचारों और भावनाओं को प्रतिबिंबित करने की आवश्यकता महसूस हो। इस अभ्यास में नियमित रूप से शामिल होने से आप अधिक आत्म-चेतना विकसित कर सकते हैं और स्वयं की गहरी समझ प्राप्त कर सकते हैं।

चेतना मेडिटेशन

चेतना मेडिटेशन आत्म-चेतना विकसित करने का एक और शक्तिशाली उपकरण है। इसमें निर्णय या व्याकुलता के बिना वर्तमान क्षण पर ध्यान देना शामिल

है और यह आपको अपने विचारों, भावनाओं और शारीरिक संवेदनाओं के बारे में अधिक जागरूक होने में मदद कर सकता है।

उदाहरण के लिए, आप प्रतिदिन कुछ मिनटों के लिए चेतना मेडिटेशन का अभ्यास कर सकते हैं। अपनी साँस पर ध्यान केंद्रित करके और इस समय मौजूद रहकर आप अधिक आत्म-चेतना विकसित कर सकते हैं और अपने समग्र कल्याण में सुधार कर सकते हैं।

आत्म-प्रतिबिंब

आत्म-चेतना विकसित करने के लिए आत्म-चिंतन एक महत्त्वपूर्ण अभ्यास है। इसमें आपके विचारों, भावनाओं और व्यवहारों को प्रतिबिंबित करने के लिए समय निकालना और यह विचार करना शामिल है कि वे आपके जीवन को कैसे प्रभावित कर रहे हैं?

उदाहरण के लिए, आप अपने जीवन और रिश्तों को प्रतिबिंबित करने के लिए प्रत्येक सप्ताह कुछ समय निकालने का प्रयास कर सकते हैं। आत्म-चिंतन में नियमित रूप से शामिल होने से आप अपने बारे में गहरी समझ प्राप्त कर सकते हैं और अधिक आत्म-चेतना विकसित कर सकते हैं।

भावात्मक बुद्धि

भावनात्मक बुद्धिमत्ता आपकी अपनी भावनाओं के साथ-साथ दूसरों की भावनाओं को पहचानने और प्रबंधित करने की क्षमता है। स्वस्थ संबंध बनाने और जीवन में सफलता प्राप्त करने के लिए भावनात्मक बुद्धिमत्ता का विकास आवश्यक है।

उदाहरण के लिए, आप अपनी भावनाओं के बारे में अधिक जागरूक होकर कि वे आपके व्यवहार को कैसे प्रभावित करती हैं, अपनी भावनात्मक बुद्धिमत्ता पर काम करने की कोशिश कर सकते हैं। सहानुभूति का अभ्यास करके और दूसरों की भावनाओं को समझकर आप अपने पारस्परिक कौशल में सुधार कर सकते हैं और अधिक आत्म-चेतना विकसित कर सकते हैं।

व्यक्तित्व परीक्षण

आत्म-चेतना विकसित करने के लिए व्यक्तित्व परीक्षण एक सहायक उपकरण हो सकता है। वह आपकी ताकत और कमजोरियों के साथ-साथ आपके

व्यक्तित्व लक्षणों और प्रवृत्तियों के बारे में जानकारी प्रदान कर सकते हैं।

उदाहरण के लिए, आप मायर्स-ब्रिग्स टाइप इंडिकेटर (एमबीटीआई) या बिग फाइव पर्सनैलिटी ट्रेट्स टेस्ट जैसे पर्सनैलिटी टेस्ट लेने की कोशिश कर सकते हैं। अपने व्यक्तित्व प्रकार को समझकर आप अपने स्वयं के व्यवहार में अधिक आत्म-चेतना और अंतर्दृष्टि प्राप्त कर सकते हैं।

प्रतिक्रिया माँगें

आत्म-चेतना विकसित करने के लिए दूसरों से फीडबैक लेना भी एक सहायक उपकरण हो सकता है। दूसरों से उनकी ईमानदार राय और दृष्टिकोण के बारे में पूछना इस बात की अंतर्दृष्टि प्रदान कर सकता है कि आप दूसरों द्वारा कैसा महसूस करते हैं।

उदाहरण के लिए, आप अपने व्यवहार या प्रदर्शन पर प्रतिक्रिया के लिए विश्वसनीय मित्रों या सहकर्मियों से पूछने का प्रयास कर सकते हैं। उनके इनपुट पर विचार करके आप अपने बारे में एक अलग दृष्टिकोण प्राप्त कर सकते हैं और अधिक आत्म-चेतना विकसित कर सकते हैं।

सक्रिय श्रवण का अभ्यास करें

आत्म-चेतना विकसित करने के लिए सक्रिय सुनना एक महत्त्वपूर्ण कौशल है। इसमें खुले मस्तिष्क से दूसरों की बात सुनना और उनके विचारों और भावनाओं पर ध्यान देना शामिल है।

उदाहरण के लिए, आप बातचीत के दौरान दूसरों के विचारों और भावनाओं पर ध्यान देकर सक्रिय रूप से सुनने का अभ्यास कर सकते हैं। इस कौशल को विकसित करके आप अपनी स्वयं की संचार शैली के प्रति अधिक जागरूक हो सकते हैं और दूसरों के साथ अपने संबंधों को बेहतर बना सकते हैं।

अपने ट्रिगर्स को पहचानें

आत्म-चेतना विकसित करने में अपने ट्रिगर्स की पहचान करना एक महत्त्वपूर्ण कदम है। ट्रिगर ऐसी स्थितियाँ या घटनाएँ हैं, जो आपको भावनात्मक रूप से प्रतिक्रिया करने के लिए प्रेरित करती हैं और आपके स्वयं के व्यवहार और विचार पैटर्न में अंतर्दृष्टि प्रदान कर सकती हैं।

उदाहरण के लिए, आप उन स्थितियों या घटनाओं पर ध्यान देकर अपने

ट्रिगर्स की पहचान करने की कोशिश कर सकते हैं, जो आपको भावनात्मक रूप से प्रतिक्रिया करने के लिए प्रेरित करते हैं। अपने ट्रिगर्स के बारे में अधिक जागरूक होकर आप अपनी भावनाओं को प्रबंधित करने और अपने समग्र कल्याण में सुधार करने के लिए रणनीतियाँ विकसित कर सकते हैं।

आत्म-करुणा का अभ्यास करें

आत्म-करुणा का अभ्यास आत्म-चेतना विकसित करने का एक और महत्त्वपूर्ण पहलू है। इसमें अपने आप को दयालुता और समझ के साथ व्यवहार करना और यह पहचानना शामिल है कि हर कोई गलती करता है।

उदाहरण के लिए, जब आप कोई गलती करते हैं या असफलता का अनुभव करते हैं, तो आप स्वयं के प्रति दयालु बनकर आत्म-करुणा का अभ्यास करने का प्रयास कर सकते हैं। इस कौशल को विकसित करके आप अपने आत्मसम्मान में सुधार कर सकते हैं और अधिक आत्म-चेतना विकसित कर सकते हैं।

अपने मूल्यों पर चिंतन करें

आत्म-चेतना विकसित करने में अपने मूल्यों पर चिंतन करना एक महत्त्वपूर्ण कदम है। आपके मूल्य सिद्धांत और विश्वास हैं, जो आपके व्यवहार और निर्णय लेने का मार्गदर्शन करते हैं।

उदाहरण के लिए, जीवन में आपके लिए सबसे महत्त्वपूर्ण क्या है, इस पर विचार करके अपने मूल्यों को प्रतिबिंबित करने का प्रयास कर सकते हैं। अपने मूल्यों की पहचान करके आप उद्देश्य और दिशा की अधिक समझ प्राप्त कर सकते हैं और अधिक आत्म-चेतना विकसित कर सकते हैं।

अंत में, आत्म-चेतना विकसित करना व्यक्तिगत वृद्धि और विकास का एक महत्त्वपूर्ण घटक है। जर्नलिंग, चेतना मेडिटेशन, सेल्फ-रिफ्लेक्शन, इमोशनल इंटेलिजेंस, फीडबैक माँगने, सक्रियता से सुनने, ट्रिगर्स की पहचान करने, आत्म-करुणा का अभ्यास करने एवं अपने मूल्यों को प्रतिबिंबित करने का अभ्यास करके आप अपने विचारों, भावनाओं और व्यवहारों में अधिक अंतर्दृष्टि प्राप्त कर सकते हैं। आत्म-चेतना की एक बड़ी भावना विकसित करें। अधिक आत्म-जागरूक होकर आप अपने संबंधों को बेहतर बना सकते हैं, जीवन में सफलता प्राप्त कर सकते हैं तथा एक अधिक पूर्ण और सार्थक जीवन जी सकते हैं।

□

11
नकारात्मक सोच पर काबू पाना

नकारात्मक सोच सुखी और संपन्न जीवन जीने में एक बड़ी बाधा हो सकती है। जब आप लगातार नकारात्मक सोचते हैं, तो यह आपके मूड, रिश्तों और यहाँ तक कि आपके शारीरिक स्वास्थ्य को भी प्रभावित कर सकता है। लेकिन अच्छी खबर यह है कि अभ्यास और प्रयास से आप नकारात्मक सोच पर काबू पा सकते हैं और जीवन के प्रति अधिक सकारात्मक दृष्टिकोण विकसित कर सकते हैं।

नकारात्मक विचारों को पहचानें

नकारात्मक सोच पर काबू पाने का पहला कदम है अपने नकारात्मक विचारों के प्रति जागरूक होना। नकारात्मक विचार स्वचालित हो सकते हैं और कभी-कभी किसी का ध्यान नहीं जाता है, इसलिए अपने आंतरिक संवाद पर ध्यान देना महत्त्वपूर्ण है।

उदाहरण के लिए, यदि आप खुद को लगातार यह सोचते हुए पाते हैं कि आप काफी अच्छे नहीं हैं, तो उन स्थितियों या ट्रिगर्स की पहचान करने की कोशिश करें, जो इस विचार को जन्म देते हैं। अपने नकारात्मक विचारों के बारे में अधिक जागरूक होकर आप उन्हें चुनौती देना शुरू कर सकते हैं और अधिक सकारात्मक दृष्टिकोण विकसित कर सकते हैं।

नकारात्मक विचारों को चुनौती दें

एक बार जब आप अपने नकारात्मक विचारों की पहचान कर लेते हैं, तो अगला कदम उन्हें चुनौती देना होता है। नकारात्मक विचार अकसर तर्कहीन होते

हैं और दोषपूर्ण धारणाओं या विश्वासों पर आधारित हो सकते हैं। इन नकारात्मक विचारों को चुनौती देकर आप नकारात्मकता के चक्र से मुक्त हो सकते हैं और अधिक सकारात्मक दृष्टिकोण विकसित कर सकते हैं।

उदाहरण के लिए, यदि आपके पास एक नकारात्मक विचार है, जैसे "मैं बहुत अच्छा नहीं हूँ," तो अपने आप से पूछकर इसे चुनौती देने का प्रयास करें कि क्या यह वास्तव में सच है। क्या आपके जीवन में ऐसे कोई उदाहरण हैं, जहाँ आप सफल हुए हैं या अच्छा किया है? अपने नकारात्मक विचारों पर सवाल उठाने से आप यह देखना शुरू कर सकते हैं कि वे अकसर निराधार मान्यताओं पर आधारित होते हैं।

नकारात्मक विचारों को फिर से नाम दें

नकारात्मक विचारों को फिर से परिभाषित करने में एक स्थिति को एक अलग दृष्टिकोण से देखना शामिल है। किसी स्थिति के बारे में अपने सोचने के तरीके को बदलकर आप इसके सकारात्मक पहलुओं को देखना शुरू कर सकते हैं और अधिक सकारात्मक दृष्टिकोण विकसित कर सकते हैं।

उदाहरण के लिए, यदि आपके पास एक नकारात्मक विचार है, जैसे "मैं हमेशा विफल रहता हूँ," अपनी असफलताओं के सकारात्मक पहलुओं को देखकर इसे फिर से बनाने का प्रयास करें। आपने अपनी असफलताओं से क्या सीखा? उन्होंने आपको बढ़ने और विकसित होने में कैसे मदद की? अपने नकारात्मक विचारों को फिर से परिभाषित करके आप अपने अनुभवों के सकारात्मक पहलुओं को देखना शुरू कर सकते हैं।

कृतज्ञता का अभ्यास करें

कृतज्ञता का अभ्यास करना नकारात्मक सोच पर काबू पाने का एक और तरीका है। जब आप उस पर ध्यान केंद्रित करते हैं, जिसके लिए आप आभारी हैं, तो यह आपके ध्यान को नकारात्मक विचारों से दूर करने और अधिक सकारात्मक दृष्टिकोण विकसित करने में मदद कर सकता है।

उदाहरण के लिए, उन तीन चीजों को सूचीबद्ध करने की आदत बनाने की कोशिश करें, जिनके लिए आप हर दिन आभारी हैं। ये सुंदर सूर्यास्त या किसी मित्र की ओर से एक दयालु इशारा जैसी साधारण चीजें हो सकती हैं। अपने जीवन के सकारात्मक पहलुओं पर ध्यान केंद्रित करके आप यह देखना शुरू कर सकते हैं कि आभारी होने के लिए बहुत-कुछ है।

सकारात्मक लोगों के साथ रहें

जिन लोगों के साथ आप खुद को घेरते हैं, उनका भी आपकी सोच पर असर पड़ सकता है। अपने आप को सकारात्मक, सहायक लोगों के साथ घेरने से आपको अधिक सकारात्मक दृष्टिकोण विकसित करने और नकारात्मक सोच को दूर करने में मदद मिल सकती है।

उदाहरण के लिए, उन लोगों के साथ अधिक समय बिताने की कोशिश करें, जो आपको उठाते हैं और आपको अपने बारे में अच्छा महसूस कराते हैं। ऐसे लोगों से दूर रहें जो नकारात्मक हैं या आपको नीचा दिखाते हैं। अपने आप को सकारात्मक लोगों के साथ घेरकर आप अपने और अपने आसपास की दुनिया में अच्छाई देखना शुरू कर सकते हैं।

स्व-देखभाल का अभ्यास करें

अपना खयाल रखना नकारात्मक सोच पर काबू पाने का एक और महत्त्वपूर्ण पहलू है। जब आप अपनी शारीरिक और भावनात्मक भलाई को प्राथमिकता देते हैं, तो आप अधिक सकारात्मक दृष्टिकोण विकसित कर सकते हैं और नकारात्मक सोच पर काबू पा सकते हैं।

उदाहरण के लिए, पर्याप्त नींद लेने, स्वस्थ भोजन खाने और नियमित रूप से व्यायाम करने की आदत बनाने की कोशिश करें। बबल बाथ लेने, प्रकृति में टहलने जाने या अपने पसंदीदा संगीत को सुनने जैसी आत्म-देखभाल गतिविधियों का अभ्यास करें। स्व-देखभाल को प्राथमिकता देकर आप अपनी मनोदशा में सुधार कर सकते हैं और अधिक सकारात्मक दृष्टिकोण विकसित कर सकते हैं।

चेतना का अभ्यास करें

नकारात्मक सोच पर काबू पाने के लिए चेतना एक शक्तिशाली उपकरण है। जब आप चेतना का अभ्यास करते हैं, तो आप बिना निर्णय के अपने विचारों और भावनाओं का निरीक्षण करना सीखते हैं। यह आपको नकारात्मक सोच के पैटर्न से मुक्त होने और अधिक सकारात्मक दृष्टिकोण विकसित करने में मदद कर सकता है।

उदाहरण के लिए, प्रत्येक दिन कुछ मिनटों के लिए चेतना मेडिटेशन का अभ्यास करने का प्रयास करें। अपनी साँस पर ध्यान दें और बिना निर्णय के अपने विचारों का निरीक्षण करें। जब नकारात्मक विचार उत्पन्न हों, तो बस उन्हें स्वीकार

करें और उन्हें जाने दें। चेतना का अभ्यास करके आप आत्म-चेतना की भावना विकसित कर सकते हैं और अपने विचारों पर नियंत्रण कर सकते हैं।

पेशेवर मदद लें

यदि आप अपने दम पर नकारात्मक सोच को दूर करने के लिए संघर्ष कर रहे हैं, तो पेशेवर मदद लेने में संकोच न करें। एक बौद्धिक स्वास्थ्य पेशेवर आपको नकारात्मक सोच पर काबू पाने के लिए रणनीति विकसित करने में मदद कर सकता है और रास्ते में सहायता और मार्गदर्शन प्रदान कर सकता है।

उदाहरण के लिए, संज्ञानात्मक व्यवहार चिकित्सा (सीबीटी) एक प्रकार की चिकित्सा है, जो नकारात्मक विचारों को पहचानने और चुनौती देने पर केंद्रित है। एक चिकित्सक आपके नकारात्मक विचारों की पहचान करने के लिए आपके साथ काम कर सकता है और उन्हें चुनौती देने और उन्हें फिर से तैयार करने के लिए रणनीति विकसित करने में आपकी सहायता कर सकता है।

अंत में, नकारात्मक सोच एक सुखी और पूर्ण जीवन जीने में एक बड़ी बाधा हो सकती है। लेकिन अभ्यास और प्रयास से आप नकारात्मक सोच पर काबू पा सकते हैं और अधिक सकारात्मक दृष्टिकोण विकसित कर सकते हैं। अपने नकारात्मक विचारों की पहचान करके, उन्हें चुनौती देकर और कृतज्ञता, आत्म-देखभाल और चेतना जैसी सकारात्मक आदतों को विकसित करके आप अपने विचारों पर नियंत्रण कर सकते हैं और अधिक पूर्ण जीवन जी सकते हैं। यदि आप अपने दम पर नकारात्मक सोच को दूर करने के लिए संघर्ष कर रहे हैं, तो पेशेवर मदद लेने में संकोच न करें। याद रखें, आप नकारात्मक सोच पर काबू पाने और एक सुखी, पूर्ण जीवन जीने में सक्षम हैं।

□

12

एक मजबूत बौद्धिकता बनाना

जीवन के किसी भी क्षेत्र में सफलता प्राप्त करने के लिए एक मजबूत बौद्धिकता का होना एक आवश्यक तत्त्व है। यह दृष्टिकोण, विश्वास और विचार हैं, जो हम अपनी बुद्धि में धारण करते हैं, जो यह निर्धारित करते हैं कि हम स्थितियों को कैसे देखते हैं और प्रतिक्रिया करते हैं? एक मजबूत बौद्धिकता हमें चुनौतियों और असफलताओं से उबरने, ध्यान केंद्रित करने, प्रेरणा बनाए रखने और अपने लक्ष्यों को प्राप्त करने की शक्ति प्रदान करती है। इस अध्याय में हम एक मजबूत बौद्धिकता बनाने के महत्त्व का पता लगाएँगे और उदाहरण देंगे कि आप अपनी खुद की बौद्धिकता को कैसे विकसित और मजबूत कर सकते हैं।

अपने आप पर यकीन रखें

एक मजबूत बौद्धिकता बनाने के सबसे महत्त्वपूर्ण पहलुओं में से एक अपने आप में विश्वास करना है। जब आप खुद पर विश्वास करते हैं, तो आप नई चुनौतियों का सामना करने और अपने लक्ष्यों का पीछा करने के लिए आत्मविश्वास और साहस विकसित करते हैं। दूसरी ओर, यदि आपको अपने आप में विश्वास की कमी है, तो आप संकोच कर सकते हैं, अपनी क्षमताओं पर संदेह कर सकते हैं और आसानी से हार मान सकते हैं। इसलिए एक मजबूत बौद्धिकता विकसित करने के लिए आत्मविश्वास पैदा करना आवश्यक है।

आत्मविश्वास बनाने के लिए, अपनी कमजोरियों और असफलताओं के बजाय अपनी ताकत और उपलब्धियों पर ध्यान दें। उस समय को प्रतिबिंबित करें जब आपने चुनौतियों का सामना किया और सफल हुए। अपने आप को सहायक लोगों से घेरें, जो आपको प्रोत्साहित करते हैं और आप पर विश्वास करते हैं। याद

रखें कि कमजोरियाँ सभी में होती हैं, लेकिन आप उन्हें दूर कर सकते हैं और सफलता प्राप्त कर सकते हैं।

चुनौतियों को गले लगाओ

एक मजबूत बौद्धिकता बनाने का एक और महत्त्वपूर्ण पहलू चुनौतियों को स्वीकार करना है। चुनौतियाँ असहज और डराने वाली हो सकती हैं, लेकिन वे सीखने, बढ़ने और लचीलापन विकसित करने का अवसर भी प्रदान करती हैं। जब आप विकास की बौद्धिकता के साथ चुनौतियों का सामना करते हैं, तो आप उन्हें बाधाओं से बचने के बजाय सुधारने के अवसर के रूप में देखते हैं।

उदाहरण के लिए, यदि आप सार्वजनिक रूप से बोलने से डरते हैं, तो आप इसे अपने संचार कौशल विकसित करने और अपने डर पर काबू पाने के अवसर के रूप में देख सकते हैं। सार्वजनिक बोलने के अवसरों से बचने के बजाय, उनकी तलाश करें और हर बार अपने कौशल में सुधार करने पर ध्यान दें। यह दृष्टिकोण आपको आत्मविश्वास बनाने और एक मजबूत बौद्धिकता विकसित करने में मदद करेगा।

समस्याओं पर नहीं, समाधान पर ध्यान दें

समस्याओं के बजाय समाधान पर ध्यान देने से समस्या को ज्यादा अच्छी तरह से निर्मूल किया जा सकता है। जब आप बाधाओं या असफलताओं का सामना करते हैं, तो समस्या पर ध्यान देना और नकारात्मक सोच में फँस जाना आसान होता है। हालाँकि, एक मजबूत बौद्धिकता समाधान खोजने के अवसरों के रूप में समस्याओं का सामना करती है।

इस बौद्धिकता को विकसित करने के लिए आप जो नहीं कर सकते, उसके बजाय आप जो नियंत्रित कर सकते हैं, उस पर ध्यान केंद्रित करें। समस्या की पहचान करें, और फिर संभावित समाधानों पर मंथन करें। प्रत्येक समाधान का मूल्यांकन करें और वह चुनें, जिसके काम करने की सबसे अधिक संभावना है। यह दृष्टिकोण आपको एक सक्रिय बौद्धिकता विकसित करने और चुनौतियों का सामना करने में असहाय महसूस करने से बचने में मदद करेगा।

लचीलापन पैदा करें

लचीलापन असफलताओं और चुनौतियों से पीछे हटने की क्षमता है। यह एक मजबूत बौद्धिकता का महत्त्वपूर्ण तत्त्व है, क्योंकि यह आपको प्रतिकूल परिस्थितियों

में दृढ़ रहने और फोकस बनाए रखने में सक्षम बनाता है। लचीलापन विकसित करने के लिए निम्नलिखित विधियों पर ध्यान दें—

सकारात्मक बौद्धिकता विकसित करें—आशावाद पैदा करें और जीवन के सकारात्मक पहलुओं पर ध्यान केंद्रित करें।

आत्म-देखभाल का अभ्यास करें—नियमित रूप से व्यायाम करके, पर्याप्त नींद लेकर और आपको खुशी देने वाली गतिविधियों में शामिल होकर अपने शारीरिक, भावनात्मक और बौद्धिक स्वास्थ्य का ध्यान रखें।

एक सपोर्ट सिस्टम बनाएँ—अपने आप को ऐसे सहायक लोगों से घेरें, जो आपको प्रोत्साहित करते हैं और आप पर विश्वास करते हैं।

असफलता को गले लगाओ—असफलता को व्यक्तिगत दोष या कमजोरी के बजाय सीखने और बढ़ने के अवसर के रूप में देखें।

अनुकूल बने रहें—बाधाओं या असफलताओं का सामना करने पर अपने दृष्टिकोण को समायोजित करने और नई रणनीतियों का प्रयास करने के लिए तैयार रहें।

कृतज्ञता का अभ्यास करें

कृतज्ञता जीवन के सकारात्मक पहलुओं पर ध्यान केंद्रित करने और हमारे पास जो कुछ भी है, उसके लिए आभारी होने का अभ्यास है। यह एक मजबूत बौद्धिकता का एक अनिवार्य तत्त्व है, क्योंकि यह कठिन समय के दौरान भी हमें परिप्रेक्ष्य बनाए रखने और जीवन में अच्छी चीजों की सराहना करने में मदद करता है।

कृतज्ञता का अभ्यास करने के लिए, एक दैनिक आभार पत्रिका शुरू करें या प्रत्येक दिन कुछ मिनट निकालकर यह प्रतिबिंबित करें कि आप किसके लिए आभारी हैं। जीवन में छोटी-छोटी चीजों पर ध्यान दें, जैसे एक सुंदर सूर्यास्त, एक दोस्त से एक दयालु शब्द या चाय का गरम कप। नियमित रूप से कृतज्ञता का अभ्यास करने से आपको जीवन पर अधिक आशावादी दृष्टिकोण विकसित करने में मदद मिलेगी, जो एक मजबूत बौद्धिकता का एक अनिवार्य घटक है।

लक्ष्य निर्धारित करें और काररवाई करें

लक्ष्यों को निर्धारित करने और उन्हें प्राप्त करने के लिए उपक्रम करने से लक्ष्य-सिद्धि सहज बन जाती है। लक्ष्य हमें दिशा और उद्‌देश्य देते हैं और हमें

अपनी ऊर्जा और संसाधनों पर ध्यान केंद्रित करने में मदद करते हैं। जब हम अपने लक्ष्यों की दिशा में कारवाई करते हैं, तो हम गति पैदा करते हैं और प्रगति और उपलब्धि की भावना पैदा करते हैं।

प्रभावी लक्ष्य निर्धारित करने के लिए उन्हें विशिष्ट, मापने योग्य और प्राप्त करने योग्य बनाएँ। बड़े लक्ष्यों को छोटे, प्रबंधनीय चरणों में विभाजित करें और प्रत्येक चरण के लिए समय-सीमा निर्धारित करें। फिर अपने लक्ष्यों की ओर लगातार कारवाई करें, भले ही कदम छोटे हों। यह दृष्टिकोण आपको गति बनाने और अपने लक्ष्यों को प्राप्त करने की दिशा में प्रगति करने में मदद करेगा।

असफलता से सीखें

अंत में, एक मजबूत बौद्धिकता की विशेषता विफलता से सीखने की इच्छा है। जीवन में असफलता अवश्यंभावी है, लेकिन हम असफलता पर कैसे प्रतिक्रिया करते हैं? यह हमारी सफलता के स्तर को निर्धारित करता है। जब हम विकास की बौद्धिकता के साथ असफलता का सामना करते हैं, तो हम इसे व्यक्तिगत दोष या कमजोरी के बजाय सीखने और सुधारने के अवसर के रूप में देखते हैं।

असफलता से सीखने के लिए, क्या गलत हुआ, इस पर चिंतन करें और पहचानें कि आप अलग तरीके से क्या कर सकते थे? अपने दृष्टिकोण को समायोजित करने और पुनः प्रयास करने के लिए इस जानकारी का उपयोग करें। असफलता सीखने की प्रक्रिया का एक स्वाभाविक हिस्सा है और एक मजबूत बौद्धिकता विकसित करने और विकसित करने के अवसर के रूप में इसे गले लगाना महत्त्वपूर्ण है।

अंत में, एक मजबूत बौद्धिकता बनाना एक सतत प्रक्रिया है, जिसके लिए जानबूझकर प्रयास और अभ्यास की आवश्यकता होती है। अपने आप में विश्वास करके, चुनौतियों को स्वीकार कर, समाधानों पर ध्यान केंद्रित करके, लचीलेपन की खेती करके, कृतज्ञता का अभ्यास करके, लक्ष्य निर्धारित करके, कारवाई करके और असफलता से सीखकर आप एक ऐसी बौद्धिकता विकसित कर सकते हैं, जो आपकी बाधाओं को दूर करने, अपने लक्ष्यों को प्राप्त करने और एक पूर्ण जीवन जीने के लिए सशक्त बनाती है। याद रखें, एक मजबूत बौद्धिकता पूर्ण होने या सभी उत्तरों के बारे में नहीं है; यह चुनौतियों का सामना करने तथा आगे बढ़ते रहने का साहस और लचीलापन रखने के बारे में है।

□

13

तनाव और चिंता का प्रबंधन

तनाव और चिंता सामान्य अनुभव हैं, जो हमारे बौद्धिक और शारीरिक स्वास्थ्य को प्रभावित करते हैं। जब अनियंत्रित छोड़ दिया जाता है, तो वे अवसाद, अनिद्रा और पुरानी स्वास्थ्य स्थितियों सहित कई नकारात्मक परिणामों को जन्म दे सकते हैं। हालाँकि, तनाव और चिंता के प्रबंधन के लिए प्रभावी रणनीतियों को सीखकर हम अपनी भलाई और जीवन की गुणवत्ता में सुधार कर सकते हैं। इस अध्याय में हम तनाव और चिंता के प्रबंधन के लिए सबसे प्रभावी तकनीकों में से कुछ का पता लगाएँगे।

ट्रिगर्स को पहचानें

तनाव और चिंता के प्रबंधन में पहला कदम यह पहचानना है कि इन भावनाओं को क्या ट्रिगर करता है? ट्रिगर आंतरिक हो सकते हैं, जैसे नकारात्मक विचार या शारीरिक परेशानी, या बाहरी, जैसे तनावपूर्ण स्थितियाँ या रिश्ते। हमारे तनाव और चिंता को ट्रिगर करने वाले कारणों को समझकर हम उन्हें प्रबंधित करने के लिए कार्यनीतियाँ विकसित कर सकते हैं।

ट्रिगर्स की पहचान करने का एक प्रभावी तरीका पूरे दिन हमारे विचारों और भावनाओं का जर्नल या लॉग रखना है। यह हमें पैटर्न और ट्रिगर्स की पहचान करने में मदद कर सकता है, जिनके बारे में हमें पता नहीं हो सकता।

चेतना का अभ्यास करें

चेतना एक ऐसी तकनीक है जिसमें निर्णय के बिना वर्तमान क्षण पर ध्यान देना शामिल है। अतीत पर चिंतन करने या भविष्य की चिंता करने के बजाय

हमारा ध्यान वर्तमान क्षण पर लाकर तनाव और चिंता को कम करने में मदद कर सकता है।

चेतना का अभ्यास करने के कई तरीके हैं, जिनमें ध्यान, योग और गहरी साँस लेने के व्यायाम शामिल हैं। शरीर के अंदर और बाहर हवा के चलने की अनुभूति पर ध्यान केंद्रित करते हुए कुछ गहरी साँसें लेना एक सरल चेतना व्यायाम है। जैसे ही विचार या ध्यान भंग होता है, बस उन्हें स्वीकार करें और अपना ध्यान साँस पर लौटा दें।

नियमित रूप से व्यायाम करें

व्यायाम एक प्राकृतिक तनाव निवारक है, जो चिंता को कम करने में भी मदद कर सकता है। शारीरिक गतिविधि एंडोर्फिन निर्मित करती है, जो प्राकृतिक मूड बूस्टर हारमोन है और कल्याण की हमारी समग्र भावना को बेहतर बनाने में मदद कर सकता है। नियमित व्यायाम भी हमारी शारीरिक और भावनात्मक शक्ति को बढ़ाकर तनाव के प्रति लचीलापन बनाने में हमारी मदद कर सकता है। थोड़ी देर टहलना या कुछ मिनट की स्ट्रेचिंग भी तनाव और चिंता को कम करने में मदद कर सकती है।

विश्राम तकनीकों का अभ्यास करें

विश्राम तकनीक, जैसे मांसपेशी की क्रियाएँ और निर्देशित इमेजरी, शांत एवं विश्राम की भावना को बढ़ावा देकर तनाव और चिंता को कम करने में मदद कर सकती हैं। इन तकनीकों में जानबूझकर शरीर में विभिन्न मांसपेशी समूहों को छेड़ना और छोड़ना या शांतिपूर्ण दृश्यों और संवेदनाओं की कल्पना करना शामिल है।

सीमाओं का निर्धारण

सीमाएँ निर्धारित करना तनाव और चिंता के प्रबंधन का एक अनिवार्य हिस्सा है। सीमाएँ हमें स्वस्थ संबंध बनाए रखने में मदद कर सकती हैं और हमें, जितना हम सँभाल सकते हैं, उससे अधिक लेने से रोक सकती हैं। इसमें हमारे काम के घंटों की सीमा निर्धारित करना, उन प्रतिबद्धताओं को न कहना, जो हमारी प्राथमिकताओं के अनुरूप नहीं हैं और हमारी आवश्यकताओं और सीमाओं के बारे में दूसरों के साथ स्पष्ट अपेक्षाएँ स्थापित करना शामिल हो सकता है।

समर्थन की तलाश करें

किसी विश्वसनीय मित्र या परिवार के सदस्य से बात करना, या चिकित्सक या परामर्शदाता से पेशेवर सहायता प्राप्त करना भी तनाव और चिंता को प्रबंधित करने में मदद कर सकता है। हमारी भावनाओं के बारे में बात करने से हमें उन्हें संसाधित करने और हमारी चुनौतियों पर परिप्रेक्ष्य प्राप्त करने में मदद मिल सकती है। एक बौद्धिक स्वास्थ्य पेशेवर प्रभावी मुकाबला रणनीतियों को विकसित करने में मार्गदर्शन और सहायता भी प्रदान कर सकता है।

अंत में, तनाव और चिंता का प्रबंधन एक सतत प्रक्रिया है, जिसके लिए जानबूझकर प्रयास और अभ्यास की आवश्यकता होती है। ट्रिगर्स की पहचान करके, चेतना का अभ्यास करके, नियमित रूप से व्यायाम करके, विश्राम तकनीकों का उपयोग करके, सीमाओं को निर्धारित करके और सहायता प्राप्त करके हम अपनी भलाई में सुधार कर सकते हैं और अपने जीवन पर तनाव और चिंता के प्रभाव को कम कर सकते हैं। याद रखें, चुनौतीपूर्ण परिस्थितियों में भी अपने बौद्धिक स्वास्थ्य को प्राथमिकता देना और अपनी देखभाल करना महत्त्वपूर्ण है।

□

14

भीतर से आत्मविश्वास पैदा करना

आत्मविश्वास हमारी सफलता और खुशी का एक महत्त्वपूर्ण कारक है। यह हमें जोखिम उठाने, अपने लक्ष्यों का पीछा करने और बाधाओं को दूर करने में मदद कर सकता है। हालाँकि, बहुत से लोग आत्म-संदेह और कम आत्मसम्मान के साथ संघर्ष करते हैं, जो उन्हें उनके जीवन के विभिन्न पहलुओं में पीछे धकेल सकता है। इस अध्याय में हम भीतर से आत्मविश्वास पैदा करने के लिए कुछ प्रभावी रणनीतियों की खोज करेंगे।

नकारात्मक आत्म-चर्चा को चुनौती दें

आत्मविश्वास के निर्माण के लिए नकारात्मक आत्म-चर्चा एक महत्त्वपूर्ण बाधा हो सकती है। इसमें हमारे बारे में नकारात्मक विचार और विश्वास शामिल हैं, जैसे "मैं बहुत अच्छा नहीं हूँ" या "मैं हमेशा चीजों को गड़बड़ कर देता हूँ।" ये विचार हमारे मस्तिष्क में घर कर सकते हैं और हमें अपनी पूरी क्षमता तक पहुँचने से रोक सकते हैं।

नकारात्मक आत्म-चर्चा को चुनौती देने का एक तरीका इन विचारों को पहचानना और उन पर सवाल उठाना है। उदाहरण के लिए, यदि आप स्वयं को यह सोचते हुए पाते हैं कि "मैं बहुत अच्छा नहीं हूँ," अपने आप से पूछिए, "मैं ऐसा क्यों मानता हूँ? उस विश्वास का समर्थन करने के लिए मेरे पास क्या प्रमाण हैं? क्या कोई अन्य परिप्रेक्ष्य है, जो अधिक सटीक हो सकता है?"

मजबूती पर ध्यान दें

अपनी ताकत और उपलब्धियों पर ध्यान केंद्रित करने से भी आत्मविश्वास

पैदा करने में मदद मिल सकती है। अपनी ताकत, कौशल और उपलब्धियों की एक सूची बनाएँ और नियमित रूप से उनकी समीक्षा करें। यह आपको अपनी क्षमताओं और उपलब्धियों की याद दिलाने में मदद कर सकता है, जिससे आपकी क्षमताओं में आपका विश्वास बढ़ सकता है।

स्व-देखभाल का अभ्यास करें

आत्मविश्वास बनाने के लिए खुद की देखभाल करना महत्त्वपूर्ण है। आत्म-देखभाल में पर्याप्त नींद लेना, अच्छा खाना, नियमित रूप से व्यायाम करना और ऐसी गतिविधियों में शामिल होना शामिल है, जो हमें आनंद और विश्राम देती हैं।

जब हम आत्म-देखभाल को प्राथमिकता देते हैं, तो हम स्वयं को दिखाते हैं कि हम अपनी भलाई को महत्त्व देते हैं और उसका सम्मान करते हैं। यह हमारे आत्मविश्वास और आत्मसम्मान को बढ़ाने में मदद कर सकता है।

प्राप्त करने योग्य लक्ष्य निर्धारित करें

प्राप्त करने योग्य लक्ष्य निर्धारित करना और उनकी ओर काम करना भी आत्मविश्वास बढ़ाने में मदद कर सकता है। जब हम लक्ष्य निर्धारित करते हैं और उनकी ओर काम करते हैं, तो हम स्वयं को साबित करते हैं कि हम सफलता प्राप्त करने में सक्षम हैं।

ऐसे लक्ष्य निर्धारित करना महत्त्वपूर्ण है, जो चुनौतीपूर्ण हों, लेकिन यथार्थवादी हों। बहुत कठिन लक्ष्य निर्धारित करना निराशा और हताशा का कारण बन सकता है, जबकि बहुत आसान लक्ष्य निर्धारित करना अतृप्त महसूस कर सकता है।

विजुअलाइजेशन का अभ्यास करें

विजुअलाइजेशन एक शक्तिशाली तकनीक है, जिसमें कल्पना करना शामिल है कि हम अपने लक्ष्यों को सफलतापूर्वक प्राप्त कर रहे हैं। यह सफलता की बौद्धिक तसवीर बनाकर और हमारी क्षमताओं के बारे में सकारात्मक विश्वासों को मजबूत करके आत्मविश्वास बनाने में मदद कर सकता है।

विजुअलाइजेशन का अभ्यास करने के लिए अपनी आँखें बंद करें और अपने लक्ष्य को सफलतापूर्वक प्राप्त करने की कल्पना करें। अपनी सफलता से जुड़े स्थलों, ध्वनियों और संवेदनाओं की कल्पना करें। आपका विजुअलाइजेशन जितना अधिक विशद और विस्तृत होगा, उतना ही अधिक प्रभावी हो सकता है।

जोखिम लें

जोखिम लेने से भी आत्मविश्वास पैदा करने में मदद मिल सकती है। जब हम अपने कंफर्ट जोन से बाहर कदम रखते हैं और नई चीजों को आजमाते हैं, तो हम खुद को साबित करते हैं कि हम चुनौतियों का सामना करने और सफलता हासिल करने में सक्षम हैं।

हालाँकि, आवेगपूर्ण तरीके से कार्य करने के बजाय, परिकलित जोखिम लेना महत्त्वपूर्ण है। काररवाई करने से पहले संभावित जोखिमों और लाभों पर विचार करें, और संभावित बाधाओं को कैसे सँभालना है, इसके लिए एक योजना तैयार करें।

अंत में, भीतर से आत्मविश्वास पैदा करना एक ऐसी प्रक्रिया है, जिसके लिए प्रयास और अभ्यास की आवश्यकता होती है। नकारात्मक आत्म-चर्चा को चुनौती देकर, अपनी ताकत पर ध्यान केंद्रित करके, आत्म-देखभाल का अभ्यास करके, प्राप्त करने योग्य लक्ष्य निर्धारित करके, सफलता की कल्पना करके और सुनियोजित जोखिम उठाकर हम अपने आत्मविश्वास का निर्माण कर सकते हैं और अपने जीवन के विभिन्न पहलुओं में सफलता प्राप्त कर सकते हैं। याद रखें, आत्मविश्वास का निर्माण एक जीवन भर की यात्रा है और जब हम अपने लक्ष्यों की दिशा में काम करते हैं तो धैर्य रखना और खुद के प्रति दयालु होना महत्त्वपूर्ण है।

□

15

दैनिक जीवन में चेतना पैदा करना

चेतना वर्तमान क्षण में बिना निर्णय या व्याकुलता के जागरूक और उपस्थित होने का अभ्यास है। यह आपके बौद्धिक स्वास्थ्य को बेहतर बनाने, तनाव कम करने और आपके समग्र स्वास्थ्य को बढ़ाने में आपकी मदद कर सकता है। अपने दैनिक जीवन में सचेतनता या चेतना का विकास करना अपने स्वयं के मस्तिष्क पर काबू पाने का एक महत्त्वपूर्ण हिस्सा है। इस अध्याय में हम कुछ व्यावहारिक उदाहरणों की खोज करेंगे कि आप अपनी दिनचर्या में सचेतनता को कैसे शामिल कर सकते हैं?

सचेत श्वास

चेतना की रचना करने के सबसे सरल और प्रभावी तरीकों में से एक है माइंडफुल ब्रीदिंग। अपनी साँस पर ध्यान केंद्रित करने के लिए प्रत्येक दिन कुछ क्षण निकालें, अपने शरीर के अंदर और बाहर जाने वाली हवा की अनुभूति पर ध्यान दें। आप इसे कहीं भी, कभी भी कर सकते हैं—जब आप बस का इंतजार कर रहे हों, कतार में खड़े हों, या यहाँ तक कि अपनी कार्य डेस्क पर भी। यहाँ एक सरल व्यायाम है, जिसे आप आजमा सकते हैं—

अपनी आँखें बंद करें और अपनी छाती और पेट के विस्तार को महसूस करते हुए गहरी साँस लें। एक पल के लिए अपनी साँस रोकें और फिर धीरे-धीरे साँस छोड़ें, अपने शरीर में आराम महसूस करें। इसे कुछ मिनटों के लिए दोहराएँ, केवल अपनी साँस पर ध्यान केंद्रित करें और बिना निर्णय के किसी भी विचार या विकर्षण को आने और जाने दें।

भोजन सचेतनता

भोजन सचेतनता का अभ्यास करने और अपने शरीर से जुड़ने का एक सुअवसर हो सकता है। जब आप ध्यान लगाकर खाते हैं, तो आप अपने शरीर में होने वाली संवेदनाओं और भोजन के स्वाद और बनावट के बारे में जागरूक हो जाते हैं। ध्यान लगाकर खाने में आपकी मदद करने के लिए यहाँ कुछ युक्तियाँ दी गई हैं—

- आराम करने और ध्यान केंद्रित करने में मदद करने के लिए खाने से पहले कुछ गहरी साँसें लेना शुरू करें।
- अपनी थाली में भोजन के रंग, बनावट और गंध पर ध्यान दें।
- छोटे निवाले लें और धीरे-धीरे चबाएँ, प्रत्येक निवाले का स्वाद लें और ध्यान दें कि चबाते ही स्वाद और बनावट कैसे बदल जाती है?
- धीमा करने और इस समय अधिक उपस्थित रहने में मदद करने के लिए अपने काँटे या चम्मच को ग्रास चबाते समय नीचे रख दें।

सचेत चलना

टहलना एक और गतिविधि है, जिसे मस्तिष्क लगाकर किया जा सकता है। आप अपने शरीर, अपने परिवेश और वातावरण में संवेदनाओं पर ध्यान देकर चलते समय सचेतनता का अभ्यास कर सकते हैं। इन सरल चरणों का अभ्यास करें—

- कुछ गहरी साँसें लेकर शुरू करें और फिर धीरे-धीरे चलें, हर कदम को महसूस करते हुए चलें।
- अपने पैरों की संवेदनाओं पर ध्यान दें, जैसे वे जमीन को छूते हैं, आपकी बाँहों की गति और आपकी साँस का प्रवाह।
- अपने आसपास के रंगों, आकारों और बनावटों को ध्यान में रखते हुए अपने आसपास की जगहों और ध्वनियों को लें।
- इस समय में मौजूद रहने की कोशिश करें, विचारों या विकर्षणों में फँसे बिना।

सचेत संचार

माइंडफुल कम्युनिकेशन में दूसरों के साथ बातचीत करते समय पूरी तरह से मौजूद और चौकस रहना शामिल है। यह आपके आसपास के लोगों के साथ मजबूत संबंध विकसित करने और अधिक प्रभावी ढंग से संवाद करने में आपकी

मदद कर सकता है। सचेत संचार का अभ्यास करने के लिए यहाँ कुछ सुझाव दिए गए हैं—

- आप जिस व्यक्ति से बात कर रहे हैं, उस पर अपना पूरा ध्यान दें, सक्रिय रूप से और बिना किसी रुकावट के सुनें।
- आपके पास मौजूद किसी भी पूर्वग्रह या दुराग्रह को दूर करते हुए खुले और गैर-निर्णय लेने की कोशिश करें।
- अपनी खुद की बॉडी लैंग्वेज और आवाज के लहजे के साथ-साथ दूसरे व्यक्ति के प्रति भी जागरूक रहें।
- दया और करुणा के साथ बोलते हुए जवाब देने से पहले जो कहा गया था, उस पर चिंतन करने के लिए कुछ समय निकालें।

मस्तिष्की काम

हममें से कई लोग काम पर काफी समय बिताते हैं, जो एक तनावपूर्ण और ध्यान भंग करने वाला वातावरण हो सकता है। काम पर चेतना का अभ्यास करने से आपको ध्यान केंद्रित करने और उपस्थित रहने और तनाव और चिंता का प्रबंधन करने में मदद मिल सकती है। यहाँ कुछ तरीके दिए गए हैं जिनसे आप कार्यस्थल पर सचेतनता विकसित कर सकते हैं—

- अपने इरादे निर्धारित करने और अपना ध्यान केंद्रित करने के लिए प्रत्येक दिन की शुरुआत में कुछ क्षण लें।
- स्ट्रेच करने, साँस लेने या बाहर थोड़ी देर टहलने के लिए नियमित ब्रेक लें।
- एक समय में एक काम पर ध्यान केंद्रित करने की कोशिश करें, इसे अपना पूरा ध्यान दें और मल्टीटास्किंग से बचें।
- अपने शरीर और आसन के बारे में जागरूक रहें, सुनिश्चित करें कि आप आरामदायक और आराम की स्थिति में बैठे या खड़े हैं।

मस्तिष्की तकनीक का उपयोग

आज की दुनिया में हम लगातार प्रौद्योगिकी से घिरे हुए हैं, जो अकसर व्याकुलता और तनाव का स्रोत हो सकता है। हालाँकि, हम अपनी भलाई और उत्पादकता का समर्थन करने के लिए एक उपकरण के रूप में भी तकनीक का उपयोग सोच-समझकर कर सकते हैं। तकनीक का मस्तिष्क से इस्तेमाल करने के लिए यहाँ कुछ सुझाव दिए गए हैं—

- प्रौद्योगिकी के उपयोग के आसपास की सीमाएँ निर्धारित करें, जैसे इ-मेल या सोशल मीडिया की जाँच के लिए सूचनाओं को बंद करना या विशिष्ट समय निर्धारित करना।
- तकनीक का इस तरह से उपयोग करें, जो आपकी भलाई का समर्थन करे, जैसे कि ध्यान एप का उपयोग करना या शांत करने वाला संगीत सुनना।
- इस बात से अवगत रहें कि तकनीक आपके मूड और ऊर्जा के स्तर को कैसे प्रभावित करती है? और तदनुसार अपना उपयोग समायोजित करें।
- तकनीक से ब्रेक लें, जैसे टहलने जाना या प्रकृति में समय बिताना।

सचेतन आत्म-चिंतन

आत्म-प्रतिबिंब व्यक्तिगत विकास और वृद्धि का एक महत्त्वपूर्ण पहलू है। मस्तिष्की आत्म-प्रतिबिंब में स्वयं के साथ ईमानदार और गैर-न्यायिक होना और सीखने और विकास के लिए खुला होना शामिल है। यहाँ कुछ तरीके दिए गए हैं, जिनसे आप सचेत आत्म-प्रतिबिंब का अभ्यास कर सकते हैं—

- अपने विचारों, भावनाओं और कार्यों को प्रतिबिंबित करने के लिए हर दिन समय निकालें, खुद को जज या आलोचना किए बिना।
- स्व-प्रतिबिंब के लिए एक उपकरण के रूप में जर्नलिंग का उपयोग करें, अपने विचारों और भावनाओं को गैर-न्यायिक तरीके से लिखें।
- अपने विचारों और व्यवहारों में पैटर्न पर ध्यान दें और इस बात पर विचार करें कि वे आपकी भलाई और रिश्तों को कैसे प्रभावित कर रहे हैं?
- दूसरों से प्रतिक्रिया के लिए खुले रहें और इसे विकास और सीखने के अवसर के रूप में उपयोग करें।

सचेत विश्राम

विश्राम आत्म-देखभाल का एक महत्त्वपूर्ण हिस्सा है और यह आपको तनाव कम करने और आपके समग्र कल्याण में सुधार करने में मदद कर सकता है। माइंडफुल रिलैक्सेशन में रिलैक्सेशन गतिविधियों के दौरान पूरी तरह से उपस्थित और चौकस रहना शामिल है, जैसे स्नान करना या संगीत सुनना। माइंडफुल रिलैक्सेशन का अभ्यास करने के लिए यहाँ कुछ सुझाव दिए गए हैं—

- आरामदेह माहौल बनाएँ, जैसे रोशनी कम करना या मोमबत्तियाँ जलाना।

- अपने शरीर में संवेदनाओं पर ध्यान केंद्रित करें, जैसे कि पानी की गरमी या संगीत का कंपन।
- किसी भी विचार या विकर्षण को जाने दें, और बस इस समय उपस्थित रहें।
- आत्म-करुणा का अभ्यास करें और अपने आप को पूरी तरह से आराम करने दें, बिना दोषी महसूस किए या कुछ और करने के लिए बाध्य किए बिना।

अंत में, दैनिक जीवन में सचेतनता विकसित करने से आपकी भलाई और समग्र खुशी पर महत्त्वपूर्ण प्रभाव पड़ सकता है। सावधान श्वास, खाने, चलने, संचार, कार्य, प्रौद्योगिकी उपयोग, आत्म-प्रतिबिंब और विश्राम का अभ्यास करके आप उपस्थिति और चेतना की अधिक समझ विकसित कर सकते हैं और अपने स्वयं के मस्तिष्क के स्वामी बन सकते हैं। याद रखें कि सचेतनता एक अभ्यास है और इसे विकसित होने में समय और धैर्य लगता है। छोटे से शुरू करें और समय के साथ धीरे-धीरे अपनी चेतना की मांसपेशियों का निर्माण करें। निरंतर अभ्यास से आप अपने दैनिक जीवन को बदल सकते हैं और अधिक शांति, आनंद एवं तृप्ति का अनुभव कर सकते हैं।

□

16

अपनी भावनाओं पर काबू पाना

भावनाएँ हमारे मानवीय अनुभव का एक अभिन्न अंग हैं। वे हमारे जीवन में आनंद, उत्साह और प्रेम ला सकती हैं, लेकिन वे दर्द, क्रोध और भय भी ला सकती हैं। हमारी भावनाएँ शक्तिशाली और भारी हो सकती हैं, लेकिन हमारे पास उन्हें नियंत्रित करने और अपने लाभ के लिए उनका उपयोग करने की शक्ति है। इस अध्याय में हम आपकी भावनाओं पर काबू पाने और अपनी बुद्धि के मालिक बनने के तरीकों का पता लगाएँगे।

अपनी भावनाओं को समझना

अपनी भावनाओं पर काबू पाने में पहला कदम उन्हें समझना है। भावनाएँ जटिल हैं और कई कारकों से प्रभावित हो सकती हैं, जिनमें हमारे पिछले अनुभव, वर्तमान परिस्थितियाँ और यहाँ तक कि हमारी शारीरिक स्थिति भी शामिल है। निर्णय या प्रतिरोध के बिना हमारी भावनाओं को पहचानना और स्वीकार करना महत्त्वपूर्ण है।

उदाहरण के लिए, यदि आप चिंतित महसूस कर रहे हैं, तो इस भावना को स्वीकार करें और संभावित कारणों का पता लगाएँ। हो सकता है कि आपके काम में कोई बड़ा उलटफेर होने वाला हो, या आप परिवार के किसी सदस्य के स्वास्थ्य को लेकर चिंतित हों। अपनी भावनाओं की जड़ को समझकर आप उन्हें संबोधित करना शुरू कर सकते हैं और उन्हें प्रबंधित करने के तरीके खोज सकते हैं।

अपनी भावनाओं को प्रबंधित करना

एक बार जब आप अपनी भावनाओं को समझ जाते हैं, तो अगला कदम यह सीखना है कि उन्हें कैसे प्रबंधित किया जाए? भावनाओं को प्रबंधित करने के लिए

कई अलग-अलग रणनीतियाँ हैं और जो सबसे अच्छा काम करता है, वह एक व्यक्ति से दूसरे व्यक्ति में अलग-अलग होगा। कुछ उदाहरण निम्नलिखित हैं—

चेतना का अभ्यास करें—चेतना निर्णय के बिना, इस समय पूरी तरह से उपस्थित और लगे रहने का अभ्यास है। चेतना का अभ्यास करके आप अपनी भावनाओं के बारे में अधिक जागरूक हो सकते हैं और उनसे अभिभूत हुए बिना उन्हें स्वीकार करना सीख सकते हैं।

इमोशनल इंटेलिजेंस विकसित करें—इमोशनल इंटेलिजेंस आपकी खुद की और दूसरों की भावनाओं को पहचानने और समझने की क्षमता है। भावनात्मक बुद्धिमत्ता विकसित करके आप अपने संचार कौशल में सुधार कर सकते हैं और दूसरों के साथ मजबूत संबंध बना सकते हैं।

आत्म-देखभाल का अभ्यास करें—अपनी देखभाल करना अपनी भावनाओं को प्रबंधित करने का एक महत्त्वपूर्ण हिस्सा है। सुनिश्चित करें कि आप पर्याप्त आराम कर रहे हैं, एक स्वस्थ आहार खा रहे हैं और उन गतिविधियों में संलग्न हैं, जो आपको खुशी देती हैं।

समर्थन की तलाश करें—कभी-कभी अपनी भावनाओं को प्रबंधित करना भारी पड़ सकता है। दोस्तों, परिवार या बौद्धिक स्वास्थ्य पेशेवर से मदद लेने से न डरें।

अपने लाभ के लिए अपनी भावनाओं का उपयोग करना

एक बार जब आपको अपनी भावनाओं की बेहतर समझ हो जाती है कि उन्हें कैसे प्रबंधित करना है, तो आप उन्हें अपने लाभ के लिए उपयोग करना शुरू कर सकते हैं। भावनाएँ शक्तिशाली प्रेरक हो सकती हैं और उन्हें सकारात्मक रूप से प्रयोग करना सीखकर आप अपने लक्ष्यों को प्राप्त कर सकते हैं और अपने जीवन को बेहतर बना सकते हैं।

उदाहरण के लिए, यदि आप किसी अन्याय के बारे में गुस्सा महसूस कर रहे हैं, तो उस गुस्से का उपयोग सकारात्मक परिवर्तन को बढ़ावा देने के लिए करें। एक सामाजिक न्याय समूह में शामिल हों या रचनात्मक तरीके से अन्याय के खिलाफ बोलें। यदि आप एक नए अवसर के बारे में उत्साहित महसूस कर रहे हैं, तो उस उत्साह का उपयोग स्वयं को सफलता की ओर ले जाने के लिए करें।

यह याद रखना महत्त्वपूर्ण है कि भावनाएँ अच्छी या बुरी नहीं होतीं, वे बस होती हैं। अपनी भावनाओं पर काबू पाना सीखकर आप उनकी शक्ति का उपयोग

कर सकते हैं और अधिक पूर्ण जीवन बनाने के लिए उनका उपयोग कर सकते हैं।

अंत में, अपनी भावनाओं पर काबू पाना एक सतत प्रक्रिया है, जिसमें समय, प्रयास और आत्म–चेतना लगती है। अपनी भावनाओं को समझकर, उन्हें प्रबंधित करना सीखकर और अपने लाभ के लिए उनका उपयोग करके आप अपनी स्वयं की बुद्धि के स्वामी बन सकते हैं और अधिक पूर्ण जीवन बना सकते हैं।

याद रखें, अपनी भावनाओं को महसूस करना ठीक है, यहाँ तक कि असुविधाजनक भावनाओं को भी। उन्हें स्वीकार करके आप उन पर नियंत्रण कर सकते हैं और अपने लाभ के लिए उनका उपयोग भी कर सकते हैं। और जरूरत पड़ने पर सहयोग लेना न भूलें। आपको इस यात्रा से अकेले नहीं गुज़रना है।

□

17
अंतर्ध्वंस को बदलना

अंतर्ध्वंस हमारे जीवन में ऐसी समस्याएँ या बाधाएँ पैदा करने का कार्य है, जो हमें अपने लक्ष्यों को प्राप्त करने से रोकती हैं। यह व्यवहार का एक सामान्य स्वरूप है, जो हमें सफलता और खुशी प्राप्त करने से रोक सकता है। अंतर्ध्वंस कई तरह से प्रकट हो सकता है, जैसे विलंब, आत्म-संदेह और नकारात्मक आत्म-चर्चा। सौभाग्य से अंतर्ध्वंस को थोड़े से प्रयास और अभ्यास से बदला जा सकता है। इस अध्याय में हम अंतर्ध्वंस को बदलने के कुछ सबसे प्रभावी तरीकों की खोज करेंगे।

अपने अंतर्ध्वंस वाले व्यवहार को पहचानें

अंतर्ध्वंस को बदलने में पहला कदम उन व्यवहारों की पहचान करना है, जो आपको वापस पकड़ रहे हैं। अपने जीवन पर चिंतन करने के लिए कुछ समय निकालें और अपने आप से पूछें कि कौन से व्यवहार आपको अपने लक्ष्यों को प्राप्त करने से रोक रहे हैं? क्या आप महत्त्वपूर्ण कार्यों में टालमटोल कर रहे हैं? क्या आप नकारात्मक आत्म-चर्चा में संलग्न हैं? क्या आप सामाजिक स्थितियों से बच रहे हैं? एक बार जब आप अपने आत्म-विनाशकारी व्यवहार की पहचान कर लेते हैं, तो आप इसे बदलने के लिए कदम उठाना शुरू कर सकते हैं।

नकारात्मक आत्म-चर्चा को सकारात्मक आत्म-चर्चा से बदलें

एक नकारात्मक आत्म-चर्चा अंतर्ध्वंस का एक सामान्य रूप है। यह हमारे मस्तिष्क की आवाज है, जो हमें बताती है कि हम काफी अच्छे नहीं हैं या हम असफल होंगे। नकारात्मक आत्म-चर्चा दुर्बल करने वाली हो सकती है और हमें

अपने लक्ष्यों की दिशा में कारखाई करने से रोक सकती है। अच्छी खबर यह है कि नकारात्मक आत्म-चर्चा को सकारात्मक आत्म-चर्चा से बदला जा सकता है। सकारात्मक आत्म-चर्चा नकारात्मक आत्म-चर्चा का प्रतिकार करने के लिए सकारात्मक प्रतिज्ञान और कथनों का उपयोग करने का अभ्यास है। उदाहरण के लिए, यदि आप स्वयं को यह सोचते हुए पाते हैं, "मैं ऐसा करने के लिए पर्याप्त चतुर नहीं हूँ," तो उस विचार को "मैं सीखने और बढ़ने में सक्षम हूँ" से बदल दें। नकारात्मक आत्म-चर्चा को सकारात्मक आत्म-चर्चा से बदलकर आप अपनी बौद्धिकता को बदल सकते हैं और अपने लक्ष्यों की ओर सकारात्मक कदम उठाना शुरू कर सकते हैं।

अपने लक्ष्यों की दिशा में कारखाई करें

टालमटोल अंतर्ध्वंस का एक और सामान्य रूप है। जब हम टालमटोल करते हैं, तो हम महत्त्वपूर्ण कार्यों और जिम्मेदारियों को टाल देते हैं, जिससे तनाव और चिंता हो सकती है। टालमटोल को बदलने के लिए अपने लक्ष्यों की दिशा में कारखाई करना महत्त्वपूर्ण है। अपने लक्ष्यों को छोटे, प्रबंधनीय कार्यों में विभाजित करें और अपने लिए समय-सीमा निर्धारित करें। अपने लक्ष्यों के प्रति कारखाई करके आप गति बना सकते हैं और उपलब्धि की भावना पैदा कर सकते हैं, जो आपको आगे बढ़ने के लिए प्रेरित करने में मदद कर सकती है।

दूसरों से समर्थन प्राप्त करें

अंतर्ध्वंस एक अकेला और अलग अनुभव हो सकता है। ऐसा महसूस हो सकता है कि केवल आप ही इन व्यवहारों से जूझ रहे हैं। हालाँकि, यह याद रखना महत्त्वपूर्ण है कि आप अकेले नहीं हैं। बहुत से लोग अंतर्ध्वंस से जूझते हैं और मदद माँगने में कोई शर्म नहीं है। दूसरों से समर्थन प्राप्त करना अंतर्ध्वंस को बदलने का एक शक्तिशाली तरीका हो सकता है। समर्थन और मार्गदर्शन के लिए दोस्तों, परिवार या चिकित्सक से संपर्क करें। किसी ऐसे व्यक्ति से बात करना, जो समझता है कि आप क्या कर रहे हैं, आपको अकेले कम महसूस करने में मदद कर सकता है और अपने अंतर्ध्वंस वाले व्यवहार को दूर करने के लिए अधिक प्रेरित हो सकता है।

आत्म-देखभाल का अभ्यास करें

स्व-देखभाल अंतर्ध्वंस को बदलने का एक महत्त्वपूर्ण पहलू है। जब हम

अपने शारीरिक, भावनात्मक और बौद्धिक स्वास्थ्य की उपेक्षा करते हैं, तो हमारे आत्म-विनाशकारी व्यवहारों में संलग्न होने की अधिक संभावना होती है। व्यायाम, ध्यान या प्रकृति में समय व्यतीत करने जैसी आत्म-देखभाल गतिविधियों के लिए समय निकालें। ये गतिविधियाँ तनाव और चिंता को कम करने में मदद कर सकती हैं और हमारे समग्र कल्याण में सुधार कर सकती हैं। अपनी देखभाल करके हम परिवर्तन और विकास के लिए एक सकारात्मक आधार तैयार कर सकते हैं।

अंतर्ध्वंस को बदलने के उदाहरण

आइए, लोगों के कुछ वास्तविक जीवन के उदाहरणों पर नजर डालें, जिन्होंने अपने अंतर्ध्वंस वाले व्यवहार को बदल दिया है।

उदाहरण 1—टालमटोल पर काबू पाना

सारा एक लेखिका थी, जिसने हमेशा एक उपन्यास प्रकाशित करने का सपना देखा था। हालाँकि, उसने खुद को लगातार टालमटोल में रखा और लिखना बंद कर दिया। वह खुद से कहती थी कि वह बहुत व्यस्त है या उसे सही प्रेरणा के लिए इंतजार करने की जरूरत है। नतीजतन, उसने अपने उपन्यास पर कभी ज्यादा प्रगति नहीं की। एक दिन सारा ने फैसला किया कि अब बहुत हो गया। उसने अगले महीने हर दिन 500 शब्द लिखने का लक्ष्य रखा। उसने अपने लक्ष्य को छोटे कार्यों में तोड़ दिया, जैसे कि पात्रों की साजिश को रेखांकित करना या चरित्र प्रोफाइल लिखना। उसने अपने उपन्यास पर काम करने के लिए प्रत्येक दिन एक विशिष्ट समय भी निर्धारित किया। अपने लक्ष्य की ओर काररवाई करके और इसे प्रबंधनीय कार्यों में तोड़कर सारा अपनी शिथिलता को दूर करने और अपने उपन्यास पर महत्त्वपूर्ण प्रगति करने में सक्षम रही।

उदाहरण 2—नकारात्मक आत्म-चर्चा को सकारात्मक आत्म-चर्चा से बदलना

विवेक एक सेल्समैन था, जो नकारात्मक आत्म-चर्चा से जूझता था। वह अकसर खुद से कहता था कि वह ज्यादा अच्छा नहीं है और वह कभी भी सफल नहीं होगा। इस नकारात्मक आत्म-चर्चा का उसके आत्मविश्वास और प्रेरणा पर महत्त्वपूर्ण प्रभाव पड़ा। अपने अंतर्ध्वंस वाले व्यवहार को बदलने के लिए विवेक ने सकारात्मक आत्म-चर्चा का अभ्यास करना शुरू किया। वह प्रत्येक दिन अपने

आप से सकारात्मक पुष्टि दोहराता, जैसे "मैं अपने लक्ष्यों को प्राप्त करने में सक्षम हूँ" या "मैं एक सफल विक्रेता हूँ।" उसने अपने नकारात्मक विचारों को और अधिक सकारात्मक विचारों में बदलना शुरू कर दिया। उदाहरण के लिए, यह सोचने के बजाय कि "मैं यह बिक्री नहीं कर सकता," वह सोचेगा, "मैं यह बिक्री नहीं कर सकता, लेकिन मैं इस अनुभव से सीख सकता हूँ और अगली बार बेहतर कर सकता हूँ।" सकारात्मक आत्म-चर्चा का अभ्यास करके उसने अपनी नकारात्मकता पर नियंत्रण कर लिया।

उदाहरण 3–दूसरों से सहायता प्राप्त करना

कविता एक ऐसी छात्रा थी, जो चिंता और आत्म-संदेह से जूझती थी। उसे दोस्त बनाना मुश्किल लगता था और वह अकसर अलग-थलग और अकेला महसूस करती थी। अपने अंतर्ध्वंस वाले व्यवहार को बदलने के लिए कविता ने दूसरों से समर्थन लेने का फैसला किया। वह एक छात्र संगठन में शामिल हो गई, जो उसके हितों के अनुरूप था, जिसने उसे समान विचारधारा वाले लोगों से मिलने और नए दोस्त बनाने की अनुमति दी। उसने एक चिकित्सक को भी देखना शुरू किया, जिसने उसकी चिंता और आत्म-संदेह के माध्यम से काम करने में मदद की। दूसरों से समर्थन प्राप्त करके कविता अलगाव की अपनी भावनाओं को दूर करने और अपने अंतर्ध्वंस व्यवहार को बदलने में सक्षम थी।

उदाहरण 4–स्व-देखभाल का अभ्यास करना

मीका एक व्यस्त कार्यकारी था, जो अपने शारीरिक और भावनात्मक स्वास्थ्य की उपेक्षा करता था। वह लंबे समय तक काम करता था और भोजन छोड़ देता था, जिससे उसे थकान और तनाव महसूस होता था। अपने अंतर्ध्वंस वाले व्यवहार को बदलने के लिए मीका ने आत्म-देखभाल का अभ्यास करना शुरू किया। उसने नियमित व्यायाम और स्वस्थ भोजन के लिए समय निकाला, जिससे उसकी ऊर्जा और मनोदशा में सुधार हुआ। उसने चेतना मेडिटेशन का अभ्यास भी शुरू किया, जिससे उसे अपने तनाव और चिंता को प्रबंधित करने में मदद मिली। अपनी आत्म-देखभाल को प्राथमिकता देकर मीका अपने अंतर्ध्वंस वाले व्यवहार को बदलने और अपने समग्र कल्याण में सुधार करने में सक्षम था।

अंत में, अंतर्ध्वंस को बदलना आसान काम नहीं है, लेकिन कुछ प्रयास और अभ्यास से यह संभव है। अपने आत्म-विनाशकारी व्यवहार की पहचान करके,

सकारात्मक आत्म–चर्चा का अभ्यास करके, अपने लक्ष्यों के प्रति कारवाई करके, दूसरों से समर्थन प्राप्त करके और आत्म–देखभाल का अभ्यास करके हम अपनी बौद्धिकता और व्यवहार को बदल सकते हैं और अपने लक्ष्यों को प्राप्त कर सकते हैं। याद रखें, अंतर्ध्वंस एक सामान्य अनुभव है और मदद माँगने में कोई शर्म नहीं है। अपने अंतर्ध्वंस को बदलने के लिए कदम उठाकर हम अपने स्वयं के मस्तिष्क के स्वामी बन सकते हैं और उस जीवन का निर्माण कर सकते हैं, जिसे हम वास्तव में चाहते हैं।

□

18

अपने विचार पैटर्न का अनुकूलन

हमारे विचारों का हमारी भावनाओं, व्यवहारों और समग्र कल्याण पर एक शक्तिशाली प्रभाव पड़ता है। नकारात्मक विचार पैटर्न चिंता, अवसाद और आत्म-संदेह की भावनाओं को जन्म दे सकते हैं, जबकि सकारात्मक विचार पैटर्न से खुशी, आत्मविश्वास और प्रेरणा की भावना पैदा हो सकती है। अपने विचार पैटर्न को अनुकूलित करने का अर्थ है अपने विचारों पर नियंत्रण रखना और सचेत रूप से सकारात्मक एवं सशक्त विचारों पर ध्यान केंद्रित करना चुनना। इस अध्याय में हम आपके विचार पैटर्न को अनुकूलित करने के लिए कुछ रणनीतियों का पता लगाएँगे।

आभार का अभ्यास करें

आभार आपके विचार पैटर्न को अनुकूलित करने का एक शक्तिशाली उपकरण है। जब हम उस पर ध्यान केंद्रित करते हैं, जिसके लिए हम आभारी हैं, तो हम अपना ध्यान नकारात्मक विचारों से हटाकर सकारात्मक विचारों की ओर ले जाते हैं। हम अपने जीवन में अच्छी चीजों की सराहना करना शुरू करते हैं, जो हमारी समग्र मनोदशा और कल्याण को बेहतर बनाने में मदद कर सकती हैं। कृतज्ञता का अभ्यास करने के लिए उन चीजों की एक सूची बनाएँ, जिनके लिए आप हर दिन आभारी हैं। यह कॉफी का एक अच्छा कप या किसी मित्र से एक दयालु शब्द जैसा सरल कुछ हो सकता है। सकारात्मक पर ध्यान केंद्रित करके आप अपने विचार पैटर्न को अधिक सशक्त और सकारात्मक लोगों की ओर स्थानांतरित करना शुरू कर सकते हैं।

नकारात्मक विचारों को चुनौती दें

नकारात्मक विचारों से निपटना भारी और चुनौतीपूर्ण हो सकता है। हालाँकि, यह पहचानना आवश्यक है कि हमारे विचार हमेशा सटीक या सत्य नहीं होते हैं। नकारात्मक विचारों को चुनौती देने का अर्थ है—उनकी वैधता पर सवाल उठाना और उनके समर्थन या खंडन के लिए साक्ष्य की तलाश करना। उदाहरण के लिए, यदि आपने सोचा है कि आप काफी अच्छे नहीं हैं, तो अपने आप से पूछें, "इस विचार का समर्थन करने के लिए मेरे पास क्या सबूत हैं?" आप महसूस कर सकते हैं कि इस विचार का समर्थन करने के लिए कोई वास्तविक प्रमाण नहीं है और यह केवल एक नकारात्मक विचार पैटर्न है। नकारात्मक विचारों को चुनौती देकर, आप उन्हें अधिक सकारात्मक और सशक्त विचारों से बदलना शुरू कर सकते हैं।

सफलता की कल्पना करें

विजुअलाइजेशन आपके विचार पैटर्न को अनुकूलित करने के लिए एक शक्तिशाली उपकरण है। जब हम सफलता की कल्पना करते हैं, तो हम अपने लक्ष्यों को प्राप्त करने की एक बौद्धिक छवि बनाते हैं, जो हमारे आत्मविश्वास और प्रेरणा को बेहतर बनाने में मदद कर सकती है। सफलता की कल्पना करने के लिए अपनी आँखें बंद करें और कल्पना करें कि आप अपने लक्ष्य को प्राप्त कर रहे हैं। दृश्यों और ध्वनियों से लेकर सिद्धि और संतुष्टि की भावनाओं तक, हर विवरण की कल्पना करें। सफलता की कल्पना करके आप अपने विचार पैटर्न को और अधिक सकारात्मक और सशक्त बनाने के लिए बदलना शुरू कर सकते हैं।

प्रतिज्ञान का अभ्यास करें

प्रतिज्ञान सकारात्मक कथन हैं, जिन्हें हम सकारात्मक विचार पैटर्न को बढ़ावा देने के लिए खुद से दोहराते हैं। जब हम प्रतिज्ञान दोहराते हैं, तो हम उन पर विश्वास करना शुरू कर देते हैं, जो हमारे आत्मविश्वास और आत्मसम्मान को बेहतर बनाने में मदद कर सकता है। प्रतिज्ञान का अभ्यास करने के लिए एक सकारात्मक कथन चुनें, जो आपके साथ प्रतिध्वनित हो, जैसे "मैं अपने लक्ष्यों को प्राप्त करने में सक्षम हूँ" या "मैं प्यार और सम्मान के योग्य हूँ।" इस कथन को दिन भर में कई बार अपने आप से दोहराएँ। प्रतिज्ञान का अभ्यास करके आप अपने विचार पैटर्न को और अधिक सकारात्मक और सशक्त बनाने के लिए बदलना शुरू कर सकते हैं।

सकारात्मक लोगों के साथ रहें

हमारे पर्यावरण का हमारे विचार पैटर्न पर महत्त्वपूर्ण प्रभाव पड़ सकता है। अगर हम खुद को नकारात्मक लोगों से घेर लेते हैं, तो हम उनके नकारात्मक विचारों को अपनाना शुरू कर सकते हैं। दूसरी ओर, यदि हम अपने आप को सकारात्मक लोगों से घेरते हैं, तो हम उनके सकारात्मक विचारों को अपनाना शुरू कर सकते हैं। अपने विचार पैटर्न को अनुकूलित करने के लिए अपने आप को सकारात्मक और सहायक लोगों से घेरें, जो आपको प्रोत्साहित और प्रेरित करते हैं। ऐसे दोस्तों, परिवार के सदस्यों या सहकर्मियों की तलाश करें, जिनका जीवन पर सकारात्मक दृष्टिकोण हो और जो आपके लक्ष्यों और मूल्यों को साझा करते हों।

चेतना का अभ्यास करें

चेतना इस समय मौजूद रहने और बिना निर्णय के अपने विचारों को देखने का अभ्यास है। जब हम चेतना का अभ्यास करते हैं, तो हम अपने विचार पैटर्न के बारे में अधिक जागरूक हो जाते हैं और नकारात्मक पैटर्न को पहचानना शुरू कर सकते हैं। तब हम इन नकारात्मक विचारों को छोड़ सकते हैं और वर्तमान क्षण पर ध्यान केंद्रित कर सकते हैं। चेतना का अभ्यास करने के लिए प्रत्येक दिन कुछ मिनटों के लिए चुपचाप बैठें और अपनी साँस पर ध्यान केंद्रित करें। जब विचार उठते हैं, तो बिना निर्णय के उनका निरीक्षण करें और फिर उन्हें जाने दें। चेतना का अभ्यास करके आप अपने विचार पैटर्न को अनुकूलित करना शुरू कर सकते हैं और अधिक सकारात्मक तथा सशक्त बौद्धिक बन सकते हैं।

समाधानों पर ध्यान दें

जब चुनौतियों या समस्याओं का सामना करना पड़ता है, तो नकारात्मक विचार पैटर्न में फँसना आसान होता है। हालाँकि, समाधानों पर ध्यान केंद्रित करने से आपके विचार पैटर्न को अधिक सकारात्मक और सशक्त बनाने में मदद मिल सकती है। समस्या पर विचार करने के बजाय, समाधान खोजने और समस्या का समाधान करने के लिए काररवाई करने पर ध्यान केंद्रित करें। समस्या को छोटे, अधिक प्रबंधनीय चरणों में विभाजित करें और प्रत्येक चरण पर काररवाई करें। समाधानों पर ध्यान केंद्रित करके आप अपने विचार पैटर्न को अधिक सक्रिय और सकारात्मक बौद्धिकता की ओर स्थानांतरित करना शुरू कर सकते हैं।

आत्म-करुणा का अभ्यास करें

आत्म-करुणा अपने आप को दया और समझ के साथ व्यवहार करने का अभ्यास है। जब हम आत्म-करुणा का अभ्यास करते हैं, तो हम अपनी गलतियों और कमियों को अधिक क्षमा कर रहे होते हैं, जो हमारे आत्मसम्मान और समग्र कल्याण को बेहतर बनाने में मदद कर सकता है। आत्म-करुणा का अभ्यास करने के लिए अपने आप से वैसा ही व्यवहार करें, जैसा आप किसी मित्र के साथ करेंगे, जो कठिन समय से गुजर रहा है। दयालु, सहायक और समझदार बनें और कठोर आत्म-आलोचना से बचें। आत्म-करुणा का अभ्यास करके आप अपने विचार पैटर्न को अनुकूलित करना शुरू कर सकते हैं और अधिक सकारात्मक और सशक्त बौद्धिकता बना सकते हैं।

पैटर्न अनुकूलन के उदाहरण

सोनिका नकारात्मक विचार पैटर्न और आत्म-संदेह से जूझ रही थी। वह अकसर खुद को अपनी कमियों पर ध्यान केंद्रित करते हुए और खुद की तुलना दूसरों से करते हुए पाती थी। अपने विचार पैटर्न को अनुकूलित करने के लिए सोनिका ने कृतज्ञता का अभ्यास करना शुरू किया। उसने तीन चीजों की एक सूची बनाई, जिसके लिए वह हर दिन आभारी थी, एक अच्छा भोजन या धूप वाले दिन जैसी छोटी चीजों पर ध्यान केंद्रित करना। समय के साथ उसने देखा कि उसकी मनोदशा और दृष्टिकोण में सुधार हुआ है और वह अधिक आत्मविश्वासी और सकारात्मक हुई।

गोपाल अपने काम से संबंधित चिंता और नकारात्मक विचार पैटर्न से जूझ रहा था। वह अकसर खुद को उन चीजों के बारे में चिंतित पाया करता था, जिन्हें वह नियंत्रित नहीं कर सकता था और सबसे खराब स्थिति की कल्पना कर रहा था। अपने विचार पैटर्न को अनुकूलित करने के लिए गोपाल ने चेतना का अभ्यास करना शुरू किया। वह हर दिन दस मिनट चुपचाप बैठने और अपनी साँस पर ध्यान केंद्रित करने के लिए अलग रखता था। जब नकारात्मक विचार उत्पन्न हुए, तो उन्होंने बिना किसी निर्णय के उन्हें देखा और फिर उन्हें जाने दिया। समय के साथ उसने देखा कि वह कम चिंतित था और वर्तमान क्षण पर अधिक केंद्रित था।

मिली अपने शरीर की छवि से संबंधित नकारात्मक विचार पैटर्न से जूझ रही थी। वह अकसर खुद को अपने रूप-रंग की आलोचना करते हुए और दूसरों से अपनी तुलना करते हुए पाती थी। अपने विचार पैटर्न को अनुकूलित करने के लिए

मिली ने आत्म-करुणा का अभ्यास करना शुरू कर दिया। उसने खुद के साथ ऐसा व्यवहार किया, जैसा वह एक ऐसे दोस्त के साथ करेगी, जो शरीर की छवि के मुद्दों से जूझ रहा था, कठोर आत्म-आलोचना के बजाय दया और समर्थन की पेशकश कर रहा था। समय के साथ उसने देखा कि उसके आत्मसम्मान में सुधार हुआ था और वह अपने शरीर को अधिक स्वीकार कर रही थी।

अंत में, अपने विचार पैटर्न का अनुकूलन आपके समग्र कल्याण में सुधार लाने और अधिक सकारात्मक और सशक्त बौद्धिकता बनाने के लिए एक शक्तिशाली उपकरण है। कृतज्ञता का अभ्यास करके, नकारात्मक विचारों को चुनौती देकर, सफलता की कल्पना करके, प्रतिज्ञान का अभ्यास करके, अपने आप को सकारात्मक लोगों के साथ घेरकर, सचेतनता का अभ्यास करके, समाधान पर ध्यान केंद्रित करके और आत्म-करुणा का अभ्यास करके आप अपने विचार पैटर्न को अधिक सकारात्मक और सशक्त बौद्धिकता की ओर बदलना शुरू कर सकते हैं। अभ्यास और दृढ़ता के साथ आप अपने स्वयं के मस्तिष्क के स्वामी बन सकते हैं और एक सुखी और अधिक पूर्ण जीवन बना सकते हैं।

□

19
विकसित बौद्धिकता का निर्माण

आपकी बौद्धिकता आपके जीवन के अनुभवों को आकार देने का एक शक्तिशाली उपकरण है। एक विकसित बौद्धिकता चुनौतियों को गले लगाती है और उन्हें वृद्धि और विकास के अवसरों के रूप में देखती है। यह बौद्धिकता आपको बाधाओं को दूर करने और अपने लक्ष्यों को प्राप्त करने में मदद कर सकती है। इस अध्याय में हम एक विकसित बौद्धिकता के निर्माण के लाभों का पता लगाएँगे और अपने दैनिक जीवन में इस बौद्धिकता को विकसित करने के उदाहरण प्रदान करेंगे।

चुनौतियों को गले लगाओ

विकसित बौद्धिकता के प्रमुख घटकों में से एक चुनौतियों को स्वीकार करना है। चुनौतियाँ आपको नए कौशल सीखने और एक व्यक्ति के रूप में विकसित होने में मदद कर सकती हैं। चुनौतियों से डरने के बजाय सकारात्मक दृष्टिकोण और सीखने की इच्छा के साथ उनका सामना करें। चुनौतियों को अपने और अपनी क्षमताओं में सुधार के अवसर के रूप में देखें।

एक सकारात्मक दृष्टिकोण पैदा करें

विकास की बौद्धिकता विकसित करने के लिए एक सकारात्मक दृष्टिकोण आवश्यक है। विपरीत परिस्थितियों का सामना करते समय स्थिति के सकारात्मक पहलुओं पर ध्यान दें। नकारात्मक पहलुओं पर विचार करने के बजाय विकास और सीखने के अवसरों की तलाश करें। याद रखें कि असफलताएँ और विफलताएँ सीखने और बढ़ने के अवसर हैं और एक सकारात्मक दृष्टिकोण आपको इन बाधाओं को दूर करने में मदद कर सकता है।

लक्ष्य निर्धारित करें और काररवाई करें

लक्ष्य निर्धारित करना और काररवाई करना विकसित बौद्धिकता का एक अन्य महत्त्वपूर्ण घटक है। पहचानें कि आप क्या हासिल करना चाहते हैं और वहाँ पहुँचने में आपकी मदद करने के लिए विशिष्ट, मापने योग्य लक्ष्य निर्धारित करें। अपने लक्ष्यों की ओर काररवाई करें, भले ही आपके द्वारा उठाए गए कदम छोटे हों। लगातार प्रयास और काररवाई आपको अपने लक्ष्यों को प्राप्त करने और विकास की बौद्धिकता विकसित करने में मदद कर सकती है।

फीडबैक से सीखें

प्रतिक्रिया विकास और सीखने का एक अनिवार्य घटक है। प्रतिक्रिया को आलोचना के रूप में देखने के बजाय, इसे सीखने और बढ़ने के अवसर के रूप में देखें। उन क्षेत्रों की पहचान करने के लिए फीडबैक का उपयोग करें, जहाँ आप सुधार कर सकते हैं और फिर इन क्षेत्रों को संबोधित करने के लिए काररवाई करें।

असफलता को गले लगाओ

असफलता विकास प्रक्रिया का एक स्वाभाविक हिस्सा है। असफलता से डरने के बजाय इसे सीखने और बढ़ने के अवसर के रूप में अपनाएँ। याद रखें कि हर असफलता सीखने और सुधारने का एक अवसर है और यह असफलता एक व्यक्ति के रूप में आपके मूल्य का प्रतिबिंब नहीं है।

विकसित बौद्धिकता बनाने के उदाहरण

मैरी एक नकारात्मक बौद्धिकता और असफलता के डर से जूझ रही थी। वह अकसर चुनौतीपूर्ण कार्यों और अवसरों को सफल न होने के डर से टालती थी। विकास की बौद्धिकता बनाने के लिए मैरी ने चुनौतियों को स्वीकार करना शुरू किया। उसने अपने काम में एक चुनौतीपूर्ण कार्य की पहचान की और उसे पूरा करने के लिए प्रतिबद्ध थी, भले ही इसमें उसकी अपेक्षा से अधिक समय लगा हो। समय के साथ मैरी ने चुनौतियों को विकास और सीखने के अवसरों के रूप में देखना शुरू किया तथा वह अपने काम में अधिक आत्मविश्वासी और सफल हो गई।

सुमित हमेशा लक्ष्यों को निर्धारित करने और प्राप्त करने के लिए संघर्ष करता था। वह अकसर खुद को टालमटोल करते हुए और अपने लक्ष्यों की दिशा में

कारवाई करने से बचते हुए पाता था। विकास की बौद्धिकता बनाने के लिए सुमित ने अपने लिए विशिष्ट, मापने योग्य लक्ष्य निर्धारित करना शुरू किया। उसने एक दीर्घकालिक लक्ष्य की पहचान की और इसे छोटे, अधिक प्रबंधनीय चरणों में तोड़ दिया। अपने लक्ष्यों के प्रति लगातार कारवाई करके सुमित सफलता हासिल करने और विकास की बौद्धिकता बनाने में सक्षम था।

पूजा को एक परियोजना पर प्रतिक्रिया मिली, जिसे उसने काम पर पूरा किया था और यह उतनी सकारात्मक नहीं थी, जितनी उसने आशा की थी। निराश होने के बजाय पूजा ने फीडबैक को सीखने और बढ़ने के अवसर के रूप में अपनाया। उसने उन क्षेत्रों की पहचान की जहाँ वह सुधार कर सकती थी और इन क्षेत्रों को संबोधित करने के लिए कारवाई की। समय के साथ पूजा अपने काम में और अधिक सफल हो गई और एक विकास बौद्धिकता विकसित की।

अंत में, व्यक्तिगत और व्यावसायिक सफलता के लिए विकास की बौद्धिकता का निर्माण आवश्यक है। चुनौतियों को गले लगाकर, सकारात्मक दृष्टिकोण विकसित करके, लक्ष्य निर्धारित करके और कारवाई करके, प्रतिक्रिया से सीखकर, और असफलता को गले लगाकर आप एक विकास बौद्धिकता विकसित कर सकते हैं और अपने लक्ष्यों को प्राप्त कर सकते हैं। अभ्यास और दृढ़ता के साथ आप अपने स्वयं के मस्तिष्क के स्वामी बन सकते हैं और एक सुखी और अधिक पूर्ण जीवन बना सकते हैं।

□

20

सीमित विश्वासों को स्थानांतरित करना

सीमित विश्वास वे नकारात्मक विश्वास हैं, जो हम अपने बारे में, दूसरों के बारे में और अपने आसपास की दुनिया के बारे में रखते हैं, जो हमें अपनी पूरी क्षमता हासिल करने से रोक सकते हैं। वे अकसर गहराई से जुड़े होते हैं और बचपन के अनुभवों, सामाजिक संदेशों या दर्दनाक घटनाओं से उत्पन्न हो सकते हैं।

विश्वासों को सीमित करने के उदाहरणों में शामिल हैं—

"मैं सफल होने के लिए पर्याप्त स्मार्ट नहीं हूँ।"

"मुझे कभी कोई ऐसा नहीं मिलेगा, जो मुझे सच्चा प्यार करता हो।"

"पैसा बुराई है।"

"मैं अपने सपनों का पीछा करने के लिए बहुत बूढ़ा हूँ।"

"मैं कभी वजन कम नहीं कर पाऊँगा।"

ये विश्वास एक स्व-पूर्ति भविष्यवाणी बना सकते हैं, क्योंकि वे हमारे विचारों, भावनाओं और कार्यों को प्रभावित करते हैं। उदाहरण के लिए, यदि आप मानते हैं कि आप सफल होने के लिए पर्याप्त स्मार्ट नहीं हैं, तो आपके द्वारा नौकरी के लिए आवेदन करने या ऐसे अवसर का पीछा करने की संभावना कम हो सकती है, जिसके लिए उच्च स्तर की बुद्धिमत्ता की आवश्यकता होती है। इससे छूटे हुए अवसर हो सकते हैं और इस विश्वास को सुदृढ़ कर सकते हैं कि आप पर्याप्त स्मार्ट नहीं हैं।

अच्छी खबर यह है कि हमारे पास अपने सीमित विश्वासों को बदलने और उन्हें सशक्त बनाने के साथ बदलने की शक्ति है, जो हमारे विकास और सफलता का समर्थन करते हैं। अपने सीमित विश्वासों को बदलने में आपकी मदद करने के लिए यहाँ कुछ रणनीतियाँ दी गई हैं—

अपने सीमित विश्वासों को पहचानें

सीमित मान्यताओं को स्थानांतरित करने के लिए पहला कदम उनके बारे में जागरूक होना है। अपनी बुद्धि में उठने वाली नकारात्मक आत्म-चर्चा पर ध्यान दें और उसके पीछे की मान्यताओं पर ध्यान दें। अपने आप से प्रश्न पूछें, जैसे—

"मैं कौन सी मान्यताएँ धारण कर रहा हूँ, जो मुझे वापस पकड़ रही हैं?"

"मैं अपने आप से कौन से नकारात्मक संदेश दोहराता हूँ?"

"वे कौन से सीमित विश्वास हैं, जो मुझे मेरे लक्ष्यों को प्राप्त करने से रोक रहे हैं?"

इन मान्यताओं को लिखें, ताकि आप उन्हें और अधिक बारीकी से जाँचना शुरू कर सकें।

अपने सीमित विश्वासों को चुनौती दें।

एक बार जब आप अपने सीमित विश्वासों की पहचान कर लेते हैं, तो उन्हें चुनौती देने का समय आ गया है। खुद से पूछें—

"क्या यह विश्वास वास्तव में सच है?"

"यह विश्वास कहाँ से आया?"

"इस विश्वास का समर्थन करने के लिए मेरे पास क्या सबूत हैं?"

"मेरे पास क्या सबूत हैं, जो इस विश्वास के विपरीत हैं?"

अपने विश्वासों पर सवाल उठाकर आप उन्हें और अधिक निष्पक्ष रूप से देखना शुरू कर सकते हैं और पहचान सकते हैं कि वे उतने सत्य या सटीक नहीं हो सकते, जितना कि आपने एक बार सोचा था।

अपने विश्वासों को दोबारा बदलें

एक बार जब आप अपने सीमित विश्वासों को चुनौती दे देते हैं, तो अब समय आ गया है कि उन्हें अधिक सकारात्मक, सशक्त बनाने के लिए फिर से तैयार किया जाए। उदाहरण के लिए, 'मैं सफल होने के लिए पर्याप्त स्मार्ट नहीं हूँ' कहने के बजाय 'मैं सीख सकता हूँ और बढ़ सकता हूँ तथा मैं अपने द्वारा चुने गए किसी भी प्रयास में सफल होने में सक्षम हूँ।'

अपने विश्वासों को फिर से परिभाषित करने के लिए अभ्यास की आवश्यकता होती है और यह पहली बार में असहज महसूस हो सकता है। लेकिन समय के साथ आपको अपनी बौद्धिकता और व्यवहार में बदलाव दिखाई देने लगेगा।

अपने आप को सकारात्मक प्रभावों से घेरें

अपने आप को सकारात्मक प्रभावों से घेरने से आपके नए विश्वासों को सुदृढ़ करने और आपके विकास में सहायता मिल सकती है। ऐसे लोगों की तलाश करें, जो सकारात्मक, सहायक और सशक्त हों। किताबें पढ़ें, पॉडकास्ट सुनें और सकारात्मकता और व्यक्तिगत विकास को बढ़ावा देने वाली घटनाओं में भाग लें।

काररवाई करना

काररवाई करना आपके नए विश्वासों को मजबूत करने और आपके जीवन में सकारात्मक बदलाव लाने के लिए महत्त्वपूर्ण है। छोटे, प्राप्त करने योग्य लक्ष्य निर्धारित करें, जो आपके नए विश्वासों के अनुरूप हों और उन्हें प्राप्त करने की दिशा में कदम उठाएँ। अपनी सफलताओं का जश्न मनाएँ, चाहे वह कितनी भी छोटी क्यों न हो? और उनका उपयोग अपने नए विश्वासों को सुदृढ़ करने और अपने बड़े लक्ष्यों की ओर गति बनाने के लिए करें।

उदाहरण के लिए, यदि आपने 'मैं कभी भी अपना वजन कम नहीं कर पाऊँगा' के विश्वास को 'मैं स्वस्थ विकल्प बनाने और अपना आदर्श वजन प्राप्त करने में सक्षम हूँ' को फिर से परिभाषित किया है, तो प्रत्येक दिन 30 मिनट के लिए व्यायाम करने का लक्ष्य निर्धारित करें और बदलें फलों व सब्जियों के साथ मीठा नाश्ता। जैसे ही आप इन छोटे लक्ष्यों को प्राप्त करते हैं, आप अपने जीवन में सकारात्मक बदलाव लाने की अपनी क्षमता में विश्वास पैदा करना शुरू कर देंगे।

सीमित विश्वासों को स्थानांतरित करने के लिए यहाँ कुछ और युक्तियाँ दी गई हैं—

आत्म-करुणा का अभ्यास करें—अपने विश्वासों को बदलने पर काम करते समय अपने आप पर दया करें। नकारात्मक विचार और विश्वास होना सामान्य है, और उनके साथ संघर्ष करना ठीक है। अपने आप के साथ उसी करुणा और समझ के साथ व्यवहार करें, जो आप संघर्ष कर रहे किसी मित्र के लिए पेश करेंगे।

पुष्टि का उपयोग करें—पुष्टि सकारात्मक बयान हैं, जो आप अपने नए विश्वासों को मजबूत करने के लिए खुद से दोहराते हैं। उदाहरण के लिए, आप कह सकते हैं, "मैं सक्षम हूँ और सफलता के योग्य हूँ या मुझे अपने जीवन में सकारात्मक बदलाव लाने की अपनी क्षमता पर भरोसा है।" पूरे दिन अपने आप से इन प्रतिज्ञानों को दोहराएँ और उन्हें लिखने या उन्हें उन जगहों पर प्रदर्शित करने का प्रयास करें जहाँ आप उन्हें अकसर देखेंगे।

विजुअलाइजेशन का अभ्यास करें—विजुअलाइजेशन आपके नए विश्वासों को मजबूत करने और सकारात्मक बदलाव लाने के लिए एक शक्तिशाली उपकरण है। अपने आप को अपना सर्वश्रेष्ठ जीवन जीने और अपने लक्ष्यों को प्राप्त करने की कल्पना करें, अपनी सभी इंद्रियों का उपयोग करके विजुअलाइजेशन को यथासंभव ज्वलंत बनाएँ। जितना अधिक आप अपने आप को सफल होने की कल्पना कर सकते हैं, उतनी ही अधिक संभावना है कि आप ऐसा करने की अपनी क्षमता पर विश्वास करेंगे।

पेशेवर मदद लें—यदि आपकी सीमित मान्यताएँ गहराई से जुड़ी हुई हैं या आपके जीवन में महत्त्वपूर्ण संकट पैदा कर रही हैं, तो चिकित्सक या परामर्शदाता से पेशेवर मदद लेना मददगार हो सकता है। वे आपकी मान्यताओं के माध्यम से काम करने और उन्हें स्थानांतरित करने के लिए रणनीति विकसित करने में आपकी सहायता कर सकते हैं।

याद रखें कि विश्वासों को सीमित करना एक प्रक्रिया है और उन्हें सशक्त बनाने के लिए उन्हें पूरी तरह से बदलने में समय और प्रयास लग सकता है। लेकिन अभ्यास और दृढ़ता से आप अपने जीवन में सकारात्मक बदलाव ला सकते हैं और अपने लक्ष्यों को प्राप्त कर सकते हैं। बढ़ने और सीखने की अपनी क्षमता पर भरोसा करें और अपने सीमित विश्वासों को अपना सर्वश्रेष्ठ जीवन जीने से रोकें नहीं।

□

21
बौद्धिक लचीलेपन का निर्माण

आज की तेज गति और लगातार बदलती दुनिया में बौद्धिक रूप से लचीला होना जरूरी है। बौद्धिक लचीलापन नई परिस्थितियों के अनुकूल होने, रचनात्मक रूप से सोचने और बदलती परिस्थितियों के जवाब में अपनी सोच को समायोजित करने की क्षमता को संदर्भित करता है। बौद्धिक लचीलेपन का निर्माण आपको तनाव से निपटने, चुनौतियों से पार पाने और अपने लक्ष्यों को प्राप्त करने में मदद कर सकता है। इस अध्याय में हम बौद्धिक लचीलेपन के महत्त्व का पता लगाएँगे और इस आवश्यक कौशल के निर्माण के लिए कुछ सुझाव साझा करेंगे।

क्यों बौद्धिक लचीलापन मायने रखता है?

बौद्धिक लचीलापन व्यक्तिगत और व्यावसायिक जीवन दोनों में सफलता के लिए आवश्यक है। यहाँ कुछ कारण दिए गए हैं—

अनुकूलनशीलता—बौद्धिक लचीलापन आपको नई स्थितियों और वातावरण के अनुकूल होने की अनुमति देता है। जीवन आश्चर्य से भरा है और बौद्धिक रूप से लचीला होने से आपको अप्रत्याशित परिवर्तनों को आसानी और आत्मविश्वास से सँभालने में मदद मिलती है।

रचनात्मकता—जब आप बौद्धिक रूप से लचीले होते हैं, तो आप रचनात्मक रूप से सोचने में सक्षम होते हैं और समस्याओं के अभिनव समाधान के साथ आते हैं। इससे आपको अपने कॅरियर में अलग दिखने और अपने आसपास की दुनिया पर सकारात्मक प्रभाव डालने में मदद मिल सकती है।

लचीलापन—बौद्धिक लचीलापन भी आपको असफलताओं और चुनौतियों से पीछे हटने में मदद करता है। जब आप किसी समस्या के प्रति अपनी सोच और

दृष्टिकोण को समायोजित करने में सक्षम होते हैं, तो आप समाधान खोजने और आगे बढ़ने के लिए बेहतर ढंग से सुसज्जित होते हैं।

बौद्धिक लचीलेपन के निर्माण के लिए युक्तियाँ

यहाँ बौद्धिक लचीलेपन के निर्माण के लिए कुछ सुझाव दिए गए हैं—

नए अनुभवों को अपनाएँ—नई चीजों को आजमाना बौद्धिक लचीलापन बनाने के सर्वोत्तम तरीकों में से एक है। चाहे वह कोई नया शौक आजमाना हो या किसी नई जगह की यात्रा करना हो, अपने सुविधा क्षेत्र से बाहर कदम रखने से आपको नए कौशल और दृष्टिकोण विकसित करने में मदद मिल सकती है।

चेतना का अभ्यास करें—चेतना मेडिटेशन बौद्धिक लचीलेपन के निर्माण के लिए एक शक्तिशाली उपकरण है। इस समय मौजूद रहने का अभ्यास करके आप बिना निर्णय के अपने विचारों और भावनाओं का निरीक्षण करना सीख सकते हैं, जिससे आपको अधिक लचीली बौद्धिकता विकसित करने में मदद मिल सकती है।

अपनी धारणाओं को चुनौती दें—हमारी कई मान्यताएँ और धारणाएँ गहराई से जुड़ी हुई हैं और हमारी सोच को सीमित कर सकती हैं। अपनी धारणाओं पर सवाल उठाने और वैकल्पिक दृष्टिकोणों पर विचार करने के लिए खुद को चुनौती दें।

समस्या-समाधान का अभ्यास करें—जब किसी समस्या का सामना करना पड़े, तो जिज्ञासा और प्रयोग की बौद्धिकता के साथ उसका सामना करें। विभिन्न समाधानों का प्रयास करें और नए विचारों के लिए खुले रहें, भले ही वे अपरंपरागत लगें।

विविध दृष्टिकोणों की तलाश करें—अलग-अलग पृष्ठभूमि और दृष्टिकोण वाले लोगों के साथ खुद को घेरने से आपको अधिक लचीली बौद्धिकता विकसित करने में मदद मिल सकती है। ऐसे लोगों से जुड़ने के अवसरों की तलाश करें, जो आपसे अलग हैं और उनके विचारों और अनुभवों को सुनें।

क्रिया में बौद्धिक लचीलेपन के उदाहरण

क्रिया में बौद्धिक लचीलेपन के कुछ उदाहरण यहाँ दिए गए हैं—

एक छोटा व्यवसाय स्वामी, जो बाजार की बदलती स्थितियों के जवाब में अपने व्यवसाय मॉडल को बदल देता है। अपनी मूल योजना पर टिके रहने के बजाय वह अपने ग्राहकों की जरूरतों को पूरा करने और प्रतिस्पर्धी बने रहने के लिए अपना दृष्टिकोण समायोजित करता है।

एक कर्मचारी, जो विभिन्न जिम्मेदारियों और आवश्यकताओं के साथ एक नई नौकरी की भूमिका को अपनाता है। सोचने के पुराने तरीकों में फँसने के बजाय वह खुले मस्तिष्क से नई भूमिका निभाता है और सफल होने के लिए नए कौशल सीखता है।

एक छात्र, जो नई अध्ययन विधियों को आजमाकर और दूसरों से मदद माँगकर एक कठिन शैक्षणिक चुनौती पर काबू पाता है। हार मानने या निराश होने के बजाय वह समाधान खोजने और सफल होने के लिए अपने बौद्धिक लचीलेपन का उपयोग करता है।

अंत में, व्यक्तिगत और व्यावसायिक जीवन दोनों में सफलता और खुशी के लिए बौद्धिक लचीलेपन का निर्माण आवश्यक है। नए अनुभवों को अपनाने, चेतना का अभ्यास करने, अपनी धारणाओं को चुनौती देने और विविध दृष्टिकोणों की खोज करके आप अधिक लचीली बौद्धिकता विकसित कर सकते हैं और अपने लक्ष्यों को प्राप्त कर सकते हैं। याद रखें कि बौद्धिक लचीलापन एक कौशल है, जिसे समय के साथ अभ्यास और दृढ़ता से विकसित किया जा सकता है। एक लचीली बौद्धिकता के साथ आप नई परिस्थितियों के अनुकूल हो सकते हैं, चुनौतियों से पार पा सकते हैं और अधिक पूर्ण जीवन जी सकते हैं।

□

22

परिवर्तन और अनिश्चितता को गले लगाना

परिवर्तन और अनिश्चितता लोगों के जीवन में चिंता और तनाव के दो सबसे सामान्य कारण हैं। कई लोगों को इन स्थितियों से निपटना चुनौतीपूर्ण लगता है और वे अकसर अभिभूत और शक्तिहीन महसूस करते हैं। हालाँकि, यह महसूस करना आवश्यक है कि परिवर्तन और अनिश्चितता अपरिहार्य हैं और जीवन का एक हिस्सा हैं। इस प्रकार उन्हें गले लगाना और उनका सामना करना सीखना आपको अपनी बुद्धि का स्वामी बनने में मदद कर सकता है। यह अध्याय कुछ ऐसे तरीकों पर चर्चा करेगा, जिनसे आप परिवर्तन और अनिश्चितता को गले लगाना सीख सकते हैं।

अपनी भावनाओं को स्वीकार करें

परिवर्तन और अनिश्चितता को गले लगाने में पहला कदम अपनी भावनाओं को स्वीकार करना है। परिवर्तन भय, चिंता और उदासी सहित कई प्रकार की भावनाएँ ला सकता है। अनिश्चितता आपको शक्तिहीन और नियंत्रण से बाहर महसूस करा सकती है। हालाँकि, अपनी भावनाओं को पहचानने और स्वीकार करने से, आप उनसे निपटने के लिए आवश्यक कदम उठा सकते हैं।

उदाहरण के लिए, यदि आप अपने जीवन में एक महत्त्वपूर्ण बदलाव का सामना कर रहे हैं, जैसे कि नई नौकरी या नए शहर में जाना, तो आप चिंतित या भयभीत महसूस कर सकते हैं। इन भावनाओं को नकारने के बजाय उन्हें स्वीकार करने की कोशिश करें और समझें कि वे सामान्य हैं। यह आपकी

चिंता को प्रबंधित करने के लिए व्यावहारिक कदम उठाने में आपकी मदद कर सकता है, जैसे ध्यान या गहरी साँस लेने के व्यायाम जैसी विश्राम तकनीकों का अभ्यास करना।

अपनी बौद्धिकता को दोबारा बदलें

परिवर्तन और अनिश्चितता को गले लगाने का एक और तरीका है अपनी बौद्धिकता को नया रूप देना। परिवर्तन और अनिश्चितता को नकारात्मक अनुभवों के रूप में देखने के बजाय उन्हें वृद्धि और विकास के अवसरों के रूप में देखने का प्रयास करें। अपनी बौद्धिकता को फिर से तैयार करके आप अपना ध्यान परिवर्तन के नकारात्मक पहलुओं से सकारात्मक पर केंद्रित कर सकते हैं।

उदाहरण के लिए, यदि आप अपने कॅरियर या निजी जीवन में अनिश्चितता का सामना कर रहे हैं, तो इसे सीखने और बढ़ने के अवसर के रूप में देखने का प्रयास करें। शायद यह नए कॅरियर पथों या शौक का पता लगाने का मौका है, जिसमें आपकी हमेशा रुचि रही है, लेकिन इसके लिए आपके पास कभी समय नहीं था। स्थिति के सकारात्मक पहलुओं पर ध्यान केंद्रित करके आप अधिक आशावादी दृष्टिकोण विकसित कर सकते हैं और परिवर्तन के लिए अपनी लचीलापन बढ़ा सकते हैं।

चेतना का अभ्यास करें

परिवर्तन और अनिश्चितता से मुकाबला करने के लिए चेतना एक उत्कृष्ट उपकरण है। चेतना का अभ्यास करके आप अपने विचारों और भावनाओं के बारे में अधिक चेतना विकसित कर सकते हैं, जो आपको उन्हें अधिक प्रभावी ढंग से प्रबंधित करने में मदद कर सकता है। चेतना आपको इस समय मौजूद रहने में मदद कर सकती है और आप, जो नियंत्रित कर सकते हैं, उस पर ध्यान केंद्रित कर सकते हैं।

उदाहरण के लिए, यदि आप अपने निजी जीवन में अनिश्चितता का सामना कर रहे हैं, तो चेतना मेडिटेशन का अभ्यास करने का प्रयास करें। यह आपको इस समय उपस्थित रहने और भविष्य के बारे में चिंताजनक विचारों में फँसने से बचने में मदद कर सकता है। वर्तमान क्षण पर ध्यान केंद्रित करके आप अनिश्चितता से अधिक जमीनी और कम अभिभूत महसूस कर सकते हैं।

अनुकूलन करना सीखें

परिवर्तन और अनिश्चितता को गले लगाने के लिए अनुकूलन क्षमता एक आवश्यक कौशल है। अनुकूलित करना सीखकर आप अप्रत्याशित परिस्थितियों को सँभालने के लिए अधिक लचीले और बेहतर ढंग से तैयार हो सकते हैं। अनुकूलनशीलता में नए विचारों और अनुभवों के लिए खुला होना भी शामिल है, जो आपको एक व्यक्ति के रूप में बढ़ने और विकसित करने में मदद कर सकता है।

उदाहरण के लिए, यदि आप अपने कॅरियर में एक महत्त्वपूर्ण बदलाव का सामना कर रहे हैं, जैसे कि एक नई भूमिका या उद्योग, तो खुले विचारों वाले और अनुकूल होने का प्रयास करें। इसमें नए कौशल सीखना, नए लोगों के साथ नेटवर्किंग करना या नई चुनौतियों का सामना करना शामिल हो सकता है। परिवर्तन को अपनाने और अनुकूल होने से आप अपनी सफलता और विकास की संभावना बढ़ा सकते हैं।

समर्थन माँगें

समर्थन माँगने से परिवर्तन और अनिश्चितता से निपटने में मदद मिल सकती है। अकेले इन परिस्थितियों का सामना करना चुनौतीपूर्ण हो सकता है और दोस्तों, परिवार या पेशेवरों से समर्थन माँगना आपको अकेले कम और अधिक समर्थित महसूस करने में मदद कर सकता है।

उदाहरण के लिए, यदि आप अपने जीवन में एक महत्त्वपूर्ण परिवर्तन का सामना कर रहे हैं, तो सहायता के लिए मित्रों या परिवार के सदस्यों तक पहुँचने का प्रयास करें। आप एक चिकित्सक या परामर्शदाता से पेशेवर मदद लेने पर भी विचार कर सकते हैं, जो इस चुनौतीपूर्ण समय के दौरान आपको मार्गदर्शन और सहायता प्रदान कर सकता है।

परिवर्तन और अनिश्चितता के उदाहरण

कॅरियर बदलना

कई व्यक्तियों के लिए कॅरियर बदलना एक कठिन संभावना हो सकती है, खासकर यदि वे लंबे समय से एक ही उद्योग या नौकरी में हों। हालाँकि, परिवर्तन और अनिश्चितता को गले लगाने से वृद्धि और विकास के नए अवसर खुल सकते हैं।

उदाहरण के लिए, एक सॉफ्टवेयर इंजीनियर के मामले पर विचार करें, जो कई वर्षों से टेक उद्योग में काम कर रहा था, लेकिन अपनी नौकरी से असंतुष्ट और ऊब महसूस करता था। कॅरियर में बदलाव करने के बारे में अपने डर और अनिश्चितता के बावजूद उसने संगीत के प्रति अपने जुनून को आगे बढ़ाने का फैसला किया और एक संगीत उत्पादन पाठ्यक्रम में दाखिला लिया। संकल्प चुनौतीपूर्ण था और उसे अपने भविष्य के कॅरियर की संभावनाओं के बारे में बहुत अनिश्चितता का सामना करना पड़ा। हालाँकि, अपनी बौद्धिकता को नया रूप देकर और स्थिति के सकारात्मक पहलुओं पर ध्यान केंद्रित करके जैसे कि अपने जुनून को आगे बढ़ाने का अवसर मिला, वह परिवर्तन को अपनाने में सक्षम था। आज वह एक सफल संगीत निर्माता है और अपने पसंदीदा काम को करते हुए एक शानदार कॅरियर का आनंद लेता है।

नए शहर में जाना

एक नए शहर में जाना एक महत्त्वपूर्ण बदलाव हो सकता है, और एक नए वातावरण में समायोजित करना, नए लोगों से मिलना और नई दिनचर्या स्थापित करना चुनौतीपूर्ण हो सकता है। हालाँकि, परिवर्तन और अनिश्चितता को गले लगाकर आप अनुभव को सकारात्मक में बदल सकते हैं।

उदाहरण के लिए, एक महिला के मामले पर विचार करें, जो अपने जीवन के अधिकांश समय उसी छोटे शहर में रही थी। वह अपनी दिनचर्या में फँसी हुई महसूस कर रही थी और नए अनुभवों और अवसरों के लिए तरस रही थी। अपने डर और अनिश्चितता के बावजूद उसने एक बड़े शहर में जाने और एक नया जीवन शुरू करने का फैसला किया। संकल्प चुनौतीपूर्ण था और उसे नए शहर में अपने भविष्य के बारे में बहुत अनिश्चितता का सामना करना पड़ा। हालाँकि, चेतना का अभ्यास करके, मित्रों और परिवार से समर्थन माँगकर और नई परिस्थितियों को अनुकूलित करना सीखकर, वह परिवर्तन को गले लगाने और अनुभव को सकारात्मक में बदलने में सक्षम थी। आज वह अपने नए शहर में फल-फूल रही है, उसने नए दोस्त बनाए हैं और कई नए और रोमांचक अवसरों का अनुभव किया है, जो उसे अपने पुराने शहर में रहने पर नहीं मिलते।

एक नए रिश्ते की शुरुआत

एक नया रिश्ता शुरू करना रोमांचक और डरावना दोनों हो सकता है।

नए रिश्ते की अनिश्चितता को नेविगेट करना चुनौतीपूर्ण हो सकता है, खासकर यदि आपको अतीत में चोट लगी हो। हालाँकि, परिवर्तन और अनिश्चितता को गले लगाकर आप अपने आप को नए अनुभवों और संभावनाओं के लिए खोल सकते हैं।

उदाहरण के लिए, एक ऐसे व्यक्ति के मामले पर विचार करें, जो अतीत में एक विषम रिश्ते में रहा था और फिर से चोटिल होने से डरता था। अपने डर और अनिश्चितता के बावजूद उसने फिर से डेटिंग शुरू करने का फैसला किया और किसी ऐसे व्यक्ति से मिला, जिसके साथ उसे एक मजबूत जुड़ाव महसूस हुआ। संकल्प चुनौतीपूर्ण था और उसे रिश्ते के भविष्य के बारे में बहुत अनिश्चितता का सामना करना पड़ा। हालाँकि, अपनी भावनाओं को स्वीकार करते हुए चेतना का अभ्यास करके और स्थिति को अनुकूलित करने के लिए सीखकर, वह परिवर्तन को गले लगाने तथा प्यार का मौका लेने में सक्षम था। आज वह एक स्वस्थ और परिपूर्ण रिश्ते में है और आभारी है कि उसने जोखिम उठाया और एक नया रिश्ता शुरू करने की अनिश्चितता को गले लगा लिया।

अंत में, परिवर्तन और अनिश्चितता को गले लगाना आपकी अपनी बुद्धि का स्वामी बनने के लिए एक आवश्यक कौशल है। अपनी भावनाओं को स्वीकार करके, अपनी बौद्धिकता को फिर से तैयार करके, सचेतनता का अभ्यास करके अनुकूलन करना सीखना और समर्थन प्राप्त करके आप परिवर्तन को स्वीकार कर सकते हैं और अनिश्चित स्थितियों को वृद्धि और विकास के अवसरों में बदल सकते हैं।

याद रखें, परिवर्तन और अनिश्चितता अनिवार्य हैं, लेकिन उन्हें नकारात्मक अनुभव नहीं होना चाहिए। उन्हें अपनाने से आप अपने आप को नए अनुभवों और संभावनाओं के लिए खोल सकते हैं, जो आपको अपना सर्वश्रेष्ठ संस्करण बनने में मदद कर सकते हैं।

□

23

एक स्पष्ट बौद्धिक दृष्टि बनाना

क्या आपने कभी ऐसा महसूस किया है कि आप दिशा या उद्देश्य की स्पष्ट समझ के बिना जीवन में लक्ष्यहीन होकर बह रहे हैं? हम कहाँ जाना चाहते हैं या हम क्या हासिल करना चाहते हैं, इस पर विचार करने के लिए समय निकाले बिना, जीवन के दिन-प्रतिदिन के कार्यों में उलझ जाना आसान है। हालाँकि, एक स्पष्ट बौद्धिक दृष्टि हमारे जीवन में सफलता और पूर्णता प्राप्त करने के लिए एक शक्तिशाली उपकरण हो सकती है।

एक स्पष्ट बौद्धिक दृष्टि क्या है?

एक स्पष्ट बौद्धिक दृष्टि एक विशिष्ट और अच्छी तरह से परिभाषित तसवीर है कि हम अपने जीवन में क्या हासिल करना चाहते हैं या क्या बनना चाहते हैं। इसमें हमारे लक्ष्यों और आकांक्षाओं की पहचान करने के साथ-साथ उन्हें प्राप्त करने के लिए आवश्यक कदमों की पहचान करना शामिल है। इसमें हमें केंद्रित और प्रेरित रहने में मदद करने के लिए एक सकारात्मक बौद्धिकता और विजुअलाइजेशन तकनीक विकसित करना भी शामिल है।

स्पष्ट बौद्धिक दृष्टि क्यों महत्त्वपूर्ण है?

स्पष्ट बौद्धिक दृष्टि का होना कई कारणों से महत्त्वपूर्ण है। सबसे पहले, यह हमें अपने लक्ष्यों पर केंद्रित रहने और विकर्षणों से बचने में मदद करता है। जब हमें इस बात का स्पष्ट बोध होता है कि हम क्या हासिल करना चाहते हैं, तो अपने उद्देश्यों की दिशा में काम करने के लिए अपने समय और ऊर्जा को प्राथमिकता देना आसान हो जाता है।

दूसरा, एक स्पष्ट बौद्धिक दृष्टि बाधाओं और असफलताओं के बावजूद भी हमें प्रेरित रहने में मदद करती है। जब हम चुनौतियों या असफलताओं का सामना करते हैं, तो हम अपने लक्ष्यों को याद रख सकते हैं और उन्हें प्राप्त करने के लिए प्रतिबद्ध रह सकते हैं।

अंत में, एक स्पष्ट बौद्धिक दृष्टि हमें अधिक उद्‌देश्यपूर्ण और पूर्ण जीवन जीने में मदद करती है। जब हमारे पास दिशा और उद्‌देश्य का बोध होता है, तो हमें उपलब्धि और संतुष्टि की भावना महसूस होने की अधिक संभावना होती है।

स्पष्ट बौद्धिक दृष्टि बनाने के उदाहरण

स्मार्ट लक्ष्य निर्धारित करना

स्पष्ट बौद्धिक दृष्टि बनाने का एक तरीका स्मार्ट लक्ष्य निर्धारित करना है। स्मार्ट लक्ष्य विशिष्ट, मापने योग्य, प्राप्य, प्रासंगिक और समयबद्ध होते हैं। इन मानदंडों को पूरा करने वाले लक्ष्य निर्धारित करके हम एक स्पष्ट बौद्धिक दृष्टि बना सकते हैं कि हम क्या हासिल करना चाहते हैं और हम इसे कैसे प्राप्त करने की योजना बना रहे हैं?

उदाहरण के लिए, यदि हमारा लक्ष्य वजन कम करना है, तो हम सप्ताह में तीन बार व्यायाम करके और पौष्टिक आहार खाकर तीन महीने में 10 पाउंड वजन कम करने का स्मार्ट लक्ष्य निर्धारित कर सकते हैं। यह लक्ष्य विशिष्ट, मापने योग्य, प्राप्य, प्रासंगिक और समयबद्ध है, जिससे हमारे उद्‌देश्य की स्पष्ट बौद्धिक दृष्टि बनाना आसान हो जाता है।

विजुअलाइजेशन तकनीक

एक स्पष्ट बौद्धिक दृष्टि बनाने का दूसरा तरीका विजुअलाइजेशन तकनीकों का उपयोग करना है। विजुअलाइजेशन में बौद्धिक रूप से हमारे लक्ष्यों का पूर्वाभ्यास करना और उन्हें प्राप्त करने की कल्पना करना शामिल है। यह तकनीक हमें प्रेरित रहने और अपने लक्ष्यों पर ध्यान केंद्रित करने में मदद कर सकती है।

उदाहरण के लिए, यदि हमारा लक्ष्य मैराथन दौड़ना है, तो हम कल्पना कर सकते हैं कि हम दौड़ रहे हैं, फिनिश लाइन पार कर रहे हैं और उपलब्धि की भावना महसूस कर रहे हैं। अपने लक्ष्य को प्राप्त करने की कल्पना करके हम एक स्पष्ट बौद्धिक दृष्टि बना सकते हैं कि हम क्या हासिल करना चाहते हैं? और इसके लिए काम करने के लिए प्रेरित रहते हैं।

विजन बोर्ड बनाना

स्पष्ट बौद्धिक दृष्टि बनाने के लिए एक दृष्टि बोर्ड बनाना एक और तरीका है। एक विजन बोर्ड हमारे लक्ष्यों और आकांक्षाओं का एक दृश्य प्रतिनिधित्व है। इसमें चित्र, शब्द और प्रतीक शामिल हो सकते हैं, जो उन चीजों का प्रतिनिधित्व करते हैं, जिन्हें हम प्राप्त करना चाहते हैं।

उदाहरण के लिए, यदि हमारा लक्ष्य यूरोप की यात्रा करना है, तो हम यूरोपीय स्थलों के चित्रों, यूरोपीय देशों के मानचित्रों और हमें प्रेरित करने वाले यात्रा उद्धरणों के साथ एक विजन बोर्ड बना सकते हैं। अपने लक्ष्य का एक दृश्य प्रतिनिधित्व बनाकर हम जो हासिल करना चाहते हैं, उसकी एक स्पष्ट बौद्धिक दृष्टि बना सकते हैं और इसके लिए काम करने हेतु प्रेरित रहते हैं।

अंत में, एक स्पष्ट बौद्धिक दृष्टि बनाना हमारे जीवन में सफलता और पूर्णता प्राप्त करने के लिए एक आवश्यक उपकरण है। अपने लक्ष्यों और आकांक्षाओं की पहचान करके, एक सकारात्मक बौद्धिकता विकसित करके और विजुअलाइजेशन तकनीकों का उपयोग करके हम एक स्पष्ट बौद्धिक दृष्टि बना सकते हैं कि हम क्या हासिल करना चाहते हैं और अपने उद्देश्यों की दिशा में काम करने के लिए प्रेरित रहते हैं। चाहे वह स्मार्ट लक्ष्य निर्धारित करना हो, विजुअलाइजेशन तकनीकों का उपयोग करना हो या विजन बोर्ड बनाना हो, एक स्पष्ट बौद्धिक दृष्टि बनाने और अपनी बुद्धि का स्वामी बनने के कई तरीके हैं।

□

24
लक्ष्य निर्धारित करना और प्राप्त करना

लक्ष्य विशिष्ट, मापने योग्य और प्राप्त करने योग्य उद्देश्य होते हैं, जो हम अपने लिए निर्धारित करते हैं। वे हमारी आकांक्षाओं और इच्छाओं का प्रतिनिधित्व करते हैं और वे हमें उद्देश्य और दिशा का बोध कराते हैं। लक्ष्य अल्पकालिक या दीर्घकालिक हो सकते हैं और वे हमारे कॅरियर, वित्त, स्वास्थ्य, रिश्ते एवं व्यक्तिगत विकास सहित हमारे जीवन के किसी भी पहलू से संबंधित हो सकते हैं।

लक्ष्य निर्धारण क्यों महत्त्वपूर्ण है?

लक्ष्य निर्धारण कई कारणों से महत्त्वपूर्ण है। सबसे पहले, यह हमें इस बात पर ध्यान केंद्रित करने में मदद करता है कि क्या महत्त्वपूर्ण है ? जब हमारे पास स्पष्ट लक्ष्य होते हैं, तो हम जानते हैं कि हम क्या हासिल करना चाहते हैं ? और हम अपने समय और ऊर्जा को तदनुसार प्राथमिकता दे सकते हैं।

दूसरा, लक्ष्य निर्धारित करने से हमें अपनी प्रगति को मापने और प्रेरित रहने में मदद मिलती है। जब हम मापने योग्य लक्ष्य निर्धारित करते हैं, तो हम अपनी प्रगति को ट्रैक कर सकते हैं और रास्ते में अपनी उपलब्धियों का जश्न मना सकते हैं। यह हमें अपने लक्ष्यों को प्राप्त करने के लिए प्रेरित और प्रतिबद्ध रहने में मदद करता है।

अंत में, लक्ष्य निर्धारण हमें अधिक पूर्ण और संतोषजनक जीवन बनाने में मदद करता है। जब हम सार्थक लक्ष्य निर्धारित करते हैं और प्राप्त करते हैं, तो हमें उद्देश्य और उपलब्धि की भावना महसूस होती है, जो हमारे समग्र कल्याण को बढ़ा सकती है।

लक्ष्य निर्धारित करने और प्राप्त करने के उदाहरण

कॅरियर के लक्ष्य

लक्ष्यों को स्थापित करने और प्राप्त करने का एक उदाहरण कॅरियर का लक्ष्य निर्धारित करना है। यदि हम अपने कॅरियर में आगे बढ़ना चाहते हैं, तो हम विशिष्ट लक्ष्य निर्धारित कर सकते हैं, जो हमें अपने उद्देश्यों को प्राप्त करने में मदद करेंगे। उदाहरण के लिए, यदि हम पदोन्नत्ति प्राप्त करना चाहते हैं, तो हम एक नया कौशल या प्रमाणन प्राप्त करने का लक्ष्य निर्धारित कर सकते हैं, जो हमें हमारे नियोक्ता के लिए अधिक मूल्यवान बना देगा।

इस लक्ष्य को प्राप्त करने के लिए हम एक कोर्स कर सकते हैं या एक प्रशिक्षण कार्यक्रम में भाग ले सकते हैं, जो हमें आवश्यक कौशल हासिल करने में मदद करेगा। हम एक सलाहकार या कोच के साथ भी काम कर सकते हैं, जो मार्गदर्शन और सहायता प्रदान कर सकता है, क्योंकि हम अपने उद्देश्यों की दिशा में काम करते हैं।

वित्तीय लक्ष्य

वित्तीय लक्ष्यों को निर्धारित करना और प्राप्त करना इस बात का एक और उदाहरण है कि कैसे लक्ष्य निर्धारण हमें एक अधिक पूर्ण जीवन बनाने में मदद कर सकता है। यदि हम अपनी वित्तीय स्थिति में सुधार करना चाहते हैं, तो हम विशिष्ट लक्ष्य निर्धारित कर सकते हैं, जो हमें अपने उद्देश्यों को प्राप्त करने में मदद करेंगे। उदाहरण के लिए, यदि हम किसी घर के डाउन पेमेंट के लिए बचत करना चाहते हैं, तो हम हर महीने एक निश्चित राशि बचाने का लक्ष्य निर्धारित कर सकते हैं।

इस लक्ष्य को प्राप्त करने के लिए हम एक ऐसा बजट बना सकते हैं, जो हमें अपने खर्चों का प्रबंधन करने और अपनी बचत को प्राथमिकता देने में मदद करता है। हम अपनी आय बढ़ाने के तरीके भी तलाश सकते हैं, जैसे कि पार्ट टाइम नौकरी करना या कोई साइड बिजनेस शुरू करना।

व्यक्तिगत विकास लक्ष्य

व्यक्तिगत विकास लक्ष्यों को निर्धारित करना और प्राप्त करना एक और अधिक पूर्ण जीवन बनाने का एक अन्य तरीका है। यदि हम स्वयं को और अपने व्यक्तिगत संबंधों को सुधारना चाहते हैं, तो हम विशिष्ट लक्ष्य निर्धारित कर सकते

हैं, जो हमें अपने उद्देश्यों को प्राप्त करने में मदद करेंगे। उदाहरण के लिए, यदि हम अधिक मुखर होना चाहते हैं, तो हम सामाजिक स्थितियों में अधिक बोलने का लक्ष्य निर्धारित कर सकते हैं।

इस लक्ष्य को प्राप्त करने के लिए हम छोटी, कम जोखिम वाली स्थितियों में बोलने का अभ्यास कर सकते हैं, जैसे मित्रों या परिवार के सदस्यों के साथ। हम एक चिकित्सक या कोच के साथ भी काम कर सकते हैं, जो हमारे आत्मविश्वास को बढ़ाने और प्रभावी संचार कौशल विकसित करने में हमारी सहायता कर सकता है।

अंत में, लक्ष्यों को निर्धारित करना और प्राप्त करना अधिक पूर्ण और सफल जीवन बनाने के लिए एक शक्तिशाली उपकरण है। चाहे हम अपने कॅरियर में आगे बढ़ना चाहते हैं, अपनी वित्तीय स्थिति में सुधार करना चाहते हैं, या अपने व्यक्तिगत संबंधों को बढ़ाना चाहते हैं, लक्ष्य निर्धारण हमें केंद्रित रहने, हमारी प्रगति को मापने और प्रेरित रहने में मदद कर सकता है। विशिष्ट, मापने योग्य और प्राप्य लक्ष्यों को निर्धारित करके और उन्हें प्राप्त करने के लिए प्रभावी रणनीति विकसित करके, हम अपनी स्वयं की बुद्धि के स्वामी बन सकते हैं और अपनी इच्छा के अनुसार जीवन का निर्माण कर सकते हैं।

□

25

निर्णय लेने में सुधार

हर दिन हम अनगिनत निर्णय लेते हैं, जो हमारे जीवन को महत्त्वपूर्ण तरीके से प्रभावित करते हैं। नाश्ते में क्या खाना है ? यह तय करने से लेकर महत्त्वपूर्ण कॅरियर या वित्तीय निर्णय लेने तक, अच्छे निर्णय लेने की हमारी क्षमता हमारी सफलता और खुशी के लिए महत्त्वपूर्ण है। हालाँकि, निर्णय लेना चुनौतीपूर्ण हो सकता है, खासकर जब जटिल या उच्च दाँव वाली स्थितियों का सामना करना पड़ता है। इस अध्याय में हम निर्णय लेने के कौशल में सुधार लाने और बेहतर विकल्प बनाने के लिए रणनीतियों का पता लगाएँगे।

अपने निर्णय लेने की शैली को समझें

निर्णय लेने के कौशल में सुधार करने के लिए पहला कदम हमारी स्वाभाविक निर्णय लेने की शैली को समझना है। कुछ लोग अधिक विश्लेषणात्मक और तार्किक होते हैं, जबकि अन्य अधिक सहज और भावनात्मक होते हैं। हमारी प्राकृतिक निर्णय लेने की शैली को समझने से हमें अपनी ताकत और कमजोरियों की पहचान करने और बेहतर निर्णय लेने के लिए रणनीति विकसित करने में मदद मिल सकती है।

उदाहरण के लिए, यदि हम भावनाओं के आधार पर निर्णय लेते हैं, तो हम निर्णय लेने के लिए अधिक विश्लेषणात्मक दृष्टिकोण अपनाने से लाभान्वित हो सकते हैं। इसमें अधिक जानकारी एकत्र करना, विभिन्न विकल्पों पर विचार करना और प्रत्येक विकल्प के गुण-दोषों को तौलना शामिल हो सकता है।

निर्णय लेने की प्रक्रिया विकसित करें

निर्णय लेने के कौशल में सुधार के लिए एक अन्य महत्त्वपूर्ण रणनीति निर्णय लेने

की प्रक्रिया को विकसित करना है। इसमें निर्णय लेने की प्रक्रिया को विशिष्ट चरणों में तोड़ना और निर्णय लेने के लिए एक संरचित दृष्टिकोण का पालन करना शामिल है।

निर्णय लेने की प्रक्रिया में निम्नलिखित चरण शामिल हो सकते हैं—

समस्या की परिभाषा—स्पष्ट रूप से समस्या या लिये जाने वाले निर्णय को परिभाषित करें।

अनुसंधान—प्रासंगिक जानकारी और डेटा इकट्ठा करें।

विकल्प—विभिन्न विकल्पों को उत्पन्न और मूल्यांकन करें।

अधिनियम—सबसे अच्छा विकल्प चुनें और काररवाई करें।

परिणाम—निर्णय के परिणामों का मूल्यांकन करें और आवश्यकतानुसार समायोजित करें।

एक संरचित निर्णय लेने की प्रक्रिया का पालन करके हम आवेगी या खराब सोच वाले निर्णय लेने की संभावना को कम कर सकते हैं।

निर्णय लेने के उपकरण का प्रयोग करें

विभिन्न निर्णय लेने वाले उपकरण और तकनीकें बेहतर निर्णय लेने में हमारी मदद कर सकती हैं।

उदाहरण

निर्णय मैट्रिक्स—एक निर्णय मैट्रिक्स में एक टेबल बनाना शामिल होता है, जो विभिन्न विकल्पों को सूचीबद्ध करता है और प्रत्येक विकल्प का मूल्यांकन करने के लिए उपयोग किए जाने वाले मानदंड। इससे हमें विभिन्न विकल्पों की निष्पक्ष रूप से तुलना करने और अधिक सूचित निर्णय लेने में मदद मिल सकती है।

पेशेवरों और विपक्षों की सूची—इसमें प्रत्येक विकल्प के फायदे और कमियों को तौलने में हमारी मदद करने के लिए प्रत्येक विकल्प के पेशेवरों और विपक्षों को सूचीबद्ध करना शामिल है।

लागत-लाभ विश्लेषण—इसमें प्रत्येक विकल्प की लागत और लाभों का मूल्यांकन करना शामिल है, यह निर्धारित करने के लिए कि कौन सा विकल्प सबसे बड़ा मूल्य प्रदान करता है ?

विचार-मंथन—विचार-मंथन में पहले उनका मूल्यांकन किए बिना विचारों या विकल्पों की सूची तैयार करना शामिल है। यह हमें रचनात्मक समाधान उत्पन्न करने और विभिन्न संभावनाओं का पता लगाने में मदद कर सकता है।

अपने निर्णयों का मूल्यांकन करें

निर्णय लेने के बाद, निर्णय और उसके परिणामों का मूल्यांकन करना आवश्यक है। इससे हमें अपने निर्णयों से सीखने और भविष्य में बेहतर चुनाव करने में मदद मिल सकती है।

निर्णयों के मूल्यांकन के लिए एक तकनीक निर्णय डायरी का उपयोग करना है। इसमें निर्णय को रिकॉर्ड करना, विचार किए गए विकल्प, निर्णय के पीछे तर्क और निर्णय के परिणाम शामिल हैं। अपनी निर्णय डायरी की नियमित रूप से समीक्षा करके हम पैटर्न की पहचान कर सकते हैं और समय के साथ अपने निर्णय लेने के कौशल में सुधार कर सकते हैं।

निर्णय लेने में सुधार के उदाहरण

कॅरियर निर्णय

निर्णय लेने के कौशल में सुधार का एक उदाहरण कॅरियर निर्णय है। नौकरी की पेशकश या कॅरियर परिवर्तन पर विचार करते समय, हम अपने विकल्पों का मूल्यांकन करने के लिए निर्णय लेने की प्रक्रिया का उपयोग कर सकते हैं। इसमें विभिन्न अवसरों पर शोध करना, प्रत्येक विकल्प के पक्ष और विपक्ष का मूल्यांकन करना तथा हमारे दीर्घकालिक कॅरियर लक्ष्यों पर विचार करना शामिल हो सकता है।

हम विश्वसनीय सलाहकारों या आकाओं से भी प्रतिक्रिया माँग सकते हैं और विचार कर सकते हैं कि प्रत्येक विकल्प हमारे व्यक्तिगत मूल्यों और प्राथमिकताओं के साथ कैसे संरेखित होता है ?

वित्तीय निर्णय

अच्छे वित्तीय निर्णय लेना अच्छे निर्णय लेने के कौशल के महत्त्व का एक और उदाहरण है। वित्तीय निर्णय लेते समय, हम अपने विकल्पों का मूल्यांकन करने के लिए लागत-लाभ विश्लेषण या पक्ष-विपक्ष सूची जैसे उपकरणों का उपयोग कर सकते हैं। हम वित्तीय पेशेवरों से भी सलाह ले सकते हैं या वित्तीय जानकारी के प्रतिष्ठित स्रोतों से परामर्श ले सकते हैं।

प्रत्येक निर्णय के संभावित परिणामों का मूल्यांकन करके और हमारे दीर्घकालिक वित्तीय लक्ष्यों पर विचार करके हम अपने वित्तीय मूल्यों और प्राथमिकताओं के अनुरूप उचित निर्णय ले सकते हैं।

संबंध निर्णय

रिश्तों में निर्णय लेना चुनौतीपूर्ण हो सकता है, खासकर जब भावनाएँ शामिल हों। हालाँकि, हम विभिन्न विकल्पों का मूल्यांकन करने और प्रत्येक विकल्प के संभावित परिणामों का वजन करने के लिए पेशेवरों और विपक्ष सूचियों या निर्णय मैट्रिक्स जैसे निर्णय लेने वाले टूल का उपयोग कर सकते हैं।

हम यह भी विचार कर सकते हैं कि प्रत्येक विकल्प हमारे मूल्यों और प्राथमिकताओं के साथ कैसे संरेखित होता है? और विश्वसनीय मित्रों या परिवार के सदस्यों से प्रतिक्रिया प्राप्त करें।

स्वास्थ्य निर्णय

हमारे स्वास्थ्य के बारे में निर्णय लेना हमारे समग्र कल्याण के लिए महत्त्वपूर्ण हो सकता है। जब स्वास्थ्य निर्णयों का सामना करना पड़ता है, तो हम विभिन्न उपचार विकल्पों का मूल्यांकन करने के लिए लागत-लाभ विश्लेषण या निर्णय मैट्रिक्स जैसे निर्णय लेने वाले उपकरणों का उपयोग कर सकते हैं।

हम यह सुनिश्चित करने के लिए स्वास्थ्य देखभाल पेशेवरों से सलाह ले सकते हैं या स्वास्थ्य जानकारी के प्रतिष्ठित स्रोतों से परामर्श कर सकते हैं कि हम अपने स्वास्थ्य लक्ष्यों और मूल्यों के अनुरूप उचित निर्णय ले रहे हैं।

अंत में, निर्णय लेने के कौशल में सुधार करना हमारे अपने बुद्धि के स्वामी होने का एक महत्त्वपूर्ण पहलू है। हमारी प्राकृतिक निर्णय लेने की शैली को समझकर, एक संरचित निर्णय लेने की प्रक्रिया विकसित करके और निर्णय लेने के उपकरण व तकनीकों का उपयोग करके हम बेहतर निर्णय ले सकते हैं, जो हमारे मूल्यों एवं प्राथमिकताओं के अनुरूप हों।

अपने निर्णयों का मूल्यांकन करके और अपनी गलतियों से सीखकर हम अपने निर्णय लेने के कौशल में लगातार सुधार कर सकते हैं तथा अपने जीवन के सभी पहलुओं में अधिक उचित विकल्प बना सकते हैं।

□

26

संज्ञानात्मक क्षमताओं को बढ़ाना

संज्ञानात्मक क्षमताएँ बौद्धिक प्रक्रियाएँ हैं, जो हमें जानकारी प्राप्त करने, संसाधित करने, संगृहीत करने और पुनः प्राप्त करने में सक्षम बनाती हैं। इन क्षमताओं में ध्यान, स्मृति, धारणा, तर्क, समस्या को सुलझाने और निर्णय लेने की क्षमता शामिल है। इन संज्ञानात्मक क्षमताओं को बढ़ाने से हमें अपने व्यक्तिगत और व्यावसायिक जीवन में अधिक प्रभावी होने में मदद मिल सकती है। इस अध्याय में हम अपनी संज्ञानात्मक क्षमताओं को बढ़ाने के कुछ तरीकों का पता लगाएँगे।

बौद्धिक उत्तेजना में संलग्न होना

बौद्धिक उत्तेजना में शामिल होने से संज्ञानात्मक क्षमताओं को बढ़ाने में मदद मिल सकती है। बौद्धिक उत्तेजना में ऐसी गतिविधियाँ शामिल होती हैं, जो मस्तिष्क को चुनौती देती हैं, जैसे पढ़ना, पहेलियाँ सुलझाना, रणनीति के खेल खेलना और एक नया कौशल सीखना। ये गतिविधियाँ स्मृति, ध्यान और समस्या सुलझाने के कौशल में सुधार करने में मदद कर सकती हैं।

उदाहरण के लिए, किसी पुस्तक को पढ़ने के लिए सूचना को समझने तथा याद रखने के लिए ध्यान और स्मृति कौशल की आवश्यकता होती है। सुडोकू या वर्ग-पहेली जैसी पहेलियों को हल करने के लिए समस्या सुलझाने के कौशल की आवश्यकता होती है और कार्यशील स्मृति को बढ़ाता है। शतरंज जैसे रणनीतिक खेल खेलने से योजना और निर्णय लेने के कौशल में सुधार हो सकता है।

पर्याप्त नींद

संज्ञानात्मक कार्य के लिए पर्याप्त नींद लेना महत्त्वपूर्ण है। नींद की कमी ध्यान, स्मृति और समस्या सुलझाने के कौशल को कम कर सकती है। नींद यादों को मजबूत करने और मस्तिष्क से विषाक्त पदार्थों को बाहर निकालने में महत्त्वपूर्ण भूमिका निभाती है।

हर रात सात से आठ घंटे की नींद लेने से संज्ञानात्मक क्षमताओं में सुधार करने में मदद मिल सकती है। नींद की अच्छी आदतें विकसित करना, जैसे सोने का नियमित समय निर्धारित करना और सोने से पहले इलेक्ट्रॉनिक उपकरणों से बचना, नींद की गुणवत्ता में सुधार करने में मदद कर सकता है।

व्यायाम

व्यायाम न केवल शारीरिक स्वास्थ्य के लिए, बल्कि संज्ञानात्मक कार्य के लिए भी अच्छा है। व्यायाम करने से मस्तिष्क में रक्त के प्रवाह को बढ़ाया जा सकता है, जो संज्ञानात्मक क्षमताओं को बढ़ा सकता है। व्यायाम मस्तिष्क-व्युत्पन्न न्यूरोट्रॉफिक कारक (बीडीएनएफ) के उत्पादन को भी बढ़ाता है, जो मस्तिष्क कोशिकाओं के विकास और अस्तित्व को बनाए रखने में मदद करता है।

चलने, दौड़ने या भारोत्तोलन जैसे नियमित शारीरिक व्यायाम में शामिल होने से संज्ञानात्मक क्षमताओं को बढ़ाने में मदद मिल सकती है। यहाँ तक कि हलका व्यायाम, जैसे कि योग या ताई ची, ध्यान, स्मृति और समस्या सुलझाने के कौशल में सुधार करने में मदद कर सकता है।

पौष्टिक आहार

पौष्टिक आहार खाने से संज्ञानात्मक क्षमताओं में भी वृद्धि हो सकती है। मस्तिष्क को बेहतर ढंग से काम करने के लिए पोषक तत्त्वों की आवश्यकता होती है। प्रसंस्कृत खाद्य पदार्थ और चीनी में उच्च आहार संज्ञानात्मक कार्य को कम कर सकते हैं, जबकि फलों, सब्जियों और साबुत अनाज से भरपूर आहार संज्ञानात्मक कार्य को बढ़ा सकते हैं।

मछली, नट और बीज जैसे ओमेगा-3 फैटी एसिड से भरपूर आहार खाने से संज्ञानात्मक कार्य में सुधार करने में मदद मिल सकती है। ओमेगा-3 फैटी एसिड मस्तिष्कीय स्वास्थ्य के लिए आवश्यक हैं तथा स्मृति, ध्यान और समस्या सुलझाने के कौशल में सुधार करने के लिए दिखाए गए हैं।

ध्यान

ध्यान एक अभ्यास है, जिसमें मस्तिष्क को किसी विशिष्ट वस्तु या गतिविधि पर केंद्रित करना शामिल है, जैसे कि साँस या मंत्र पर। ध्यान, स्मृति और समस्या को सुलझाने के कौशल में सुधार करने के लिए ध्यान बताया गया है।

ध्यान तनाव और चिंता को कम करने में मदद कर सकता है, जो संज्ञानात्मक कार्य को खराब कर सकते हैं। यह भावनात्मक विनियमन में भी सुधार कर सकता है, जो निर्णय लेने के कौशल को बढ़ा सकता है।

अंत में, हमारे अपने बुद्धि के स्वामी होने के लिए संज्ञानात्मक क्षमताओं को बढ़ाना महत्त्वपूर्ण है। बौद्धिक उत्तेजना में संलग्न होना, पर्याप्त नींद लेना, व्यायाम करना, उचित आहार खाना और ध्यान करना संज्ञानात्मक कार्य को बढ़ाने के कुछ तरीके हैं।

इन विधियों को अपने दैनिक जीवन में शामिल करके हम अपने ध्यान, स्मृति, समस्या को सुलझाने और निर्णय लेने के कौशल में सुधार कर सकते हैं। हम अपने व्यक्तिगत और पेशेवर जीवन में अधिक प्रभावी हो सकते हैं और अपने लक्ष्यों को अधिक कुशलता से प्राप्त कर सकते हैं।

□

27
समय और फोकस का प्रबंधन

समय एक कीमती वस्तु है जिसे हम बरबाद नहीं कर सकते। आज की तेजी से भागती दुनिया में अपने समय और ध्यान का प्रबंधन करना पहले से कहीं अधिक महत्त्वपूर्ण है। समय प्रबंधन हमारे लक्ष्यों को प्राप्त करने के लिए प्रभावी ढंग से और कुशलता से समय आवंटित करने के तरीके को व्यवस्थित करने और योजना बनाने की प्रक्रिया है। फोकस बाहरी या आंतरिक कारकों से विचलित हुए बिना किसी कार्य पर ध्यान केंद्रित करने की क्षमता है। इस अध्याय में हम समय और ध्यान केंद्रित करने के कुछ तरीकों का पता लगाएँगे।

कार्यों को प्राथमिकता देना

समय प्रबंधन के सबसे महत्त्वपूर्ण पहलुओं में से एक कार्यों को प्राथमिकता देना है। प्राथमिकता देने में सबसे महत्त्वपूर्ण कार्यों की पहचान करना और उन्हें पहले पूरा करना शामिल है। इससे यह सुनिश्चित करने में मदद मिलती है कि हम अपने लक्ष्यों की ओर प्रगति कर रहे हैं और महत्त्वहीन कार्यों पर समय बरबाद नहीं कर रहे हैं।

कार्यों को प्राथमिकता देने के लिए हम आइजनहावर मैट्रिक्स जैसे उपकरणों का उपयोग कर सकते हैं, जो जरूरी और महत्त्वपूर्ण कार्यों को गैर-जरूरी और गैर-महत्त्वपूर्ण कार्यों से अलग करने में मदद करता है। कार्यों को प्राथमिकता देने का एक अन्य तरीका पोमोडोरो तकनीक का उपयोग करना है, जिसमें कार्यों को 25 मिनट के अंतराल में तोड़ना और प्रत्येक अंतराल के बाद पाँच मिनट का ब्रेक लेना शामिल है।

विकर्षणों को दूर करना

विकर्षण एक प्रमुख समय बरबाद कर सकता है और कार्यों पर ध्यान केंद्रित करना मुश्किल बना सकता है। समय और ध्यान का प्रबंधन करने के लिए जितना संभव हो सके, विकर्षणों को दूर करना महत्त्वपूर्ण है। इसमें सोशल मीडिया या इ-मेल जैसे संभावित विकर्षणों की पहचान करना और उन्हें कम करने या समाप्त करने के तरीके खोजना शामिल है।

विकर्षणों को खत्म करने का एक तरीका है कि हम अपने इलेक्ट्रॉनिक उपकरणों पर सूचनाओं को बंद कर दें या उन्हें जाँचने के लिए विशिष्ट समय निर्धारित करें। हम एक शांत और संगठित स्थान में काम करके भी एक व्याकुलता-मुक्त वातावरण बना सकते हैं।

टाइम-ब्लॉकिंग का उपयोग करना

टाइम-ब्लॉकिंग एक समय प्रबंधन तकनीक है, जिसमें विशिष्ट कार्यों के लिए समय के विशिष्ट ब्लॉक शेड्यूल करना शामिल है। यह तकनीक यह सुनिश्चित करने में मदद करती है कि हम एक समय में एक कार्य पर ध्यान केंद्रित कर रहे हैं और अन्य कार्यों या गतिविधियों से विचलित नहीं हो रहे हैं।

टाइम-ब्लॉकिंग का उपयोग करने के लिए हम एक शेड्यूल बना सकते हैं जिसमें विभिन्न कार्यों या गतिविधियों के लिए समय के ब्लॉक शामिल हों। उदाहरण के लिए हम काम से संबंधित कार्यों के लिए सुबह दो घंटे, व्यायाम के लिए एक घंटा और फिर दोपहर में काम से संबंधित कार्यों के लिए दो घंटे का समय निकाल सकते हैं।

कार्य सौंपना

कार्य सौंपना समय और फोकस को प्रबंधित करने का एक और तरीका है। प्रत्यायोजन में दूसरों को कार्य सौंपना शामिल है जिनके पास, उन्हें पूरा करने के लिए कौशल और संसाधन हैं। यह हमारे समय को मुक्त करने में मदद करता है और हमें उन कार्यों पर ध्यान केंद्रित करने की अनुमति देता है, जिनके लिए हमारे अद्वितीय कौशल और विशेषज्ञता की आवश्यकता होती है।

कार्यों को सौंपने के लिए हम उन कार्यों की पहचान कर सकते हैं, जिन्हें दूसरों द्वारा पूरा किया जा सकता है और ऐसे व्यक्तियों या टीमों को ढूँढ़ सकते हैं, जिनके पास आवश्यक कौशल और संसाधन हों। हम अपनी अपेक्षाओं के बारे में

भी स्पष्ट रूप से संवाद कर सकते हैं और आवश्यकतानुसार समर्थन और प्रतिक्रिया प्रदान कर सकते हैं।

ब्रेक लेना

समय और फोकस के प्रबंधन के लिए ब्रेक लेना महत्त्वपूर्ण है। यह उल्टा लग सकता है, लेकिन ब्रेक लेने से वास्तव में उत्पादकता और फोकस बढ़ सकता है। ऐसा इसलिए है, क्योंकि ब्रेक लेने से बर्नआउट और थकान को रोकने में मदद मिलती है, जो संज्ञानात्मक कार्य को खराब कर सकता है और उत्पादकता को कम कर सकता है।

ब्रेक लेने के लिए हम दिन भर के ब्रेक के लिए विशिष्ट समय निर्धारित कर सकते हैं। हम पोमोडोरो तकनीक जैसी तकनीकों का भी उपयोग कर सकते हैं, जिसमें हर 25 मिनट के काम के बाद पाँच मिनट का ब्रेक लेना शामिल है।

अंत में, अपनी बुद्धि का स्वामी होने के लिए समय और ध्यान का प्रबंधन महत्त्वपूर्ण है। कार्यों को प्राथमिकता देकर, विकर्षणों को समाप्त करके, समय-अवरोधन का उपयोग करके, कार्यों को सौंपकर और ब्रेक लेकर हम अपने समय का प्रबंधन कर सकते हैं और अधिक प्रभावी ढंग से ध्यान केंद्रित कर सकते हैं।

हम अधिक उत्पादक हो सकते हैं, अपने लक्ष्यों को अधिक कुशलता से प्राप्त कर सकते हैं और तनाव और थकान को कम कर सकते हैं। इन तकनीकों के साथ हम अपने समय और ध्यान को नियंत्रित कर सकते हैं तथा अपने व्यक्तिगत और व्यावसायिक जीवन में अधिक प्रभावी और सफल हो सकते हैं।

□

28

स्वस्थ संबंधों को बढ़ावा देना

मनुष्य एक सामाजिक प्राणी हैं और रिश्ते हमारे जीवन में एक आवश्यक भूमिका निभाते हैं। स्वस्थ रिश्ते हममें खुशी, समर्थन और अपनेपन की भावना ला सकते हैं, जबकि अस्वास्थ्यकर रिश्ते तनाव, चिंता और यहाँ तक कि नुकसान भी पहुँचा सकते हैं। इस अध्याय में हम स्वस्थ संबंधों को बढ़ावा देने के कुछ तरीकों का पता लगाएँगे।

संचार

प्रभावी संचार स्वस्थ संबंध बनाने और बनाए रखने की कुंजी है। संचार में मौखिक और अशाब्दिक दोनों तरह के संकेत शामिल होते हैं, जैसे शरीर की भाषा और स्वर। अच्छे संचार में सक्रिय रूप से सुनना, अपने आप को स्पष्ट रूप से और सम्मानपूर्वक व्यक्त करना और प्रतिक्रिया के लिए खुला होना शामिल है।

संचार में सुधार करने के लिए हम वक्ता पर ध्यान केंद्रित करके, उसने जो कहा है, उसका सारांश करके तथा स्पष्ट प्रश्न पूछकर सक्रिय श्रवण का अभ्यास कर सकते हैं। हम 'आप' कथनों के बजाय 'मैं' कथनों का उपयोग करके और दोषारोपण एवं आलोचना से बचकर स्वयं को स्पष्ट रूप से और सम्मानपूर्वक व्यक्त करने का अभ्यास कर सकते हैं।

सीमाएँ

स्वस्थ संबंधों के लिए सीमाओं की आवश्यकता होती है, जो ऐसी सीमाएँ होती हैं जिन्हें हम अपने लिए और दूसरों के लिए निर्धारित करते हैं। सीमाएँ सम्मान, विश्वास और आपसी समझ को स्थापित करने तथा बनाए रखने में मदद करती हैं।

स्वस्थ सीमाओं में हमारी आवश्यकताओं व सीमाओं के बारे में स्पष्ट होना, उन्हें स्पष्ट रूप से एवं सम्मानपूर्वक व्यक्त करना और बातचीत तथा समझौता करने के लिए तैयार रहना शामिल है।

स्वस्थ सीमाएँ निर्धारित करने के लिए हम अपनी आवश्यकताओं और सीमाओं की पहचान कर सकते हैं तथा दूसरों को स्पष्ट रूप से बता सकते हैं। हम दूसरों की जरूरतों एवं सीमाओं को सुनने और आवश्यकता पड़ने पर बातचीत व समझौता करने के लिए भी तैयार हो सकते हैं।

सहानुभूति

सहानुभूति दूसरों की भावनाओं को समझने और साझा करने की क्षमता है। स्वस्थ संबंध बनाने और बनाए रखने के लिए सहानुभूति महत्त्वपूर्ण है, क्योंकि यह विश्वास, सम्मान और करुणा स्थापित करने में मदद करती है। सहानुभूति में सक्रिय रूप से सुनना, दूसरों की भावनाओं को मान्य करना और मदद व समर्थन के लिए तैयार रहना शामिल है।

सहानुभूति विकसित करने के लिए हम वक्ता पर ध्यान केंद्रित करके, उनकी भावनाओं को मान्य करके और शब्दों व कार्यों के माध्यम से सहानुभूति व्यक्त करके सक्रिय रूप से सुनने का अभ्यास कर सकते हैं। हम स्वयं को दूसरों के स्थान पर रखने का भी अभ्यास कर सकते हैं और कल्पना कर सकते हैं कि वे किसी विशेष स्थिति में कैसा महसूस कर रहे होंगे!

क्षमा

क्षमा दूसरों के प्रति नाराजगी और क्रोध को दूर करने का कार्य है, जिन्होंने हमें चोट पहुँचाई है। क्षमा स्वस्थ संबंधों को बनाए रखने के लिए महत्त्वपूर्ण है, क्योंकि यह विश्वास, समझ और करुणा स्थापित करने में मदद करती है। क्षमा करने में अतीत को जाने देना, अपने कार्यों के लिए जिम्मेदारी स्वीकार करना और आगे बढ़ने के लिए तैयार रहना शामिल है।

क्षमा का अभ्यास करने के लिए हम वर्तमान क्षण पर ध्यान केंद्रित कर सकते हैं और पिछली शिकायतों को दूर कर सकते हैं। हम अपने कार्यों के लिए जिम्मेदारी भी स्वीकार कर सकते हैं और आवश्यकता पड़ने पर माफी माँगने और संशोधन करने के लिए तैयार हो सकते हैं।

सम्मान

सम्मान स्वस्थ संबंधों का एक मूलभूत पहलू है। सम्मान में दूसरों के साथ गरिमा, करुणा और विचार के साथ व्यवहार करना शामिल है। स्वस्थ रिश्तों के लिए आपसी सम्मान की आवश्यकता होती है, जिसमें दूसरों के विचारों, भावनाओं और जरूरतों को महत्त्व देना शामिल है।

सम्मान का अभ्यास करने के लिए हम दूसरों के साथ दया और विचार के साथ व्यवहार कर सकते हैं, सक्रिय रूप से एवं ध्यान से सुन सकते हैं और दोष व आलोचना से बच सकते हैं। हम समझौता करने और बातचीत करने तथा दूसरों के मूल्य और मान को पहचानने के लिए भी तैयार हो सकते हैं।

अंत में स्वस्थ संबंधों को बढ़ावा देना हमारी अपनी बुद्धि की सकारात्मकता को दरशाता है। संचार में सुधार करके, स्वस्थ सीमाएँ स्थापित करके, सहानुभूति की खेती करके, क्षमा का अभ्यास करके और सम्मान दिखाकर हम स्वस्थ संबंध बना सकते हैं या बनाए रख सकते हैं, जो आनंद, समर्थन और पूर्ति लाते हैं।

स्वस्थ रिश्ते हमें तनाव से निपटने, चुनौतियों से पार पाने और अपने लक्ष्यों को प्राप्त करने में भी मदद कर सकते हैं। इन तकनीकों के साथ हम स्वस्थ संबंधों को विकसित करने और अपने व्यक्तिगत तथा व्यावसायिक जीवन में अधिक प्रभावी और सफल बनने के लिए आवश्यक कौशल एवं बौद्धिकता विकसित कर सकते हैं।

□

29

संचार कौशल में वृद्धि

संचार एक महत्त्वपूर्ण कौशल है, जो व्यक्तिगत और व्यावसायिक जीवन में सफलता के लिए आवश्यक है। इसमें व्यक्तियों के बीच सूचनाओं, विचारों और भावनाओं का आदान–प्रदान शामिल है। प्रभावी संचार कौशल हमें संबंध बनाने और बनाए रखने, दूसरों के दृष्टिकोण को समझने तथा हमारे लक्ष्यों को प्राप्त करने की अनुमति देते हैं। इस अध्याय में हम संचार कौशल को बढ़ाने के कुछ तरीकों का पता लगाएँगे।

स्फूर्ति से ध्यान देना

सक्रिय सुनना प्रभावी संचार का एक अनिवार्य घटक है। इसमें वक्ता पर अपना पूरा ध्यान देना और उनके संदेश को समझना शामिल है। सक्रिय रूप से सुनने में वक्ता पर ध्यान केंद्रित करना, स्पष्ट प्रश्न पूछना और जो हमने सुना है, उसका सारांश देना शामिल है।

उदाहरण

मान लीजिए कि हम अपने सहयोगियों के साथ मीटिंग में हैं। उस स्थिति में, हम वक्ता के साथ आँख से संपर्क बनाए रखकर, विकर्षणों से बचकर और जो हमने सुना है, उसे सारांशित करके सक्रिय श्रवण का अभ्यास कर सकते हैं। हम अपने किसी भी संदेह को स्पष्ट करने के लिए प्रश्न पूछ सकते हैं और वक्ता के संदेश के प्रति अपनी समझ व्यक्त कर सकते हैं।

अनकहा संचार

अशाब्दिक संचार में संदेश देने के लिए शरीर की भाषा, चेहरे के भाव

और आवाज के स्वर का उपयोग शामिल है। अशाब्दिक संचार हमारे संचार की प्रभावशीलता को बढ़ा या घटा सकता है। सकारात्मक अशाब्दिक संकेत संबंध स्थापित करने तथा आत्मविश्वास और ईमानदारी व्यक्त करने में मदद कर सकते हैं।

उदाहरण के लिए, जब हम पहली बार किसी से मिलते हैं, तो हम आत्मविश्वास और खुलेपन को व्यक्त करने के लिए सकारात्मक अशाब्दिक संकेतों, जैसे दृढ़ता से हाथ मिलाना, आँखों से संपर्क बनाए रखना और मुसकान का उपयोग कर सकते हैं। हम समानुभूति एवं समझ व्यक्त करने के लिए उपयुक्त चेहरे के हाव-भाव और आवाज के लहजे का भी उपयोग कर सकते हैं।

लिखित संचार

लिखित संचार में लिखित शब्दों के माध्यम से सूचनाओं का आदान-प्रदान शामिल है। प्रभावी लिखित संचार कौशल आज के डिजिटल युग में आवश्यक हैं, जहाँ इ-मेल, मेमो और रिपोर्ट आदर्श हैं। प्रभावी लिखित संचार में स्पष्टता, संक्षिप्तता और व्यावसायिकता शामिल है।

उदाहरण के लिए, मान लीजिए कि हम किसी सहकर्मी को इ-मेल लिख रहे हैं। उस स्थिति में हम स्पष्ट और संक्षिप्त भाषा का उपयोग कर सकते हैं, व्याकरण संबंधी त्रुटियों से बच सकते हैं और पेशेवर लहजे का उपयोग कर सकते हैं। हम प्रमुख सूचनाओं को हाइलाइट करने और अपने संदेश को अधिक पठनीय बनाने के लिए बुलेट बिंदुओं का भी उपयोग कर सकते हैं।

मौखिक संवाद

मौखिक संचार में संदेश संप्रेषित करने के लिए बोले गए शब्दों का उपयोग शामिल है। प्रभावी मौखिक संचार में स्पष्टता, आत्मविश्वास और एक उपयुक्त स्वर शामिल होता है। सार्वजनिक बोलने, बातचीत और साक्षात्कार जैसी स्थितियों में प्रभावी मौखिक संचार कौशल आवश्यक हैं।

उदाहरण के लिए, मान लीजिए कि हम अपनी टीम को एक प्रेजेंटेशन दे रहे हैं। उस स्थिति में हम स्पष्ट और संक्षिप्त भाषा का उपयोग कर सकते हैं, शब्दजाल से बच सकते हैं और अपना संदेश संप्रेषित करने के लिए उपयुक्त स्वर का उपयोग कर सकते हैं। हम अपने संदेश को और अधिक सम्मोहक बनाने के लिए ग्राफ एवं चार्ट जैसे दृश्य साधनों का भी उपयोग कर सकते हैं।

समानुभूति

समानुभूति में दूसरों की भावनाओं को समझना और साझा करना शामिल है। समानुभूति प्रभावी संचार का एक अनिवार्य घटक है, क्योंकि यह तालमेल, विश्वास और आपसी समझ स्थापित करने में मदद करता है। समानुभूति में सक्रिय सुनना, दूसरों की भावनाओं को मान्य करना तथा समर्थन और समझ व्यक्त करना शामिल है।

उदाहरण के लिए, मान लीजिए कि कोई सहयोगी एक चुनौतीपूर्ण परियोजना के बारे में निराशा व्यक्त करता है। उस स्थिति में हम सक्रिय रूप से सुनकर, उनकी भावनाओं को मान्य करके और समर्थन और समझ व्यक्त करके समानुभूति का अभ्यास कर सकते हैं। हम सुझाव भी दे सकते हैं और उपयुक्त होने पर मदद भी कर सकते हैं।

अंत में, अपनी बुद्धि का स्वामी बनने के लिए संचार कौशल को बढ़ाना आवश्यक है। प्रभावी संचार कौशल हमें संबंध बनाने और बनाए रखने, हमारे लक्ष्यों को प्राप्त करने तथा दूसरों के दृष्टिकोण को समझने की अनुमति देते हैं। सक्रिय रूप से सुनने का अभ्यास करके, सकारात्मक अशाब्दिक संकेतों का उपयोग करके, हमारे लिखित व मौखिक संचार कौशल में सुधार करके और सहानुभूति पैदा करके हम प्रभावी संचारक बन सकते हैं तथा अपने व्यक्तिगत एवं व्यावसायिक जीवन में सफलता प्राप्त कर सकते हैं।

□

30

चुनौतियों में लचीलापन पैदा करना

जीवन चुनौतियों से भरा है और हम सभी अपने जीवन के किसी-न-किसी मोड़ पर उनका सामना करते हैं। चाहे यह एक व्यक्तिगत या पेशेवर झटका हो, हमें यह सीखना चाहिए कि कठिन समय को कैसे नेविगेट किया जाए और मजबूती से वापसी करने के लिए लचीलापन विकसित किया जाए। लचीलापन तनाव, प्रतिकूलता और परिवर्तन से अनुकूलन एवं सामना करने की क्षमता है। इस अध्याय में हम चुनौतियों का सामना करने के लिए लचीलेपन को विकसित करने के कुछ तरीकों का पता लगाएँगे।

विकास बौद्धिकता का विकास करना

विकास बौद्धिकता एक विश्वास है कि कड़ी मेहनत, समर्पण और दृढ़ता के माध्यम से हमारी क्षमताओं एवं गुणों को विकसित किया और सुधारा जा सकता है। एक विकास बौद्धिकता हमें चुनौतियों को उन बाधाओं के बजाय विकास और सीखने के अवसरों के रूप में देखने की अनुमति देती है, जिन्हें दूर नहीं किया जा सकता।

उदाहरण के लिए, यदि हम किसी परीक्षा में असफल हो जाते हैं, तो हम इसे उन क्षेत्रों की पहचान करने के अवसर के रूप में देख सकते हैं, जहाँ हमें सुधार करने और कड़ी मेहनत करने की आवश्यकता है। हम अध्ययन और सीखने के लिए नई रणनीति विकसित करने के लिए अनुभव का उपयोग कर सकते हैं।

स्व-देखभाल का अभ्यास

स्व-देखभाल में हमारे शारीरिक, भावनात्मक और बौद्धिक स्वास्थ्य की देखभाल करना शामिल है। लचीलापन पैदा करने के लिए आत्म-देखभाल का

अभ्यास आवश्यक है, क्योंकि यह हमें तनाव का प्रबंधन करने, हमारे ऊर्जा स्तर को बढ़ाने और हमारे समग्र स्वास्थ्य में सुधार करने में मदद करता है।

उदाहरण के लिए, हम नियमित व्यायाम में संलग्न होकर, पर्याप्त नींद लेकर, पौष्टिक आहार खाकर और ध्यान या पढ़ने जैसी गतिविधियों में संलग्न होकर आत्म-देखभाल का अभ्यास कर सकते हैं।

एक समर्थन नेटवर्क का निर्माण

एक समर्थन नेटवर्क के निर्माण में अपने आप को ऐसे लोगों से घिरना शामिल है, जो हमारी परवाह करते हैं तथा कठिन समय के दौरान समर्थन और प्रोत्साहन देने के इच्छुक हैं। एक समर्थन नेटवर्क हमें भावनात्मक समर्थन, व्यावहारिक सलाह और अपनेपन की भावना प्रदान कर सकता है।

उदाहरण के लिए, हम एक सहायता समूह में शामिल होकर, मित्रों और परिवार तक पहुँचकर, या एक पेशेवर परामर्शदाता की सहायता लेकर एक समर्थन नेटवर्क का निर्माण कर सकते हैं।

यथार्थवादी लक्ष्य निर्धारित करना

यथार्थवादी लक्ष्यों को निर्धारित करने में प्राप्त करने योग्य लक्ष्यों को निर्धारित करना शामिल है, जो हमारे मूल्यों और प्राथमिकताओं के अनुरूप हैं। अवास्तविक लक्ष्यों को निर्धारित करने से निराशा और असफलता की भावना पैदा हो सकती है, जो लचीलेपन को विकसित करने की हमारी क्षमता में बाधा बन सकती है।

उदाहरण के लिए, यदि हम किसी चोट से ऊबर रहे हैं, तो हम अपने पुनर्वास के लिए यथार्थवादी लक्ष्य निर्धारित कर सकते हैं, जैसे कि अपनी गति की सीमा को धीरे-धीरे बढ़ाना या एक निर्दिष्ट अवधि में अपनी ताकत को पुनः प्राप्त करना।

असफलता से सीखना

असफलता से सीखने में हमारी गलतियों पर विचार करना तथा उन्हें विकास और सीखने के अवसरों के रूप में उपयोग करना शामिल है। असफलता जीवन का एक स्वाभाविक हिस्सा है और इसे एक झटके के बजाय सीखने के अनुभव के रूप में देखना आवश्यक है।

उदाहरण के लिए, यदि हम किसी नौकरी के साक्षात्कार में असफल हो जाते हैं, तो हम इस बात पर विचार कर सकते हैं कि क्या गलत हुआ और अपने

साक्षात्कार कौशल को सुधारने के लिए अनुभव का उपयोग करें या उन क्षेत्रों की पहचान करें, जहाँ हमें नए कौशल विकसित करने की आवश्यकता है।

अंत में, अपनी स्वयं की बुद्धि का स्वामी बनने के लिए लचीलेपन का विकास आवश्यक है। विकास की बौद्धिकता विकसित करके, आत्म-देखभाल का अभ्यास करके, एक समर्थन नेटवर्क का निर्माण करके, यथार्थवादी लक्ष्य निर्धारित करके और असफलता से सीखकर हम चुनौतियों का सामना करने के लिए लचीलापन पैदा कर सकते हैं। लचीलापन हमें परिवर्तन के अनुकूल होने, असफलताओं से पीछे हटने और बाधाओं को दूर करने की अनुमति देता है, जिससे हम अपने व्यक्तिगत एवं व्यावसायिक जीवन में अधिक मजबूत और आत्मविश्वासी बनते हैं।

□

31
आत्म-अनुशासन

जीवन में सफलता प्राप्त करने के लिए आत्म-अनुशासन एक आवश्यक कौशल है। इसमें आपके लक्ष्यों और मूल्यों को प्राप्त करने के लिए आपके विचारों, भावनाओं एवं कार्यों को नियंत्रित करने की क्षमता शामिल है। आत्म-अनुशासन के लिए लगातार प्रयास और अभ्यास की आवश्यकता होती है तथा इसमें महारत हासिल करना चुनौतीपूर्ण हो सकता है। हालाँकि, आत्म-अनुशासन विकसित करके आप अपनी उत्पादकता में सुधार कर सकते हैं, अपनी प्रेरणा बढ़ा सकते हैं और अपने लक्ष्यों को अधिक कुशलता से प्राप्त कर सकते हैं।

इस अध्याय में हम आत्म-अनुशासन के महत्त्व का पता लगाएँगे तथा इस महत्त्वपूर्ण कौशल में महारत हासिल करने में आपकी मदद करने के लिए रणनीतियाँ और उदाहरण प्रदान करेंगे।

आत्म-अनुशासन का महत्त्व

आत्म-अनुशासन कई कारणों से आवश्यक है—

उत्पादकता में सुधार करता है

आत्म-अनुशासन आपको अपने कार्यों को प्राथमिकता देने और सबसे महत्त्वपूर्ण कार्यों पर ध्यान केंद्रित करने में मदद करता है। यह सुनिश्चित करके कि आप अपने समय और ऊर्जा का प्रभावी ढंग से उपयोग कर रहे हैं, यह आपकी उत्पादकता में सुधार कर सकता है।

मोटिवेशन बढ़ाता है

स्व-अनुशासन आपको संरचना और दिनचर्या प्रदान करके प्रेरित रहने में मदद करता है। जब आपके पास एक योजना होती है और उस पर टिके रहते हैं, तो आप अपने लक्ष्यों को प्राप्त करने के लिए प्रेरित महसूस करने की अधिक संभावना रखते हैं।

लचीलापन बनाता है

स्व-अनुशासन आपको चुनौतियों और असफलताओं के माध्यम से दृढ़ रहना सिखाकर लचीलापन बनाता है। जब आप अनुशासित होते हैं, तो आप बाधाओं को दूर करने और अपने लक्ष्यों की दिशा में काम करने के लिए बेहतर ढंग से सुसज्जित होते हैं।

आत्म-नियंत्रण में सुधार करता है

आत्म-अनुशासन आपको उन आवेगों और प्रलोभनों का विरोध करना सिखाकर आत्म-नियंत्रण विकसित करने में मदद करता है, जो आपकी प्रगति को पटरी से उतार सकते हैं। इससे आपको बेहतर निर्णय लेने और नकारात्मक परिणामों से बचने में मदद मिल सकती है।

आत्म-अनुशासन में महारत हासिल करने की रणनीतियाँ

स्पष्ट लक्ष्य निर्धारित करें

आत्म-अनुशासन विकसित करने में स्पष्ट लक्ष्य निर्धारित करना एक आवश्यक पहला कदम है। जब आपके पास स्पष्ट दृष्टि होती है कि आप क्या हासिल करना चाहते हैं, तो ध्यान केंद्रित और प्रेरित रहना आसान होता है। सुनिश्चित करें कि आपके लक्ष्य विशिष्ट, मापने योग्य, प्राप्त करने योग्य, प्रासंगिक और समयबद्ध (स्मार्ट) हैं। यह आपको ट्रैक पर बने रहने और अपनी प्रगति को मापने में मदद करेगा।

एक योजना बनाएँ

एक बार जब आप स्पष्ट लक्ष्य निर्धारित कर लेते हैं, तो उन्हें प्राप्त करने के लिए एक योजना बनाना आवश्यक होता है। अपने लक्ष्यों को छोटे, प्रबंधनीय कार्यों

में विभाजित करें और उन्हें पूरा करने के लिए एक शेड्यूल बनाएँ। यह आपको व्यवस्थित और केंद्रित रहने में मदद करेगा तथा इससे आपकी प्रगति को ट्रैक करना आसान हो जाएगा।

आत्म-चेतना विकसित करें

आत्म-चेतना आत्म-अनुशासन का एक महत्त्वपूर्ण घटक है। इसमें आपके विचारों, भावनाओं एवं कार्यों के प्रति सावधान रहना और यह समझना शामिल है कि वे आपके व्यवहार को कैसे प्रभावित करते हैं ? आत्म-चेतना विकसित करके आप उन ट्रिगर्स की पहचान कर सकते हैं, जो विलंब, व्याकुलता या अन्य व्यवहारों को जन्म दे सकते हैं, जो आपके आत्म-अनुशासन को कमजोर कर सकते हैं।

आत्म-नियंत्रण का अभ्यास करें

आत्म-नियंत्रण आत्म-अनुशासन का एक महत्त्वपूर्ण घटक है। इसमें उन आवेगों और प्रलोभनों का विरोध करना शामिल है, जो आपकी प्रगति को पटरी से उतार सकते हैं। आत्म-नियंत्रण का अभ्यास करने के लिए आप चेतना, गहरी साँस लेने या विजुअलाइजेशन जैसी तकनीकों का प्रयास कर सकते हैं। आप एक ऐसा वातावरण भी बना सकते हैं, जो विकर्षणों और प्रलोभनों को समाप्त करके आपके आत्म-नियंत्रण का समर्थन करता है, जो आपको भटका सकता है।

आदतें बनाएँ

आत्म-अनुशासन विकसित करने के लिए आदतें शक्तिशाली उपकरण हैं। जब आप ऐसी आदतें बनाते हैं, जो आपके लक्ष्यों का समर्थन करती हैं, तो आप केवल इच्छाशक्ति पर निर्भर हुए बिना प्रगति कर सकते हैं। आदतें बनाने के लिए छोटी शुरुआत करें और निरंतरता पर ध्यान दें। एक समय में काम करने के लिए एक आदत चुनें और इसे तब तक अभ्यास करने के लिए प्रतिबद्ध रहें, जब तक कि यह स्वचालित न हो जाएँ।

मास्टरिंग स्व-अनुशासन के उदाहरण

हमने जिन रणनीतियों पर चर्चा की है, उन्हें स्पष्ट करने के लिए आइए, कुछ ऐसे लोगों के उदाहरण देखें, जिन्होंने आत्म-अनुशासन में महारत हासिल की है और अपने लक्ष्यों को प्राप्त किया है।

अजीत एक उद्यमी है, जिसने एक सफल व्यवसाय खड़ा किया है। वह अपनी सफलता का श्रेय अपने आत्म-अनुशासन को देता है, जिसे उसने स्पष्ट लक्ष्य निर्धारित करके, एक योजना बनाकर और अपने कार्यों को छोटे, प्रबंधनीय चरणों में तोड़कर विकसित किया। अजीत अपनी प्रगति पर विचार करने और सुधार के लिए क्षेत्रों की पहचान करने के लिए प्रत्येक दिन समय निकालकर आत्म-चेतना का भी अभ्यास करता है। उसने उन आदतों का निर्माण किया है, जो उसके लक्ष्यों का समर्थन करती हैं, जैसे कि हर सुबह जल्दी उठना और काम शुरू करने से पहले व्यायाम करना। अजीत उन विकर्षणों और प्रलोभनों से बचकर आत्म-नियंत्रण का भी अभ्यास करता है, जो उसकी उत्पादकता में बाधा डाल सकते हैं। आत्म-अनुशासन में महारत हासिल करके, अजीत ने अपने लक्ष्य हासिल कर लिये हैं और एक फलता-फूलता व्यवसाय खड़ा कर लिया है।

कोमल एक विद्यार्थी है, जिसने उत्कृष्ट आत्म-अनुशासन विकसित किया है। वह अपने शैक्षणिक प्रदर्शन के लिए स्पष्ट लक्ष्य निर्धारित करती है और उन्हें प्राप्त करने के लिए एक योजना बनाती है। कोमल भी अपने अध्ययन की आदतों और उन क्षेत्रों की पहचान करके आत्म-चेतना का अभ्यास करती है, जहाँ वह सुधार कर सकती है। वह उन आदतों का निर्माण करती है, जो उसके लक्ष्यों का समर्थन करती हैं, जैसे कि प्रत्येक दिन एक ही समय पर अध्ययन करना और अपने कार्य को ट्रैक करने के लिए योजनाकार का उपयोग करना। कोमल विकर्षणों और टालमटोल से बचकर आत्म-नियंत्रण का अभ्यास भी करती है, जो उसकी पढ़ाई में बाधा डाल सकता है। आत्म-अनुशासन में महारत हासिल करके, कोमल ने उत्कृष्ट शैक्षणिक परिणाम प्राप्त किए हैं और अपने दीर्घकालिक कॅरियर लक्ष्यों को प्राप्त करने के अपने रास्ते पर हैं।

सौरभ एक एथलीट है जिसने उल्लेखनीय आत्म-अनुशासन विकसित किया है। वह अपने प्रशिक्षण और प्रतियोगिता के लिए स्पष्ट लक्ष्य निर्धारित करता है और उन्हें प्राप्त करने के लिए एक योजना बनाता है। सौरभ अपनी प्रगति की निगरानी करके और उन क्षेत्रों की पहचान करके जहाँ वह सुधार कर सकता है, आत्म-चेतना का भी अभ्यास करता है। वह ऐसी आदतें बनाता है, जो उसके लक्ष्यों का समर्थन करती हैं, जैसे कि हर दिन एक ही समय पर प्रशिक्षण और अपनी तकनीक पर ध्यान केंद्रित करना। सौरभ अस्वास्थ्यकर भोजन या अत्यधिक पार्टी करने जैसे प्रलोभनों से बचकर आत्म-नियंत्रण का अभ्यास भी करता है। आत्म-अनुशासन में महारत

हासिल करके सौरभ शीर्ष प्रदर्शन करने वाला एथलीट बन गया है और उसने अपने खेल में बड़ी सफलता हासिल की है।

अंत में, जीवन में सफलता प्राप्त करने के लिए आत्म-अनुशासन एक आवश्यक कौशल है। इसके लिए निरंतर प्रयास और अभ्यास की आवश्यकता होती है, लेकिन यह एक ऐसा कौशल है जिसमें महारत हासिल की जा सकती है। स्पष्ट लक्ष्य निर्धारित करके, एक योजना बनाकर, आत्म-चेतना विकसित करके, आत्म-नियंत्रण का अभ्यास करके और अपने लक्ष्यों का समर्थन करने वाली आदतों का निर्माण करके आप उत्कृष्ट आत्म-अनुशासन विकसित कर सकते हैं और अपने लक्ष्यों को प्राप्त कर सकते हैं। हमने जिन उदाहरणों का पता लगाया है, वे प्रदर्शित करते हैं कि आत्म-अनुशासन में महारत हासिल करने से व्यवसाय, शिक्षा, खेल और जीवन के अन्य क्षेत्रों में महत्त्वपूर्ण उपलब्धियाँ प्राप्त हो सकती हैं। तो आज ही अपने आत्म-अनुशासन पर काम करना शुरू करें और अपनी विजय सुनिश्चित करें।

□

32

आंतरिक शांति का विकास

आज की तेजी से भागती दुनिया में बहुत से लोग आंतरिक शांति पाने के लिए संघर्ष करते हैं। उन पर लगातार तनाव, चिंता एवं नकारात्मकता का हमला होता है, जो उनके बौद्धिक और भावनात्मक स्वास्थ्य पर भारी पड़ सकता है। हालाँकि, जीवन में शांति, संतुलन और खुशी की भावना प्राप्त करने के लिए आंतरिक शांति का विकास आवश्यक है। इस अध्याय में हम उन व्यक्तियों के उदाहरणों के साथ-साथ आंतरिक शांति की खेती के लिए विभिन्न रणनीतियों का पता लगाएँगे, जिन्होंने इन रणनीतियों को अपने जीवन में सफलतापूर्वक लागू किया है।

सचेतनता का अभ्यास

आंतरिक शांति के विकास के सबसे प्रभावी तरीकों में से एक है सचेतनता का अभ्यास करना। सचेतनता निर्णय के बिना वर्तमान क्षण पर ध्यान देने का अभ्यास है। इसमें आपकी साँस, शरीर की संवेदनाओं और विचारों पर ध्यान केंद्रित किए बिना ध्यान केंद्रित करना शामिल है। सचेतनता का अभ्यास करके आप अपने विचारों एवं भावनाओं के प्रति अधिक जागरूक होना सीख सकते हैं और आंतरिक शांति की भावना विकसित कर सकते हैं।

एक व्यक्ति, जिसने सचेतनता के माध्यम से आंतरिक शांति का सफलतापूर्वक विकास किया है, वह है जया। जया दैनिक ध्यान और योग के माध्यम से सचेतनता का अभ्यास करती हैं। वह तकनीक से डिस्कनेक्ट होने और प्रकृति में समय बिताने के लिए भी समय निकालती है। इन विधाओं के माध्यम से, जया ने आत्म-चेतना और आंतरिक शांति की एक बड़ी भावना विकसित की है।

कृतज्ञता का अभ्यास

आंतरिक शांति के विकास के लिए एक और प्रभावी रणनीति कृतज्ञता का अभ्यास करना है। कृतज्ञता में आपके जीवन के सकारात्मक पहलुओं पर ध्यान केंद्रित करना और उनके लिए आभारी होना शामिल है। कृतज्ञता विकसित करके आप अपना ध्यान नकारात्मक विचारों और भावनाओं से हटा सकते हैं और आंतरिक शांति और संतोष की एक बड़ी भावना विकसित कर सकते हैं।

एक व्यक्ति, जिसने कृतज्ञता के माध्यम से आंतरिक शांति की सफलतापूर्वक खेती की है, वह विजयन है। विजयन प्रत्येक दिन के लिए तीन चीजों को लिखकर कृतज्ञता का अभ्यास करता है। वह अपने जीवन के सकारात्मक पहलुओं, जैसे अपने स्वास्थ्य, रिश्तों और उपलब्धियों पर विचार करने के लिए भी समय निकालता है। इन प्रथाओं के माध्यम से, विजयन ने जीवन पर अधिक सकारात्मक दृष्टिकोण और आंतरिक शांति की एक बड़ी भावना विकसित की है।

आत्म-देखभाल

आत्म-देखभाल में संलग्न होना आंतरिक शांति विकसित करने का एक और प्रभावी तरीका है। आत्म-देखभाल में आपकी शारीरिक, बौद्धिक और भावनात्मक भलाई का खयाल रखना शामिल है। इसमें व्यायाम, पौष्टिक भोजन, पर्याप्त नींद लेने और शौक या गतिविधियों में शामिल होने जैसी गतिविधियाँ शामिल हो सकती हैं, जो आपको खुशी देती हैं।

एक व्यक्ति, जिसने आत्म-देखभाल के माध्यम से आंतरिक शांति का सफलतापूर्वक विकास किया है, वह है कोमलिका। कोमलिका नियमित व्यायाम, पौष्टिक आहार खाने और प्रियजन के साथ समय बिताकर स्वयं की देखभाल को प्राथमिकता देती हैं। वह अपनी उपलब्धियों को प्रतिबिंबित करने और आत्म-करुणा का अभ्यास करने के लिए भी समय लेती है। इन प्रथाओं के माध्यम से, कोमलिका ने आंतरिक शांति और आत्मविश्वास की एक बड़ी भावना विकसित की है।

नकारात्मक विचारों और भावनाओं को जाने दें

आंतरिक शांति के विकास के लिए नकारात्मक विचारों और भावनाओं को छोड़ना एक और प्रभावी रणनीति है। नकारात्मक विचार और भावनाएँ तनाव और चिंता का स्रोत हो सकती हैं और आपको आंतरिक शांति और संतोष की भावना का अनुभव करने से रोक सकती हैं।

दीपक एक ऐसा व्यक्ति है, जिसने नकारात्मक विचारों और भावनाओं को त्यागकर आंतरिक शांति को सफलतापूर्वक विकसित किया है। दीपक अपने नकारात्मक विचारों एवं भावनाओं को स्वीकार करके, फिर उन्हें ध्यान और विजुअलाइजेशन के माध्यम से मुक्त करने का अभ्यास करता है। वह स्वयं को स्वीकार करके और अपनी ताकत और कमजोरियों को गले लगाकर आत्म-करुणा का भी अभ्यास करता है। इन अभ्यासों के माध्यम से दीपक ने आंतरिक शांति और संतुलन की एक बड़ी भावना विकसित की है।

अंत में, जीवन में शांति, संतुलन और खुशी की भावना प्राप्त करने के लिए आंतरिक शांति का विकास आवश्यक है। इसके लिए लगातार प्रयास तथा अभ्यास की आवश्यकता होती है, लेकिन पुरस्कार इसके लायक होते हैं। सचेतनता, कृतज्ञता, आत्म-देखभाल का अभ्यास करके और नकारात्मक विचारों और भावनाओं को छोड़कर आप आंतरिक शांति और भलाई की एक बड़ी भावना विकसित कर सकते हैं। आप अपनी कहानी साझा करके और उन्हें अपने जीवन में आंतरिक शांति विकसित करने के लिए प्रोत्साहित करके दूसरों के लिए भी प्रेरणा का स्रोत बन सकते हैं। याद रखें, आंतरिक शांति केवल मस्तिष्क की अवस्था नहीं है, बल्कि यह जीवन जीने का एक तरीका है। इसे गले लगाएँ और परम शांति का आनंद लें।

□

33
उद्देश्य और अर्थ ढूँढ़ना

पूर्णता और खुशी की भावना प्राप्त करने के लिए जीवन में उद्देश्य और अर्थ खोजना आवश्यक है। हालाँकि, बहुत से लोग अपने उद्देश्य एवं अर्थ को खोजने के लिए संघर्ष करते हैं, जिससे असंतोष और निराशा की भावना पैदा होती है। इस अध्याय में हम उद्देश्य और अर्थ खोजने के लिए विभिन्न रणनीतियों का पता लगाएँगे, साथ ही ऐसे व्यक्तियों के उदाहरण भी देंगे, जिन्होंने जीवन में अपने उद्देश्य और अर्थ को सफलतापूर्वक पाया है।

अपने मूल्यों को पहचानें

जीवन में उद्देश्य और अर्थ खोजने में पहला कदम अपने मूल्यों की पहचान करना है। आपके मूल्य सिद्धांत और विश्वास हैं, जो आपके लिए सबसे महत्त्वपूर्ण हैं। वे दिशा की भावना प्रदान करते हैं और आपके निर्णयों एवं कार्यों का मार्गदर्शन करते हैं।

एक व्यक्ति, जिसने सफलतापूर्वक अपने मूल्यों की पहचान करके उद्देश्य और अर्थ पाया है, वह कमल कुमार है। कमल के मूल्यों में प्रामाणिकता, साहस और संबंध शामिल हैं। उसने दूसरों को भेद्यता और प्रामाणिकता के बारे में सिखाने के लिए अपना जीवन समर्पित किया है कि वे कैसे अधिक-से-अधिक संबंध और पूर्ति की ओर ले जा सकते हैं? अपने काम के माध्यम से, कमल ने दूसरों को अधिक प्रामाणिक और पूर्ण जीवन जीने में मदद करने के उद्देश्य एवं अर्थ की भावना पाई है।

अपने जुनून का पीछा करें

जीवन में उद्देश्य एवं अर्थ खोजने के लिए एक और प्रभावी रणनीति है

अपने जुनून का पीछा करना। आपके जुनून ऐसी गतिविधियाँ और रुचियाँ हैं, जो आपको खुशी और तृप्ति प्रदान करती हैं। अपने जुनून का पीछा करके आप अपनी रचनात्मकता और प्रतिभा का उपयोग कर सकते हैं और अपने जीवन में उद्देश्य और अर्थ की भावना पा सकते हैं।

एक व्यक्ति, जिसने सफलतापूर्वक अपने जुनून का पीछा करते हुए उद्देश्य और अर्थ पाया है, वह प्रेमचंद हैं। प्रेमचंद के लेखन के जुनून ने उन्हें 'कफन', 'गोदान' जैसी अनेक कालजयी कहानियाँ लिखने के लिए प्रेरित किया, जिसने दुनिया भर के लाखों लोगों को खुशी और प्रेरणा दी है। अपने काम के माध्यम से प्रेमचंद ने दूसरों को प्रेरित करने और उनको प्रेरित करने वाली कहानियों को लिखने में एक उद्देश्य और अर्थ पाया है।

दूसरों की सेवा करो

जीवन में उद्देश्य और अर्थ खोजने के लिए दूसरों की सेवा करना एक और प्रभावी तरीका है। जब आप दूसरों की सेवा करते हैं, तो आप दुनिया में सकारात्मक प्रभाव डाल सकते हैं और अपने आप से कुछ बड़ा योगदान कर सकते हैं। दूसरों की सेवा करने से आपको सहानुभूति और करुणा की भावना विकसित करने में भी मदद मिल सकती है।

एक व्यक्ति, जिसने दूसरों की सेवा करके सफलतापूर्वक उद्देश्य और अर्थ पाया है, वह बाबा रामदेव हैं। रामदेव ने अपने परोपकारी कार्यों के माध्यम से वैश्विक स्वास्थ्य में सुधार और गरीबी उन्मूलन के लिए अपना जीवन समर्पित कर दिया है। अपने फाउंडेशन के माध्यम से उन्होंने दुनिया भर के लाखों लोगों को जीवनरक्षक दवाओं तक पहुँचने में मदद की है। अपने काम के माध्यम से रामदेव ने दुनिया में सकारात्मक प्रभाव डालने के उद्देश्य और अर्थ की भावना पाई है।

चुनौतियों और विपरीत परिस्थितियों को गले लगाओ

जीवन में उद्देश्य एवं अर्थ खोजने का एक और प्रभावी तरीका चुनौतियों व प्रतिकूलताओं को गले लगाना है। जब आप चुनौतियों तथा विपरीत परिस्थितियों का सामना करते हैं, तो आपको नए कौशल और क्षमताओं को विकसित करने के लिए मजबूर किया जाता है। यह आपके जीवन में उद्देश्य तथा अर्थ की अधिक समझ पैदा कर सकता है, क्योंकि आप बाधाओं को दूर करना और अपने लक्ष्यों को प्राप्त करना सीखते हैं।

एक व्यक्ति जिसने चुनौतियों तथा विपरीत परिस्थितियों को गले लगाकर सफलतापूर्वक उद्देश्य और अर्थ पाया है, वह है मैरी कॉम! मैरी को अपने जीवन में गरीबी, दुर्व्यवहार और भेदभाव सहित कई चुनौतियों और बाधाओं का सामना करना पड़ा। हालाँकि, वह दृढ़ रही और इतिहास में सबसे सफल बॉक्सरों में से एक बन गईं। अपने काम के माध्यम से, मैरी ने अपनी चुनौतियों से उबरने तथा अपने सपनों को हासिल करने के लिए दूसरों को सशक्त बनाने के उद्देश्य और अर्थ की भावना पाई है।

अंत में, पूर्णता एवं खुशी की भावना प्राप्त करने के लिए जीवन में उद्देश्य और अर्थ खोजना आवश्यक है। इसके लिए लगातार प्रयास और अभ्यास की आवश्यकता होती है, लेकिन पुरस्कार इसके लायक होते हैं। अपने मूल्यों की पहचान करके, अपने जुनून का पीछा करते हुए, दूसरों की सेवा करते हुए और चुनौतियों तथा विपरीत परिस्थितियों को गले लगाकर आप अपने जीवन में उद्देश्य एवं अर्थ की अधिक समझ पा सकते हैं। आप अपनी कहानी साझा करके तथा जीवन में अपना उद्देश्य और अर्थ खोजने के लिए प्रोत्साहित करके दूसरों के लिए प्रेरणा का स्रोत भी बन सकते हैं। याद रखें, आपके पास उद्देश्य और जीवन सार्थक बनाने की शक्ति है। इसे अमल में लाएँ और मनचाही सफलता प्राप्त करें।

□

34
आत्म-प्रतिबिंब पैदा करना

आत्म-प्रतिबिंब अपने भीतर देखने और अपने विचारों, भावनाओं एवं व्यवहारों की जाँच करने का अभ्यास है। यह व्यक्तिगत वृद्धि और विकास के लिए एक आवश्यक उपकरण है, जिससे व्यक्ति आत्म-चेतना प्राप्त कर सकते हैं और अपने जीवन में सकारात्मक बदलाव ला सकते हैं। इस अध्याय में हम आत्म-चिंतन को विकसित करने के लाभों पर चर्चा करेंगे और आत्म-चिंतन को अपनी दिनचर्या में शामिल करने के व्यावहारिक उदाहरण प्रदान करेंगे।

आत्म-चेतना में वृद्धि

आत्म-चिंतन के सबसे महत्त्वपूर्ण लाभों में से एक आत्म-चेतना में वृद्धि है। अपने विचारों और भावनाओं पर विचार करने के लिए समय निकालकर आप अपने मूल्यों, शक्तियों और कमजोरियों की गहरी समझ हासिल कर सकते हैं। यह बढ़ी हुई आत्म-चेतना आपको बेहतर निर्णय लेने और दूसरों के साथ अपने संबंधों को बेहतर बनाने में मदद कर सकती है।

उदाहरण के लिए, यदि आप देखते हैं कि जब कोई आपसे असहमत होता है तो आप अकसर क्रोधित हो जाते हैं, आत्म-चिंतन आपको अपने क्रोध के मूल कारण की पहचान करने और भविष्य में इसे बेहतर ढंग से प्रबंधित करने के लिए रणनीति विकसित करने में मदद कर सकता है।

बेहतर समस्या-समाधान कौशल

आत्म-प्रतिबिंब समस्या सुलझाने के कौशल को बेहतर बनाने में भी मदद कर सकता है। पिछले अनुभवों पर चिंतन करके और अपनी विचार प्रक्रियाओं की

जाँच करके आप व्यवहार के ऐसे पैटर्न की पहचान कर सकते हैं, जो समस्याओं को प्रभावी ढंग से हल करने की आपकी क्षमता में बाधा डाल सकते हैं।

उदाहरण के लिए, यदि आप देखते हैं कि आप सभी तथ्यों पर विचार किए बिना सीधे निष्कर्ष पर पहुँच जाते हैं, तो आत्म-चिंतन आपको अपनी विचार प्रक्रियाओं के प्रति अधिक सचेत होने और समस्या-समाधान के लिए अधिक व्यवस्थित दृष्टिकोण विकसित करने में मदद कर सकता है।

बेहतर निर्णय लेना

आत्म-चिंतन बेहतर निर्णय लेने के कौशल को भी जन्म दे सकता है। अपने मूल्यों, प्राथमिकताओं और लक्ष्यों पर विचार करके आप ऐसे निर्णय ले सकते हैं, जो आपके मूल्यों के साथ संरेखित हों और आपकी दीर्घकालिक सफलता और खुशी में योगदान दें।

उदाहरण के लिए, यदि आप एक नौकरी की पेशकश पर विचार कर रहे हैं, जो अच्छी तरह से भुगतान करती है, लेकिन आपके मूल्यों के अनुरूप नहीं है, तो आत्म-चिंतन आपको निर्णय लेने में मदद कर सकता है, जो आपके लिए सबसे अच्छा है, भले ही इसका मतलब नौकरी की पेशकश को ठुकरा देना हो।

भावनात्मक बुद्धिमत्ता में वृद्धि

आत्म-प्रतिबिंब भी भावनात्मक बुद्धि में वृद्धि कर सकता है। भावनात्मक बुद्धिमत्ता आपकी अपनी भावनाओं और दूसरों की भावनाओं को पहचानने और प्रबंधित करने की क्षमता है। अपनी स्वयं की भावनाओं पर चिंतन करके आप दूसरों की भावनाओं के लिए अधिक सहानुभूति और समझ विकसित कर सकते हैं।

उदाहरण के लिए, यदि आप नोटिस करते हैं कि आप अकसर सामाजिक स्थितियों में चिंतित महसूस करते हैं, तो आत्म-चिंतन आपको अपनी चिंता को प्रबंधित करने और सामाजिक परिस्थितियों में दूसरों की भावनाओं के प्रति अधिक अभ्यस्त होने के लिए रणनीति विकसित करने में मदद कर सकता है।

व्यक्तिगत विकास

आत्म-चिंतन से भी अधिक व्यक्तिगत विकास हो सकता है। अपने पिछले अनुभवों पर विचार करके और अपने वर्तमान व्यवहारों की जाँच करके आप सुधार

के क्षेत्रों की पहचान कर सकते हैं और अपने जीवन में सकारात्मक बदलाव लाने के लिए रणनीति विकसित कर सकते हैं।

उदाहरण के लिए, यदि आप नोटिस करते हैं कि आप अकसर महत्त्वपूर्ण कार्यों में टालमटोल करते हैं, तो आत्म-चिंतन आपको अपनी शिथिलता के मूल कारण की पहचान करने और इसे दूर करने के लिए रणनीति विकसित करने में मदद कर सकता है।

बेहतर रिश्ते

आत्म-चिंतन से भी रिश्तों में सुधार हो सकता है। अपने विचारों, भावनाओं और व्यवहारों पर चिंतन करके आप इस बारे में अधिक जागरूक हो सकते हैं कि आप दूसरों के साथ कैसे बातचीत करते हैं? और अपने संचार और संबंध कौशल को बेहतर बनाने के लिए रणनीति विकसित करते हैं।

उदाहरण के लिए, यदि आप देखते हैं कि जब आप बोल रहे होते हैं तो आप अकसर दूसरों को बाधित करते हैं, आत्म-चिंतन आपको इस व्यवहार के बारे में अधिक जागरूक होने तथा अधिक ध्यान से सुनने और अधिक प्रभावी ढंग से संवाद करने की रणनीति विकसित करने में मदद कर सकता है।

अंत में, व्यक्तिगत विकास और विकास के लिए आत्म-प्रतिबिंब एक आवश्यक उपकरण है। अपनी दैनिक दिनचर्या में आत्म-चिंतन को शामिल करके आप आत्म-चेतना प्राप्त कर सकते हैं, समस्या सुलझाने के कौशल में सुधार कर सकते हैं, बेहतर निर्णय ले सकते हैं, भावनात्मक बुद्धि में वृद्धि कर सकते हैं, अधिक व्यक्तिगत विकास का अनुभव कर सकते हैं और दूसरों के साथ अपने संबंधों में सुधार कर सकते हैं। आत्म-चिंतन विकसित करने के लिए अपने विचारों, भावनाओं और व्यवहारों को प्रतिबिंबित करने के लिए प्रत्येक दिन कुछ मिनट अलग करने का प्रयास करें। अभ्यास के साथ आत्म-चिंतन आपकी दिनचर्या का एक स्वाभाविक और लाभकारी हिस्सा बन सकता है।

□

35

ध्यान केंद्रित करने की क्षमता

शैक्षणिक और व्यावसायिक गतिविधियों से लेकर व्यक्तिगत लक्ष्यों और संबंधों तक, जीवन के सभी पहलुओं में सफलता के लिए ध्यान केंद्रित करने की क्षमता एक महत्त्वपूर्ण कौशल है। हालाँकि, आज की निरंतर विचलित करनेवाली दुनिया में, ध्यान केंद्रित करने की कला में महारत हासिल करना लगातार चुनौतीपूर्ण होता जा रहा है। इस अध्याय में हम ध्यान केंद्रित करने की कला में महारत हासिल करने के लाभों पर चर्चा करेंगे और अपने ध्यान को बेहतर बनाने के व्यावहारिक उदाहरण प्रदान करेंगे।

बेहतर उत्पादकता

फोकस की कला में महारत हासिल करने के सबसे महत्त्वपूर्ण लाभों में से एक उत्पादकता में सुधार है। जब आप बिना विचलित हुए किसी कार्य पर ध्यान केंद्रित कर सकते हैं, तो आप इसे अधिक कुशलतापूर्वक और प्रभावी ढंग से पूरा कर सकते हैं। इस बढ़ी हुई उत्पादकता से व्यक्तिगत और व्यावसायिक दोनों तरह की गतिविधियों में बेहतर परिणाम प्राप्त हो सकते हैं।

उदाहरण के लिए, यदि आप काम के लिए एक परियोजना पर काम कर रहे हैं और इ-मेल, सोशल मीडिया या अन्य रुकावटों से विचलित हुए बिना काम पर ध्यान केंद्रित कर सकते हैं, तो आप समय पर और उच्च स्तर पर परियोजना को पूरा करने की अधिक संभावना रखते हैं।

बढ़ी हुई रचनात्मकता

फोकस करने की कला में महारत हासिल करने से रचनात्मकता भी बढ़

सकती है। जब आप किसी कार्य में पूरी तरह से व्यस्त होते हैं, तो आप प्रवाह की स्थिति में प्रवेश कर सकते हैं, जहाँ विचार और प्रेरणा स्वाभाविक रूप से आती है। प्रवाह की इस स्थिति से रचनात्मकता और नवीनता में वृद्धि हो सकती है।

उदाहरण के लिए, यदि आप एक लेखक हैं, तो ध्यान केंद्रित करने की कला में महारत हासिल करने से आपको प्रवाह की स्थिति में प्रवेश करने में मदद मिल सकती है, जहाँ आप बाहरी प्रभावों से विचलित हुए बिना अधिक स्वतंत्र रूप से और रचनात्मक रूप से लिख सकते हैं।

बेहतर याददाश्त

ध्यान केंद्रित करने की कला में महारत हासिल करने का एक और फायदा याददाश्त में सुधार है। जब आप विचलित हुए बिना किसी कार्य पर ध्यान केंद्रित कर सकते हैं, तो आपको कार्य के विवरण याद रखने और समय के साथ जानकारी बनाए रखने की अधिक संभावना होती है।

उदाहरण के लिए, यदि आप किसी परीक्षा के लिए अध्ययन कर रहे हैं, तो ध्यान केंद्रित करने की कला में महारत हासिल करने से आप जो जानकारी पढ़ रहे हैं, उसे बनाए रखने में मदद कर सकते हैं और परीक्षा के दौरान इसे आसानी से याद कर सकते हैं।

तनाव कम

ध्यान केंद्रित करने की कला में महारत हासिल करने से भी तनाव कम हो सकता है। जब आप बाहरी प्रभावों से विचलित होते हैं, तो आप अभिभूत और तनावग्रस्त हो सकते हैं। हालाँकि, जब आप किसी कार्य पर ध्यान केंद्रित कर सकते हैं, तो आप प्रवाह की स्थिति में प्रवेश कर सकते हैं, जो शांत और ध्यानपूर्ण है।

उदाहरण के लिए, यदि आप काम पर तनाव महसूस कर रहे हैं, तो फोकस की कला में महारत हासिल करने से आपको प्रवाह की स्थिति में प्रवेश करने में मदद मिल सकती है, जहाँ आप अपने काम पर ध्यान केंद्रित कर सकते हैं और कम अभिभूत महसूस कर सकते हैं।

बेहतर रिश्ते

फोकस करने की कला में महारत हासिल करने से भी रिश्तों में सुधार आ सकता है। जब आप विचलित हुए बिना बातचीत या गतिविधि पर ध्यान केंद्रित कर

सकते हैं, तो आप उस समय पूरी तरह से उपस्थित हो सकते हैं और दूसरों के साथ अधिक गहराई से जुड़ सकते हैं।

उदाहरण के लिए, यदि आप किसी मित्र के साथ बातचीत कर रहे हैं, तो ध्यान केंद्रित करने की कला में महारत हासिल करने से आपको अधिक ध्यान से सुनने और अधिक सोच-समझकर जवाब देने में मदद मिल सकती है, जिससे आपके मित्र के साथ गहरा संबंध बन जाता है।

फोकस में सुधार के व्यावहारिक उदाहरण

लक्ष्य निर्धारित करें और कार्यों को प्राथमिकता दें

लक्ष्य निर्धारित करने और कार्यों को प्राथमिकता देने से आपको सबसे महत्त्वपूर्ण कार्यों पर ध्यान केंद्रित करने और विकर्षणों से बचने में मदद मिल सकती है। प्राप्त करने योग्य लक्ष्यों को निर्धारित करके और उन्हें छोटे कार्यों में विभाजित करके प्रारंभ करें। फिर कार्यों को उनके महत्त्व के आधार पर प्राथमिकता दें और उन्हें एक समय में निपटाएँ।

विकर्षणों को दूर करें

विकर्षणों को दूर करने से आपको काम पर ध्यान केंद्रित करने में मदद मिल सकती है। अपने फोन पर सूचनाएँ बंद करें, अपने कंप्यूटर पर अनावश्यक टैब बंद करें और शांत वातावरण में काम करें।

चेतना का अभ्यास करें

चेतना का अभ्यास करने से आप अपने विचारों और भावनाओं के बारे में अधिक जागरूक हो सकते हैं और ध्यान केंद्रित करने की अपनी क्षमता में सुधार कर सकते हैं। हर दिन कुछ मिनटों के लिए ध्यान करने की कोशिश करें या गहरी साँस लेने के व्यायाम का अभ्यास करें।

ब्रेक लें

ब्रेक लेने से आपको रिचार्ज और रीफोकस करने में मदद मिल सकती है। अपनी बुद्धि को साफ करने के लिए थोड़ी देर टहलें, कुछ स्ट्रेचिंग एक्सरसाइज करें या आराम की गतिविधि में शामिल हों।

समय प्रबंधन तकनीकों का प्रयोग करें

समय प्रबंधन तकनीकों का उपयोग करने से आप अपने समय का अधिकतम लाभ उठा सकते हैं और टालमटोल से बच सकते हैं। पोमोडोरो तकनीक का उपयोग करने का प्रयास करें, जहाँ आप 25 मिनट के लिए काम करते हैं और फिर पाँच मिनट का ब्रेक लेते हैं, या आइजनहावर मैट्रिक्स, जो आपको उनकी तात्कालिकता और महत्त्व के आधार पर कार्यों को प्राथमिकता देने में मदद करता है।

सिंगल-टास्किंग का अभ्यास करें

सिंगल–टास्किंग का अभ्यास करने से आपको एक समय में एक काम पर ध्यान केंद्रित करने और मल्टीटास्किंग से बचने में मदद मिल सकती है, जिससे ध्यान भंग हो सकता है और उत्पादकता कम हो सकती है। अगले कार्य पर जाने से पहले एक कार्य पर ध्यान केंद्रित करने की कोशिश करें, जब तक कि वह पूरा न हो जाए।

पर्याप्त नींद

फोकस और एकाग्रता में सुधार के लिए पर्याप्त नींद लेना महत्त्वपूर्ण है। दिन के दौरान अपने आप को अधिक सतर्क और केंद्रित महसूस करने में मदद करने के लिए हर रात सात से आठ घंटे सोने का लक्ष्य रखें।

अंत में, जीवन के सभी पहलुओं में सफलता के लिए ध्यान केंद्रित करने की कला में महारत हासिल करना एक महत्त्वपूर्ण कौशल है। अपने ध्यान में सुधार करके आप उत्पादकता बढ़ा सकते हैं, रचनात्मकता बढ़ा सकते हैं, स्मृति में सुधार कर सकते हैं, तनाव कम कर सकते हैं और रिश्तों में सुधार कर सकते हैं। लक्ष्यों को निर्धारित करने, विकर्षणों को दूर करने, चेतना का अभ्यास करने, ब्रेक लेने, समय प्रबंधन तकनीकों का उपयोग करने, सिंगल–टास्किंग का अभ्यास करने और पर्याप्त नींद लेने जैसी तकनीकों का अभ्यास करने से आपको अपना ध्यान केंद्रित करने और अपने लक्ष्यों को प्राप्त करने में मदद मिल सकती है। याद रखें, ध्यान केंद्रित करने की कला में महारत हासिल करना एक सतत प्रक्रिया है और इस कौशल को विकसित करने में समय और अभ्यास लगता है।

□

36

रचनात्मकता को उजागर करना

रचनात्मकता एक आवश्यक कौशल है, जो व्यक्तियों को अद्वितीय और नवीन विचारों के साथ आने में सक्षम बनाता है, जो समस्याओं को हल करने, उत्पादों और सेवाओं को बेहतर बनाने और जीवन को अधिक सुखद बनाने में मदद कर सकते हैं। हालाँकि, बहुत से लोग मानते हैं कि रचनात्मकता कुछ ही लोगों के पास होती है, और यह कुछ ऐसा नहीं है, जिसे सीखा जा सकता है। यह विश्वास सत्य नहीं है, क्योंकि रचनात्मकता एक कौशल है, जिसे अभ्यास के साथ विकसित और परिष्कृत किया जा सकता है।

इस अध्याय में हम आपकी रचनात्मक क्षमता को उजागर करने और आपके व्यक्तिगत और व्यावसायिक जीवन में अधिक नवीन बनने के कुछ प्रभावी तरीकों पर चर्चा करेंगे।

बुद्धि-मंथन

बुद्धि-मंथन एक लोकप्रिय तकनीक है, जो व्यक्तियों को रचनात्मक रूप से सोचने और अपने विचारों को स्वतंत्र रूप से व्यक्त करने के लिए प्रोत्साहित करके नए विचार उत्पन्न करने में मदद करती है। इसमें व्यक्तियों के एक समूह को इकट्ठा करना और उन्हें आलोचना या निर्णय के बिना दिए गए विषय पर अधिक-से-अधिक विचारों के साथ आने के लिए कहना शामिल है। विचार-मंथन सत्र व्यक्तिगत रूप से या वस्तुतः किए जा सकते हैं और वे आपके मस्तिष्क को प्रसंस्करित और नए विचारों के लिए खोलकर आपकी रचनात्मक क्षमता को उजागर करने में मदद कर सकते हैं।

उदाहरण—एक मार्केटिंग टीम किसी उत्पाद के लिए एक नए विज्ञापन अभियान के लिए विचारों पर मंथन कर रही है। प्रत्येक टीम के सदस्य को आलोचना

के बिना अपने विचारों को स्वतंत्र रूप से साझा करने के लिए प्रोत्साहित किया जाता है और टीम के नेता सभी विचारों को एक व्हाइटबोर्ड पर लिखते हैं। टीम तब प्रत्येक विचार का मूल्यांकन करती है और सबसे नवीन और प्रभावी लोगों को चुनती है।

मस्तिष्क मानचित्रण

माइंड मैपिंग एक ऐसी तकनीक है, जो व्यक्तियों को उनके विचारों और विचारों को दृष्टिगत रूप से व्यवस्थित करने में मदद करती है। इसमें एक नक्शा या आरेख बनाना शामिल है, जो विभिन्न विचारों, अवधारणाओं और सूचनाओं को एक संरचित तरीके से जोड़ता है। माइंड मैपिंग आपको विभिन्न विचारों और कनेक्शनों का पता लगाने में सक्षम बनाकर आपकी रचनात्मक क्षमता को उजागर करने में मदद कर सकती है, जिन्हें आपने अन्यथा नहीं माना होगा।

उदाहरण—एक लेखक नई किताब के लिए अपने विचारों और दृष्टिकोण को व्यवस्थित करने के लिए माइंड मैपिंग का उपयोग कर रहा है। वह केंद्रीय विचार से शुरू करता है और फिर शाखाएँ बनाता है, जो विभिन्न पात्रों, विषयों और कथानक बिंदुओं का प्रतिनिधित्व करती हैं। माइंड मैप लेखक को यह देखने में सक्षम बनाता है कि कहानी के विभिन्न तत्त्व कैसे जुड़ते हैं और नए और रचनात्मक विचारों को प्रेरित कर सकते हैं?

कंफर्ट जोन से बाहर निकलना

अपने कंफर्ट जोन से बाहर निकलना आपकी रचनात्मक क्षमता को उजागर करने का एक शक्तिशाली तरीका है। जब आप जोखिम उठाते हैं और नई चीजों को आजमाते हैं, तो आप अपने आप को नए अनुभवों, दृष्टिकोणों और विचारों के लिए खोलते हैं, जो रचनात्मकता को प्रेरित कर सकते हैं। नई चीजों को आजमाने से आपको डर, आत्म-संदेह और अन्य बौद्धिक बाधाओं को दूर करने में भी मदद मिल सकती है, जो रचनात्मकता को प्रभावित कर सकती हैं।

उदाहरण—एक ग्राफिक डिजाइनर नए डिजाइन सॉफ्टवेयर सीखकर अपने सुविधा क्षेत्र से बाहर निकल रहा है। इस नए सॉफ्टवेयर को सीखकर डिजाइनर स्वयं को नई डिजाइन संभावनाओं के लिए खोल रहे हैं, जिन पर उन्होंने पहले विचार नहीं किया होगा।

दूसरों के साथ सहयोग

दूसरों के साथ सहयोग करने से विभिन्न दृष्टिकोणों, कौशलों और विचारों

को मेज पर लाकर अपनी रचनात्मक क्षमता को उजागर करने में मदद मिल सकती है। दूसरों के साथ सहयोग करने से आपको उनके अनुभवों से सीखने, नई अंतर्दृष्टि प्राप्त करने और सोचने के नए तरीके खोजने में भी मदद मिल सकती है।

उदाहरण—इंजीनियरों की एक टीम एक नया उत्पाद डिजाइन करने के लिए सहयोग कर रही है। प्रत्येक इंजीनियर परियोजना के लिए एक अद्वितीय परिप्रेक्ष्य और कौशल का सेट लाता है, जिससे वे नवीन विचारों को विकसित करने में सक्षम होते हैं, जो कि वे स्वयं के साथ आने में सक्षम नहीं हो सकते।

ब्रेक लेना

ब्रेक लेना आपकी रचनात्मक क्षमता को उजागर करने का एक सरल लेकिन प्रभावी तरीका है। ब्रेक लेने से आपको अपनी बुद्धि को रिचार्ज करने और तनाव कम करने में मदद मिल सकती है, जिससे रचनात्मकता को बढ़ावा देने में मदद मिल सकती है। ब्रेक के दौरान, आप उन गतिविधियों में शामिल हो सकते हैं, जो आपको आराम करने में मदद करती हैं, जैसे टहलने जाना, संगीत सुनना या ध्यान का अभ्यास करना।

उदाहरण—एक कलाकार प्रकृति में टहलने के लिए पेंटिंग से छुट्टी ले रहा है। वॉक से कलाकार को आराम करने और अपनी बुद्धि को साफ करने में मदद मिलती है, जिससे वे एक नए दृष्टिकोण के साथ अपनी पेंटिंग पर वापस आ सकते हैं।

निष्कर्ष

अपनी रचनात्मक क्षमता को उजागर करना एक आवश्यक कौशल है, जो आपको समस्याओं को हल करने, उत्पादों और सेवाओं को बेहतर बनाने तथा जीवन को अधिक सुखद बनाने में मदद कर सकता है। ब्रेनस्टॉर्मिंग, माइंड मैपिंग, अपने कंफर्ट जोन से बाहर निकलने, दूसरों के साथ सहयोग करने और ब्रेक लेने जैसी तकनीकों का उपयोग करके आप अपनी रचनात्मकता में टैप कर सकते हैं और नवीन विचारों को विकसित कर सकते हैं। याद रखें, रचनात्मकता कोई ऐसी चीज नहीं है, जो केवल कुछ लोगों के पास होती है। यह एक ऐसा कौशल है, जिसे अभ्यास के साथ विकसित और महारत हासिल करने के लिए किया जा सकता है। इसलिए अपनी रचनात्मक क्षमता को उजागर करने के लिए नई चीजों को आजमाने, जोखिम लेने और दूसरों के साथ सहयोग करने से न डरें।

□

37

प्रतिकूलता में सहजता

प्रतिकूलता जीवन का एक अनिवार्य हिस्सा है। यह विभिन्न रूपों में आ सकती है, जैसे चुनौतियाँ, असफलताएँ, विफलताएँ और हानियाँ। कोई भी प्रतिकूलता से सुरक्षित नहीं है और हर कोई अपने जीवन के किसी-न-किसी मोड़ पर इसका सामना करता है। हालाँकि, जो सफल व्यक्तियों को अलग करता है, वह विपरीत परिस्थितियों से पीछे हटने और लचीलापन बनाने की उनकी क्षमता है। लचीलापन कठिन परिस्थितियों से निपटने और उबरने की बौद्धिक और भावनात्मक क्षमता है और यह आपकी बुद्धि का स्वामी बनने के लिए एक महत्त्वपूर्ण कौशल है।

लचीलापन कोई ऐसी चीज नहीं है, जिसके साथ आप पैदा हुए हों; बल्कि यह एक ऐसा कौशल है, जिसे समय के साथ विकसित और मजबूत किया जा सकता है। लचीलेपन के निर्माण के लिए आत्म-चेतना, चेतना और एक सक्रिय बौद्धिकता की आवश्यकता होती है। इसमें स्वस्थ मुकाबला करने की रणनीति विकसित करना, भावनाओं को प्रभावी ढंग से प्रबंधित करना, सकारात्मक दृष्टिकोण बनाए रखना और विकास की बौद्धिकता विकसित करना शामिल है। आइए, कुछ उदाहरणों की पड़ताल करें कि कैसे व्यक्ति विपरीत परिस्थितियों का सामना करने के लिए लचीलेपन का निर्माण कर सकते हैं?

स्वस्थ मुकाबला रणनीतियों का विकास

प्रतिकूल परिस्थितियों से निपटने के लिए स्वस्थ मुकाबला करने की रणनीति विकसित करना लचीलेपन के निर्माण के प्रमुख पहलुओं में से एक है। मुकाबला करने की रणनीतियाँ हैं कि हम अपने जीवन में तनावों का प्रबंधन और

प्रतिक्रिया कैसे करते हैं ? स्वस्थ मुकाबला करने की रणनीतियाँ वे हैं, जो अनुकूली, रचनात्मक हैं और भलाई को बढ़ावा देती हैं। वे हमें नकारात्मक भावनाओं या व्यवहारों के अधीन हुए बिना कठिन परिस्थितियों से प्रभावी ढंग से नेविगेट करने में मदद करती हैं।

उदाहरण के लिए, जब एक चुनौतीपूर्ण स्थिति का सामना करना पड़ता है, जैसे कि नौकरी छूटना, लचीलेपन वाला व्यक्ति स्वस्थ मुकाबला करने की रणनीतियों का उपयोग कर सकता है, जैसे दोस्तों और परिवार से समर्थन माँगना, अपनी ताकत और कौशल पर ध्यान केंद्रित करना और नए अवसरों की खोज करना। वे तनाव को प्रबंधित करने और भावनात्मक कल्याण को बनाए रखने के लिए व्यायाम, ध्यान और शौक जैसी स्व-देखभाल गतिविधियों में भी संलग्न हो सकते हैं। इसके विपरीत, एक व्यक्ति जिसमें लचीलेपन की कमी है, अत्यधिक शराब पीने, परिहार या आत्म-दोष जैसी अस्वास्थ्यकर मुकाबला करने की रणनीतियों का सहारा ले सकता है, जो विपत्ति को और बढ़ा सकता है और वापस लौटने की उनकी क्षमता में बाधा उत्पन्न कर सकता है।

भावनाओं को प्रभावी ढंग से प्रबंधित करना

लचीलापन बनाने में भावनात्मक बुद्धिमत्ता एक और महत्त्वपूर्ण कारक है। भावनाएँ मानव होने का एक स्वाभाविक हिस्सा हैं और प्रतिकूल परिस्थितियों का सामना करते समय उन्हें प्रभावी ढंग से स्वीकार करना और प्रबंधित करना महत्त्वपूर्ण है। भावनात्मक रूप से लचीले व्यक्ति अपनी भावनाओं से अवगत होते हैं, उन्हें नियंत्रित कर सकते हैं और उनसे अभिभूत होने के बजाय उन्हें प्रेरणा और शक्ति के स्रोत के रूप में उपयोग कर सकते हैं।

उदाहरण के लिए, किसी झटके या असफलता का सामना करते समय लचीलेपन वाला व्यक्ति खुद को निराशा या हताशा महसूस करने की अनुमति दे सकता है, लेकिन बहुत लंबे समय तक उस पर ध्यान न दें। वे आत्म-करुणा का अभ्यास कर सकते हैं और स्वीकार कर सकते हैं कि निम्न महसूस करना ठीक है, लेकिन वे खुद को अपनी पिछली सफलताओं और शक्तियों की याद भी दिलाते हैं। वे स्थिति को सीखने के अवसर के रूप में भी बदल सकते हैं और समस्या पर ध्यान केंद्रित करने के बजाय समाधान खोजने पर ध्यान केंद्रित कर सकते हैं। इसके विपरीत, एक व्यक्ति, जो भावनात्मक लचीलेपन के साथ संघर्ष करता है, नकारात्मक भावनाओं से अभिभूत हो सकता है, जैसे कि आत्म-संदेह या क्रोध,

और उन्हें आगे बढ़ने के लिए संघर्ष करना पड़ सकता है, जिससे लंबे समय तक संकट और खराब निर्णय लेने की ओर अग्रसर हो सकता है।

सकारात्मक दृष्टिकोण बनाए रखना

एक सकारात्मक दृष्टिकोण लचीलेपन का एक अनिवार्य घटक है। इसमें विपरीत परिस्थितियों में भी सकारात्मक बौद्धिकता बनाए रखना और कठिन परिस्थितियों में उम्मीद की किरण तलाशना शामिल है। एक सकारात्मक दृष्टिकोण का अर्थ स्थिति की वास्तविकता को नकारना या नकारात्मक भावनाओं से बचना नहीं है, बल्कि एक ऐसा दृष्टिकोण अपनाना है, जो संभावनाओं, अवसरों और समाधानों पर केंद्रित हो।

उदाहरण के लिए, जब एक चुनौतीपूर्ण स्थिति का सामना करना पड़ता है, जैसे कि ब्रेकअप या स्वास्थ्य समस्या, तो लचीलेपन वाला व्यक्ति सीखे गए पाठों पर ध्यान केंद्रित करना चुन सकता है, व्यक्तिगत विकास प्राप्त कर सकता है, या दूसरों से समर्थन प्राप्त कर सकता है। वह स्थिति को सकारात्मक प्रकाश में बदलने और आशा और आशावाद की भावना को बनाए रखने के तरीकों की तलाश कर सकता है। वह कृतज्ञता का अभ्यास भी कर सकता है और अपने आशीर्वादों की गिनती कर सकता है, जो उसके दृष्टिकोण को अपने जीवन में सकारात्मकता की सराहना करने के लिए विपरीत परिस्थितियों में बदल सकते हैं। दूसरी ओर, एक व्यक्ति जिसके पास सकारात्मक दृष्टिकोण का अभाव है, वह नकारात्मकताओं पर ध्यान केंद्रित कर सकता है, लगातार शिकायत कर सकता है या दूसरों को दोष दे सकता है और भविष्य के बारे में निराशावादी दृष्टिकोण रख सकता है। यह नकारात्मक बौद्धिकता विपरीत परिस्थितियों का सामना करने और समाधान खोजने की उनकी क्षमता में बाधा डाल सकती है, जिससे नकारात्मकता और लचीलापन कम हो जाता है।

विकास बौद्धिकता पैदा करना

विकास बौद्धिकता एक विश्वास है कि निश्चित सीमाओं के बजाय चुनौतियाँ और असफलताएँ विकास और सीखने के अवसर हैं। इसमें एक बौद्धिकता को अपनाना शामिल है, जो सीखने के लिए खुला है, अनुकूल है और परिवर्तन को अपनाने के लिए तैयार है। लचीलेपन के निर्माण के लिए विकास की बौद्धिकता विकसित करना महत्त्वपूर्ण है, क्योंकि यह व्यक्तियों को दुर्गम बाधाओं के बजाय

विकास के अवसरों के रूप में चुनौतियों को देखने की अनुमति देता है।

उदाहरण के लिए, असफलता या झटके का सामना करते समय, लचीलेपन और विकास की बौद्धिकता वाला व्यक्ति इसे अपनी गलतियों से सीखने, नए कौशल हासिल करने या अपने दृष्टिकोण को बदलने के अवसर के रूप में देख सकता है। वह इसे एक रोडब्लॉक के बजाय सफलता की ओर एक कदम के रूप में देख सकता है। वह जोखिम लेने, नई चीजों को आजमाने और प्रतिक्रिया और अनुभवों के आधार पर अपनी रणनीतियों को अपनाने के लिए भी तैयार हो सकता है। इसके विपरीत, एक निश्चित बौद्धिकता वाला व्यक्ति विफलता को अपनी क्षमताओं या योग्यता के प्रतिबिंब के रूप में देख सकता है, पराजित महसूस कर सकता है और परिवर्तन या अनुभव से सीखने के लिए प्रतिरोधी हो सकता है।

पिछले लचीलेपन पर चित्रण

विपत्ति में लचीलापन बनाने का एक और शक्तिशाली तरीका लचीलेपन के पिछले अनुभवों को आकर्षित करना है। पिछली चुनौतियों पर विचार करना, जिन्हें आपने सफलतापूर्वक पार कर लिया है, आपकी आंतरिक शक्ति और लचीलेपन की याद दिलाने के रूप में काम कर सकता है। यह वर्तमान प्रतिकूलता से निपटने की आपकी क्षमता में परिप्रेक्ष्य और आत्मविश्वास हासिल करने में आपकी सहायता कर सकता है।

उदाहरण के लिए, उस समय के बारे में सोचें जब आपने एक कठिन परिस्थिति का सामना किया था, जैसे कि ब्रेकअप, नौकरी छूटना, या स्वास्थ्य संबंधी डर और इसके माध्यम से सफलतापूर्वक नेविगेट किया। आपने किन मुकाबला रणनीतियों का उपयोग किया? आपने अपनी भावनाओं को कैसे प्रबंधित किया? क्या आपने सकारात्मक दृष्टिकोण बनाए रखा या विकास बौद्धिकता अपनाई? अपने अतीत के लचीलेपन पर चिंतन करना आपको उन कौशलों और रणनीतियों की याद दिला सकता है, जो आपके लिए काम करते हैं और आपको विश्वास दिलाते हैं कि आप वर्तमान प्रतिकूलता को भी दूर कर सकते हैं।

दूसरों से समर्थन माँगना

लचीलेपन का निर्माण करने का अर्थ अकेले प्रतिकूल परिस्थितियों का सामना करना नहीं है। दूसरों से समर्थन माँगना लचीलेपन का एक महत्त्वपूर्ण पहलू है। इसमें मार्गदर्शन, प्रोत्साहन और सहानुभूति के लिए दोस्तों, परिवार या पेशेवरों तक

पहुँचना शामिल है। सामाजिक समर्थन विपरीत परिस्थितियों के नकारात्मक प्रभावों के खिलाफ एक बफर प्रदान कर सकता है और व्यक्तियों को अधिक प्रभावी ढंग से सामना करने में मदद कर सकता है।

उदाहरण के लिए, एक चुनौतीपूर्ण स्थिति का सामना करते समय, जैसे कि नुकसान या एक बड़ा जीवन परिवर्तन, लचीलेपन वाला व्यक्ति सक्रिय रूप से विश्वसनीय व्यक्तियों से समर्थन प्राप्त कर सकता है। वह अपनी भावनाओं और चिंताओं के बारे में बात कर सकता है, सलाह ले सकता है, या बस उन्हें सुनने के लिए कोई हो सकता है। वह सहायता समूहों में शामिल हो सकता है या पेशेवर सहायता प्राप्त कर सकता है, जैसे चिकित्सा या परामर्श, मुकाबला करने के लिए अतिरिक्त उपकरण और रणनीतियाँ प्राप्त करने के लिए। इसके विपरीत, एक व्यक्ति, जो खुद को अलग कर लेता है या समर्थन लेने से इनकार कर देता है, वह अपने दम पर प्रतिकूलता का सामना करने के लिए संघर्ष कर सकता है और अभिभूत या असहाय महसूस कर सकता है।

स्व-देखभाल का अभ्यास

स्व-देखभाल लचीलेपन के निर्माण का एक अनिवार्य तत्त्व है। विपत्ति के समय में अपनी शारीरिक, बौद्धिक और भावनात्मक भलाई का खयाल रखना महत्त्वपूर्ण है। स्व-देखभाल अभ्यास आपको तनाव का प्रबंधन करने, सकारात्मक दृष्टिकोण बनाए रखने और प्रतिकूल परिस्थितियों से प्रभावी ढंग से निपटने के लिए आवश्यक आंतरिक संसाधनों का निर्माण करने में मदद कर सकता है।

उदाहरण के लिए, कठिन समय के दौरान, लचीलेपन वाला व्यक्ति आत्म-देखभाल गतिविधियों को प्राथमिकता दे सकता है, जैसे कि पर्याप्त नींद लेना, पौष्टिक भोजन करना, नियमित व्यायाम करना और ध्यान या गहरी साँस लेने जैसी विश्राम तकनीकों का अभ्यास करना। वे उन गतिविधियों में भी शामिल हो सकते हैं, जो उन्हें खुशी और तृप्ति प्रदान करती हैं, जैसे शौक, प्रियजन के साथ समय बिताना, या रचनात्मक आउटलेट का पीछा करना। स्व-देखभाल अभ्यास आपकी ऊर्जा को भर सकते हैं, आपके मूड को बढ़ा सकते हैं और आपके समग्र कल्याण को बढ़ा सकते हैं, जो बदले में आपको लचीलापन बनाने और विपत्ति के माध्यम से नेविगेट करने में मदद कर सकता है।

अंत में, विपरीत परिस्थितियों में लचीलापन बनाना एक महत्त्वपूर्ण कौशल है, जो आपको अपनी बुद्धि का स्वामी बनने के लिए सशक्त बना सकता है। यह एक

सतत प्रक्रिया है, जिसके लिए जानबूझकर प्रयास और अभ्यास की आवश्यकता होती है। एक सकारात्मक बौद्धिकता विकसित करके, मुकाबला करने के कौशल विकसित करके, परिवर्तन को स्वीकार करने, दूसरों से समर्थन प्राप्त करने और स्वयं की देखभाल का अभ्यास करके आप अपने लचीलेपन को मजबूत कर सकते हैं और जीवन की चुनौतियों के माध्यम से प्रभावी ढंग से नेविगेट कर सकते हैं।

याद रखें, लचीलापन प्रतिकूलता से बचने या इनकार करने के बारे में नहीं है, बल्कि इसका सामना करने और मजबूती से पीछे हटने के बारे में है। यह परिवर्तन के अनुकूल बौद्धिक और भावनात्मक लचीलेपन को विकसित करने, असफलताओं से सीखने की क्षमता और जरूरत पड़ने पर समर्थन लेने की इच्छा के बारे में है। लचीलापन एक शक्तिशाली उपकरण है, जो आपको प्रतिकूल परिस्थितियों से उबरने, चुनौतियों का सामना करने तथा एक पूर्ण और लचीला जीवन जीने के लिए सशक्त बना सकता है।

इसलिए जैसा कि आप अपनी बुद्धि पर काबू पाने के लिए अपनी यात्रा जारी रखते हैं, प्रतिकूल परिस्थितियों में लचीलापन बनाने को प्राथमिकता देना याद रखें। विकास के अवसरों के रूप में चुनौतियों को गले लगाएँ, सकारात्मक बौद्धिकता अपनाएँ, लचीलेपन के पिछले अनुभवों को आकर्षित करें, दूसरों से समर्थन माँगें, और आत्म-देखभाल का अभ्यास करें। अपनी नींव के रूप में लचीलेपन के साथ, आप अनुग्रह और शक्ति के साथ जीवन के उतार-चढ़ाव के माध्यम से नेविगेट कर सकते हैं और अंततः अपने स्वयं के मस्तिष्क के स्वामी बन सकते हैं।

□

38

आनंद और खुशी पैदा करना

खुशी एक पूर्ण जीवन के आवश्यक घटक हैं। वे न केवल हमारे अनुभवों में समृद्धि और अर्थ जोड़ती हैं, बल्कि हमारे समग्र कल्याण और बौद्धिक स्वास्थ्य में भी योगदान करती हैं। खुशी और खुशी पैदा करना एक आजीवन यात्रा है जिसके लिए जानबूझकर प्रयास और बौद्धिकता में बदलाव की आवश्यकता होती है। इस अध्याय में हम खुशी और ख़ुशी के महत्त्व, उन कारकों का पता लगाएँगे, जो हमारी खुशी को प्रभावित करते हैं तथा हमारे जीवन में अधिक आनंद और खुशी पैदा करने के लिए व्यावहारिक रणनीतियाँ।

आनंद और खुशी का महत्त्व

खुशी और आनंद अकसर एक-दूसरे के लिए उपयोग किए जाते हैं, लेकिन उनकी अलग-अलग विशेषताएँ हैं। खुशी एक गहरी बैठी हुई भावना है, जो भीतर से उठती है, अकसर सकारात्मक अनुभवों या दूसरों के साथ संबंधों के परिणामस्वरूप। यह आंतरिक आनंद, संतोष और कृतज्ञता की भावना है, जो बाहरी परिस्थितियों से परे है। दूसरी ओर, आनंद एक व्यापक अवधारणा है, जो जीवन के साथ भलाई और संतुष्टि की सामान्य भावना को समाहित करती है। यह विभिन्न स्रोतों से उत्पन्न हो सकता है, जैसे उपलब्धियाँ, रिश्ते और व्यक्तिगत मूल्य।

आनंद और खुशी दोनों का हमारे बौद्धिक, भावनात्मक और शारीरिक स्वास्थ्य पर महत्त्वपूर्ण प्रभाव पड़ता है। शोध से पता चला है कि आनंद और खुशी का अनुभव करने से कई लाभ हो सकते हैं, जिनमें शामिल हैं—

बेहतर बौद्धिक स्वास्थ्य—आनंद और खुशी चिंता, अवसाद और तनाव के लक्षणों को कम कर सकते हैं। वे सकारात्मक भावनाओं को बढ़ावा देते हैं, जो

बेहतर बौद्धिक स्वास्थ्य संबंधी परिणाम मस्तिष्क के लचीलेपन से जुड़े हैं।

बढ़ा हुआ शारीरिक स्वास्थ्य—आनंद और खुशी बेहतर शारीरिक स्वास्थ्य परिणामों से जुड़े हैं, जिनमें निम्न रक्तचाप, बेहतर प्रतिरक्षा कार्य और हृदय रोग जैसी पुरानी बीमारियों का जोखिम कम होना शामिल है।

मजबूत रिश्ते—आनंद और खुशी सकारात्मक सामाजिक संबंधों और दूसरों के साथ गहरे संबंधों में योगदान करते हैं। वे हमारे संबंधों को बढ़ा सकते हैं और समुदाय और अपनेपन की भावना को बढ़ावा दे सकते हैं।

उत्पादकता और रचनात्मकता में वृद्धि—आनंद और खुशी प्रेरणा, रचनात्मकता और उत्पादकता को बढ़ा सकते हैं, जिससे काम, शौक और व्यक्तिगत लक्ष्यों सहित जीवन के विभिन्न क्षेत्रों में अधिक सफलता मिल सकती है।

जीवन संतुष्टि—आनंद और खुशी समग्र जीवन संतुष्टि के लिए मौलिक हैं। जब हम आनंद और खुशी का अनुभव करते हैं, तो हम अपने जीवन को अधिक सकारात्मक रूप से देखते हैं और कल्याण और पूर्ति की अधिक भावना रखते हैं।

खुशी को प्रभावित करने वाले कारक

खुशी एक जटिल और बहुआयामी भावना है, जो विभिन्न कारकों से प्रभावित होती है। जबकि आनुवंशिकी और बाहरी परिस्थितियाँ हमारे खुशी के स्तर में एक भूमिका निभाती हैं, शोध बताते हैं कि हमारे विचार, व्यवहार और बौद्धिकता भी हमारी खुशी पर महत्त्वपूर्ण प्रभाव डालते हैं। यहाँ कुछ कारक हैं, जो हमारी खुशी को प्रभावित करते हैं—

बौद्धिकता—हमारी बौद्धिकता या जीवन के प्रति हमारा दृष्टिकोण, हमारी खुशी में महत्त्वपूर्ण भूमिका निभाता है। कृतज्ञता, आशावाद और लचीलेपन की विशेषता वाली एक सकारात्मक बौद्धिकता, अधिक आनंद और खुशी को बढ़ावा दे सकती है।

रिश्ते—परिवार, दोस्तों और सामाजिक संबंधों सहित दूसरों के साथ हमारे रिश्ते हमारी खुशी के अभिन्न अंग हैं। सकारात्मक और सहायक रिश्ते हमारे समग्र कल्याण एवं खुशी में योगदान कर सकते हैं।

स्व-देखभाल—हमारे शारीरिक, बौद्धिक और भावनात्मक स्वास्थ्य की देखभाल करना हमारी खुशी के लिए महत्त्वपूर्ण है। नियमित व्यायाम, पर्याप्त नींद, स्वस्थ पोषण और आत्म-करुणा आत्म-देखभाल के आवश्यक घटक हैं, जो हमारी खुशी में योगदान कर सकते हैं।

अर्थ और उद्देश्य—जीवन में अर्थ और उद्देश्य की भावना होने से हमारी खुशी पर बहुत प्रभाव पड़ सकता है। हमारे मूल्यों, विश्वासों और रुचियों के साथ तालमेल बिठाने वाली गतिविधियों में शामिल होने से तृप्ति और आनंद की भावना आ सकती है।

आनंद और खुशी पैदा करने के लिए व्यावहारिक रणनीतियाँ

आनंद और खुशी पैदा करने के लिए जानबूझकर प्रयास और अभ्यास की आवश्यकता होती है। यहाँ कुछ व्यावहारिक रणनीतियाँ दी गई हैं, जो आपके जीवन में अधिक आनंद और खुशी पैदा करने में आपकी सहायता कर सकती हैं—

सकारात्मक संबंधों को बढ़ावा दें—अपने आप को सकारात्मक और सहायक रिश्तों से घेरना आपकी खुशी को बहुत प्रभावित कर सकता है। प्रियजन के साथ समय बिताएँ, सार्थक बातचीत में शामिल हों और दूसरों के प्रति आभार और प्रशंसा व्यक्त करें। स्वस्थ संबंध बनाना और बनाए रखना आपके समग्र कल्याण में योगदान दे सकता है और आपके जीवन में आनंद ला सकता है।

कृतज्ञता का अभ्यास करें—आनंद और खुशी की रचना के लिए कृतज्ञता एक शक्तिशाली उपकरण है। अपने जीवन में सकारात्मकता को स्वीकार करने और उसकी सराहना द्वारा आभार व्यक्त करने का अभ्यास करें, चाहे वे कितने भी छोटे क्यों न लगें? कृतज्ञता आपके ध्यान को, आपके पास जो कुछ भी नहीं है, उस पर केंद्रित कर सकती है और आपके कल्याण और खुशी की समग्र भावना को बढ़ा सकती है।

खुशी लाने वाली गतिविधियों में संलग्न रहें—उन गतिविधियों की पहचान करें, जो आपको खुशी देती हैं और अपने जीवन में उनके लिए समय निकालें। यह प्रकृति में समय बिताने, शौक में शामिल होने, संगीत सुनने या प्रियजन के साथ अच्छा समय बिताने जैसा सरल कुछ हो सकता है। उन गतिविधियों को प्राथमिकता देने और उनमें शामिल होने के लिए एक सचेत प्रयास करें, जो आपको खुशी देता है, और उन्हें अपनी दिनचर्या का नियमित हिस्सा बनाएँ।

आत्म-करुणा का अभ्यास करें—अपने आप को उसी दया, समझ और करुणा के साथ पेश करें, जो आप एक प्रिय मित्र को देंगे। स्वयं के साथ सौम्य रहें, अपनी खामियों को स्वीकार करें और आत्म-स्वीकृति का अभ्यास करें। आत्म-आलोचना और नकारात्मक आत्म-चर्चा से बचें और इसके बजाय आत्म-देखभाल और आत्म-करुणा पर ध्यान केंद्रित करें। जब आप अपने

प्रति दयालु होते हैं, तो आपको आनंद और खुशी का अनुभव होने की संभावना अधिक होती है।

वर्तमान क्षण पर ध्यान केंद्रित करें—खुशी और खुशी पैदा करने के लिए इस समय मौजूद रहना और वर्तमान का पूरी तरह से अनुभव करना आवश्यक है। अतीत में रहने या भविष्य के बारे में चिंता करने से बचें, क्योंकि यह वर्तमान क्षण में आनंद का अनुभव करने की आपकी क्षमता को कम कर सकता है। चेतना का अभ्यास करें और वर्तमान क्षण में आप जो कर रहे हैं, महसूस कर रहे हैं और अनुभव कर रहे हैं, उस पर ध्यान केंद्रित करें।

दयालुता और करुणा का अभ्यास करें—दूसरों के प्रति दया और करुणा का अभ्यास करना भी आपके अपने आनंद और खुशी में योगदान कर सकता है। दयालुता के कार्यों में संलग्न रहें, दूसरों को सहायता और समर्थन प्रदान करें तथा सहानुभूति और करुणा का अभ्यास करें। दया और करुणा न केवल दूसरों को लाभ पहुँचाते हैं, बल्कि वे आपके स्वयं के जीवन में एक सकारात्मक लहर पैदा करते हैं, जिससे आनंद और खुशी बढ़ती है।

सार्थक लक्ष्य निर्धारित करें और उनका पीछा करें—सार्थक लक्ष्यों को निर्धारित करने और उनका पीछा करने से आपको उद्देश्यपूर्ति की भावना मिल सकती है, जिससे आपको अधिक आनंद और खुशी मिलती है। अपने मूल्यों, रुचियों और जुनून पर प्रतिबिंबित करें तथा यथार्थवादी और प्राप्त करने योग्य लक्ष्य निर्धारित करें, जो उनके साथ संरेखित हों। प्रेरणा और दृढ़ संकल्प के साथ अपने लक्ष्यों का पीछा करें तथा रास्ते में अपनी प्रगति का जश्न मनाएँ। सार्थक लक्ष्यों का पीछा करने की प्रक्रिया आपके जीवन में आनंद और खुशी ला सकती है।

अपने शारीरिक स्वास्थ्य का खयाल रखें—हमारा शारीरिक स्वास्थ्य हमारे बौद्धिक और भावनात्मक कल्याण से निकटता से जुड़ा हुआ है। अपने शारीरिक स्वास्थ्य का खयाल रखना, जैसे नियमित व्यायाम करना, स्वस्थ आहार खाना और पर्याप्त नींद लेना, आपके समग्र कल्याण और खुशी की भावना में योगदान कर सकता है। अपने शरीर की नियमित शारीरिक गतिविधियों में शामिल होकर, जिसका आप आनंद लेते हैं, अपने शरीर को ईंधन देने वाले पौष्टिक खाद्य पदार्थ खाने और गुणवत्तापूर्ण नींद को प्राथमिकता देकर अपने शरीर की देखभाल करें। जब आप शारीरिक रूप से अच्छा महसूस करते हैं, तो आप अपने दैनिक जीवन में आनंद और खुशी का अनुभव करने की अधिक संभावना रखते हैं।

क्षमा का अभ्यास करें—क्रोध और आक्रोश को बनाए रखना आपको भारी

बना सकता है तथा आपको सच्ची खुशी और खुशी का अनुभव करने से रोक सकता है। क्षमा का अभ्यास करें, दूसरों के प्रति और स्वयं के प्रति। अतीत के दुःखों को जाने दें, स्वीकार करें कि खामियाँ और गलतियाँ इनसान होने का एक हिस्सा हैं, तथा खुद को और दूसरों को क्षमा और करुणा प्रदान करें। क्षमा भावनात्मक बोझ को मुक्त कर सकती है तथा आनंद और खुशी के फलने-फूलने के लिए जगह बना सकती है।

सकारात्मक विचारों और विश्वासों को विकसित करें—हमारे विचार और विश्वास हमारी भावनाओं एवं कार्यों को बहुत प्रभावित करते हैं। अपने बारे में, दूसरों के बारे में और अपने आसपास की दुनिया के बारे में सकारात्मक विचार व विश्वास विकसित करें। नकारात्मक और सीमित विश्वासों को चुनौती दें तथा उन्हें सकारात्मक और सशक्त बनाने में सुधार करें। सकारात्मक आत्म-चर्चा और प्रतिज्ञान का अभ्यास करें तथा अपने आप को सकारात्मक प्रभावों से घेरें। सकारात्मक विचारों और विश्वासों को विकसित करने से आपकी बौद्धिकता को आनंद और खुशी की ओर स्थानांतरित किया जा सकता है।

हास्य और चंचलता का अभ्यास करें—हास्य और चंचलता आनंद और खुशी पैदा करने के शक्तिशाली उपकरण हैं। अपने रोजमर्रा के जीवन में हँसी और खेल के पल तलाशें। उन गतिविधियों में संलग्न रहें, जो आपको हँसाती हैं, ऐसे लोगों के साथ समय बिताएँ, जो आपके जीवन में खुशी और हँसी लाते हैं तथा खुद को बहुत गंभीरता से न लें। हास्य व चंचलता को अपनी दिनचर्या में शामिल करें तथा अपने आनंद और खुशी के स्तर को बढ़ते हुए देखें।

अपने प्रति कृतज्ञता की भावना पैदा करें—जिस तरह दूसरों के प्रति कृतज्ञता का अभ्यास करना महत्त्वपूर्ण है, उसी तरह स्वयं के प्रति कृतज्ञता की भावना पैदा करना भी उतना ही महत्त्वपूर्ण है। अपनी ताकत, उपलब्धियों और प्रयासों को स्वीकार करें तथा आप जो हैं, उसके लिए खुद की सराहना करें। आत्म-आलोचना और आत्म-निर्णय से बचें तथा इसके बजाय आत्म-प्रशंसा और आत्म-प्रेम का अभ्यास करें। जब आपका खुद के साथ सकारात्मक संबंध होता है, तो आपको आनंद और खुशी का अनुभव होने की संभावना अधिक होती है।

खुशी और खुशी पैदा करने के उदाहरण

कविता एक व्यस्त कामकाजी पेशेवर है, जो हमेशा अपने आप को तनाव और अपनी नौकरी की माँगों में फँसा हुआ पाती है। उसने अपनी दिनचर्या में चेतना को

शामिल करने का फैसला किया। वह अपने दिन की शुरुआत एक छोटे से ध्यान के साथ करती है और पूरे दिन में, वह कुछ पल रुकने, गहरी साँस लेने और अपना ध्यान वर्तमान क्षण पर लाने के लिए लेती है। वह एक पत्रिका रखकर और प्रत्येक दिन के लिए आभारी तीन चीजों को लिखकर कृतज्ञता का अभ्यास भी करती है। समय के साथ, कविता ने नोटिस किया कि वह अधिक मौजूद है, कम तनावग्रस्त है, तथा अपने दैनिक जीवन में आनंद और खुशी के अधिक क्षणों का अनुभव करती है।

जीवन एक सेवानिवृत्त व्यक्ति है, जिसने अपने लंबे समय की नौकरी से सेवानिवृत्त होने के बाद उद्देश्यपूर्ति की भावना के साथ संघर्ष किया। उसने अपने लिए सार्थक लक्ष्य निर्धारित करने का फैसला किया, जैसे कि एक स्थानीय दान में स्वेच्छा से काम करना और एक नया शौक अपनाना। उसने पुराने दोस्तों के साथ फिर से जुड़ने और अपने परिवार के साथ क्वालिटी टाइम बिताने का भी प्रयास किया। जैसे-जैसे उसने इन अर्थपूर्ण गतिविधियों का अनुसरण किया, उसने अपने जीवन में नए सिरे से उद्देश्य और आनंद की भावना पाई तथा उसकी समग्र खुशी में उल्लेखनीय वृद्धि हुई।

सीमा एक युवा पेशेवर है, जो लगातार अपनी तुलना दूसरों से कर रही थी और नकारात्मक आत्म-चर्चा में उलझी हुई थी। उसने खुद के प्रति दयालु होकर और सकारात्मक आत्म-चर्चा का अभ्यास करके आत्म-करुणा और आत्म-देखभाल का अभ्यास करने का निर्णय लिया। उसने उन गतिविधियों में शामिल होने का भी प्रयास किया, जो उसे खुशी देती थीं, जैसे पेंटिंग, नृत्य और प्रियजन के साथ समय बिताना। सीमा ने भी हर दिन कुछ घंटों के लिए सोशल मीडिया से खुद को अलग करने का सचेत प्रयास किया और इसके बजाय इस समय पूरी तरह से उपस्थित रहने पर ध्यान केंद्रित किया। नतीजतन, उसने अपने आनंद और खुशी के स्तर में उल्लेखनीय वृद्धि देखी और उसके आत्मसम्मान एवं आत्म-मूल्य में सुधार हुआ।

सुरेंद्र एक अधेड़ उम्र का आदमी है, जो काम और पारिवारिक जिम्मेदारियों के कारण तनाव और चिंता से जूझता रहा। उसने स्वयं की देखभाल को प्राथमिकता देने का फैसला किया और एक नियमित व्यायाम दिनचर्या शुरू की, जिसमें उसे मजा आया, जैसे लंबी पैदल यात्रा और साइकिल चलाना। उसने अपने आहार में भी बदलाव किए, अधिक संपूर्ण खाद्य पदार्थों को शामिल किया और प्रसंस्कृत खाद्य पदार्थों का सेवन कम किया। इसके अतिरिक्त, सुरेंद्र ने अपने तनाव के स्तर को प्रबंधित करने तथा शांत और आनंद की भावना पैदा करने के लिए चेतना और ध्यान का अभ्यास किया। जैसा कि उसने अपनी शारीरिक एवं बौद्धिक भलाई को

प्राथमिकता दी, उसने पाया कि उसकी समग्र खुशी और संतोष में वृद्धि हुई तथा वह अपने जीवन में चुनौतियों का बेहतर प्रबंधन करने में सक्षम है।

अंत में, आनंद और प्रसन्नता का विकास एक आजीवन यात्रा है, जिसके लिए सचेत प्रयास और अभ्यास की आवश्यकता होती है। यह एक ऐसी बौद्धिकता और जीवन-शैली अपनाने के बारे में है, जो भलाई, आत्म-देखभाल तथा सकारात्मकता को प्राथमिकता देती है। ऊपर बताए गए उदाहरणों को शामिल करके, जैसे सचेतनता का अभ्यास करना, अर्थपूर्ण लक्ष्यों को निर्धारित करना, संबंधों का पोषण करना, कृतज्ञता का अभ्यास करना, शारीरिक और बौद्धिक स्वास्थ्य की देखभाल करना, प्रौद्योगिकी से अलग होना तथा आनंद और खेलकूद को अपनाना, आप अपने जीवन में आनंद और खुशी की रचना कर सकते हैं।

याद रखें, आनंद और खुशी की रचना करना प्रत्येक व्यक्ति के लिए अद्वितीय है तथा आपके लिए सबसे अच्छा काम करने के लिए प्रयोग और आत्म-प्रतिबिंब की आवश्यकता हो सकती है। अपने दैनिक जीवन में आनंद और खुशी को प्राथमिकता देने के लिए अपने प्रयासों में जानबूझकर और सुसंगत होना महत्त्वपूर्ण है। जैसे-जैसे आप आनंद और ख़ुशी की रचना करते हैं, आप कई लाभों का अनुभव करेंगे, जिनमें बेहतर बौद्धिक एवं शारीरिक स्वास्थ्य, बेहतर रिश्ते, लचीलेपन में वृद्धि और पूर्ति तथा उद्देश्य की एक बड़ी भावना शामिल है। इसलिए अपनी खुशी का जिम्मा स्वयं लें और आज से ही अपने जीवन में आनंद का विकास करना शुरू करें!

□

39

अंतर्ज्ञान और स्व-प्रेरणा को बढ़ाना

अंतर्ज्ञान, जिसे अकसर 'स्व-प्रेरणा' के रूप में संदर्भित किया जाता है, एक शक्तिशाली और सहज संज्ञानात्मक प्रक्रिया है, जो हमें अपने अवचेतन मस्तिष्क के संचित ज्ञान एवं अनुभवों के आधार पर त्वरित और सहज रूप से सरल निर्णय लेने की अनुमति देती है। यह वह 'आंतरिक भावना' या 'स्व-प्रेरणा' है, जो हमारा मार्गदर्शन करती है, कभी-कभी बिना किसी तार्किक व्याख्या के। इस अध्याय में हम अंतर्ज्ञान की अवधारणा, निर्णय लेने में इसके महत्त्व का पता लगाएँगे तथा हम अपनी बुद्धि का स्वामी बनने के लिए अपने अंतर्ज्ञान और स्व-प्रेरणा को कैसे बढ़ा सकते हैं?

अंतर्ज्ञान को समझना

अंतर्ज्ञान जानने का एक रूप है, जो सचेत तर्क या तार्किक विश्लेषण पर आधारित नहीं है। यह एक सहज, स्वचालित और तेजी से निर्णय लेने की प्रक्रिया है, जो हमारे आंतरिक ज्ञान, भावनाओं एवं अनुभवों को आकर्षित करती है। इसे अकसर एक 'स्व-प्रेरणा' या 'छठी इंद्रिय' के रूप में वर्णित किया जाता है, जो हमें क्यों या कैसे पूरी तरह से समझे बिना निर्णय लेने में मार्गदर्शन करती है?

अंतर्ज्ञान कई स्तरों पर संचालित होता है, जिसमें भावनात्मक, शारीरिक और संज्ञानात्मक शामिल हैं। भावनात्मक रूप से अंतर्ज्ञान अकसर प्रतिध्वनि या बेचैनी की भावना से जुड़ा होता है, यह दरशाता है कि कुछ सही या गलत लगता है। शारीरिक रूप से अंतर्ज्ञान शारीरिक संवेदनाओं के रूप में प्रकट हो सकता है, जैसे पेट में जकड़न, झुनझुनी या सनसनी। संज्ञानात्मक रूप से अंतर्ज्ञान अचानक अंतर्दृष्टि, रचनात्मक विचारों या किसी स्थिति या निर्णय के बारे में स्पष्टता की

भावना के रूप में प्रकट हो सकता है।

अंतर्ज्ञान को हमारे पिछले अनुभवों, भावनाओं और आंतरिक ज्ञान के संयोजन के रूप में देखा जा सकता है, जो हमारे अवचेतन मस्तिष्क में संगृहीत होते हैं। ये संचित अनुभव और ज्ञान मूल्यवान संसाधनों के रूप में कार्य करते हैं, जो वर्तमान क्षण में हमारा मार्गदर्शन कर सकते हैं।

निर्णय लेने में अंतर्ज्ञान का महत्त्व

अंतर्ज्ञान निर्णय लेने में एक महत्त्वपूर्ण भूमिका निभाता है, क्योंकि यह जटिल परिस्थितियों का सामना करते समय या कठिन विकल्प बनाते समय हमें मूल्यवान अंतर्दृष्टि और मार्गदर्शन प्रदान कर सकता है। जबकि हमारा चेतन मस्तिष्क तार्किक तर्क और विश्लेषण पर निर्भर करता है, हमारा अंतर्ज्ञान हमारे अवचेतन मस्तिष्क के विशाल ज्ञान एवं अनुभवों को अद्वितीय दृष्टिकोण और समाधान प्रदान करने के लिए टैप कर सकता है।

अंतर्ज्ञान उन स्थितियों में विशेष रूप से सहायक हो सकता है, जहाँ समय सीमित है और हमें त्वरित निर्णय लेने की आवश्यकता है। उदाहरण के लिए, अस्पष्ट लक्षणों वाले रोगी का निदान करते समय एक डॉक्टर अपने अंतर्ज्ञान पर भरोसा कर सकता है, या एक व्यापारिक नेता तेजी से बदलते बाजार में रणनीतिक निर्णय लेने के लिए अपनी स्व-प्रेरणा का उपयोग कर सकता है।

अंतर्ज्ञान हमारी तर्कसंगत निर्णय लेने की प्रक्रिया का भी पूरक हो सकता है। यह सूचना के एक अतिरिक्त स्रोत के रूप में काम कर सकता है तथा हमारे सचेत निर्णयों का मूल्यांकन और सत्यापन करने में हमारी मदद कर सकता है। जब हमारा अंतर्ज्ञान हमारे तार्किक तर्क के साथ संरेखित होता है, तो यह हमें हमारे विकल्पों में आत्मविश्वास और आश्वासन प्रदान कर सकता है।

अंतर्ज्ञान और स्व-प्रेरणा बढ़ाने के उदाहरण

हमारे अंतर्ज्ञान और स्व-प्रेरणा को विकसित करना एक मूल्यवान कौशल हो सकता है, क्योंकि यह हमें बेहतर निर्णय लेने, हमारे निर्णय में सुधार करने और अधिक आत्म-जागरूक बनने में मदद कर सकता है। यहाँ कुछ उदाहरण दिए गए हैं कि कैसे हम अपने अंतर्ज्ञान और स्व-प्रेरणा को बढ़ा सकते हैं?

चेतना पैदा करना—चेतना वर्तमान क्षण की चैतन्य स्थिति है। चेतना का अभ्यास करने से हमें अपने तेजी से बढ़ते विचारों को शांत करने, विकर्षणों को

कम करने और हमारे आंतरिक ज्ञान एवं अंतर्ज्ञान में ट्यून करने में मदद मिल सकती है।

उदाहरण के लिए, आइए, एक महिला सारा पर विचार करें, जो कॅरियर संबंधी निर्णय लेने में अपने अंतर्ज्ञान को बढ़ाना चाहती है। सारा ध्यान और प्रतिबिंब के लिए नियमित समय निर्धारित करके चेतना का अभ्यास करती है। सचेतनता के इन क्षणों के दौरान वह निर्णय या लगाव के बिना अपने विचारों, भावनाओं और शारीरिक संवेदनाओं पर ध्यान देती है।

सारा अपनी दैनिक गतिविधियों में सचेतनता का अभ्यास भी करती है, जैसे कि उसके शरीर के संकेतों को सुनना, बातचीत में पूरी तरह से उपस्थित होना और निर्णय के बिना अपने परिवेश का निरीक्षण करना। चेतना के माध्यम से सारा अपने आंतरिक स्व के साथ एक गहरा संबंध विकसित करती है, अपने अंतर्ज्ञान को बढ़ाती है और कॅरियर के निर्णय लेने में अपनी सहज भावना के प्रति अधिक अभ्यस्त हो जाती है।

भावनाओं का सम्मान करना—हमारी भावनाएँ हमारे अंतर्ज्ञान एवं स्व-प्रेरणा में मूल्यवान सुराग और अंतर्दृष्टि प्रदान कर सकती हैं। अपनी भावनाओं का सम्मान करके और बिना निर्णय या दमन के उन्हें सुनकर हम अपने अंतर्ज्ञान एवं स्व-प्रेरणा को अधिक प्रभावी ढंग से टैप कर सकते हैं।

उदाहरण के लिए, मान लें कि आप एक नौकरी की पेशकश पर विचार कर रहे हैं, जो कागज पर बहुत अच्छी लगती है, लेकिन आपको बेचैनी महसूस हो रही है। भावना को दूर करने या इसे युक्तिसंगत बनाने के बजाय, आप इसका सम्मान करना और इसे आगे तलाशना चुन सकते हैं। असुविधा के स्रोत पर विचार करने के लिए कुछ समय लें और आपकी भावनाएँ आपको क्या बताने की कोशिश कर रही हैं? यह हो सकता है कि आपका अंतर्ज्ञान किसी ऐसी चीज पर उठ रहा हो, जो आपके तार्किक मस्तिष्क से चूक गई हो, जैसे कि आपके मूल्यों के साथ गलत संरेखण या संभावित खतरा।

पिछले अनुभवों पर चिंतन करना—हमारे पिछले अनुभव मूल्यवान संसाधन हैं, जो हमारे अंतर्ज्ञान और स्व-प्रेरणा को सूचित कर सकते हैं। हमारी पिछली सफलताओं, असफलताओं और सीखे गए पाठों पर चिंतन करने से हमें वर्तमान समय में उस संचित ज्ञान और विज्ञान को आकर्षित करने में मदद मिल सकती है।

उदाहरण के लिए, कल्पना करें कि आप काम पर एक चुनौतीपूर्ण स्थिति

का सामना कर रहे हैं जिसके लिए संभावित जोखिमों और लाभों के साथ निर्णय की आवश्यकता है। अतीत में आपके सामने आई ऐसी ही स्थितियों पर विचार करना और आपने उन्हें कैसे नेविगेट किया, वर्तमान स्थिति के लिए अंतर्दृष्टि और मार्गदर्शन प्रदान कर सकता है। सही निर्णय लेने में आपका मार्गदर्शन करने के लिए आपका अंतर्ज्ञान उन पिछले अनुभवों पर आकर्षित हो सकता है।

प्रक्रिया पर भरोसा करना—हमारे अंतर्ज्ञान और स्व-प्रेरणा पर भरोसा करने के लिए प्रक्रिया पर नियंत्रण और भरोसा करने की आवश्यकता होती है। इसका अर्थ है कि इसके पीछे तार्किक तर्क को समझे या जाने बिना अंतर्दृष्टि और मार्गदर्शन प्राप्त करने के लिए खुला होना।

उदाहरण के लिए, मान लें कि आप अपनी टीम के साथ विचार-मंथन सत्र में हैं और आपके पास एक विचार है, जो अचानक और दृढ़ता से आपके पास आता है। हो सकता है कि आप यह समझाने में सक्षम न हों कि आपके पास वह विचार क्यों है? लेकिन आप उस पर भरोसा करना और उसे टीम के साथ साझा करना चुन सकते हैं। यह एक शानदार समाधान साबित हो सकता है, जिस पर आप केवल तार्किक विश्लेषण के माध्यम से नहीं पहुँच सकते।

अंतर्ज्ञान के लिए स्थान बनाना—हमारे व्यस्त और तेज गति वाले जीवन में अंतर्ज्ञान के उत्पन्न होने के लिए जगह बनाना आवश्यक है। इसका अर्थ है अपने आप को धीमा करने, मस्तिष्क को शांत करने तथा प्रतिबिंब और आत्म-निरीक्षण के अवसर पैदा करने की अनुमति देना।

उदाहरण के लिए, आप नियमित रूप से शांत प्रतिबिंब, जर्नलिंग या बस अपने अंतर्ज्ञान के लिए जगह बनाने के लिए प्रकृति में सैर कर सकते हैं। प्रौद्योगिकी से डिस्कनेक्ट करना, विकर्षणों को कम करना तथा अपने भीतर के ज्ञान को सुनने के लिए खुद को समय और स्थान देना आपके अंतर्ज्ञान एवं स्व-प्रेरणा को बढ़ाने में मदद कर सकता है।

अंत में, अंतर्ज्ञान एवं स्व-प्रेरणा को बढ़ाना एक मूल्यवान कौशल है, जो हमें बेहतर निर्णय लेने, हमारे निर्णय में सुधार करने और अधिक आत्म-जागरूक बनने में मदद कर सकता है। सचेतनता का विकास करके, अपनी भावनाओं का सम्मान करते हुए, पिछले अनुभवों पर चिंतन करते हुए, प्रक्रिया पर विश्वास करते हुए और अंतर्ज्ञान के लिए जगह बनाकर, हम अपने आंतरिक ज्ञान का दोहन कर सकते हैं और अपने प्रामाणिक, स्वयं के साथ तालमेल बिठाने वाले विकल्प चुन सकते हैं।

यह याद रखना महत्त्वपूर्ण है कि अंतर्ज्ञान अचूक नहीं है और यह निर्णय लेने

का एकमात्र आधार नहीं होना चाहिए। इसका उपयोग हमारे तर्कसंगत मस्तिष्क और महत्त्वपूर्ण सोच कौशल के संयोजन में किया जाना चाहिए। हालाँकि, अपने अंतर्ज्ञान को विकसित करने तथा उस पर भरोसा करने से हम मार्गदर्शन और ज्ञान के एक मूल्यवान स्रोत तक पहुँच सकते हैं, जो जीवन की जटिलताओं को नेविगेट करने में हमारी सहायता कर सकता है।

याद रखें, आपके पास अपने स्वयं के मस्तिष्क का स्वामी होने की शक्ति है, और अपने अंतर्ज्ञान एवं स्व-प्रेरणा की भावना को बढ़ाना आपकी व्यक्तिगत विकास और आत्म-निपुणता की यात्रा में एक शक्तिशाली उपकरण हो सकता है।

□

40
स्वस्थ आदतें बनाना

आदतें हमारे जीवन में महत्त्वपूर्ण भूमिका निभाती हैं। वे स्वत: व्यवहार और दिनचर्या हैं, जो हमारे दिनों को आकार देती हैं और हमारे समग्र कल्याण को प्रभावित करती हैं। सुबह अपने दाँतों को ब्रश करने से लेकर सोने से पहले सोशल मीडिया पर स्क्रॉल करने तक, आदतें हमारे शारीरिक स्वास्थ्य, बौद्धिक कल्याण और भावनात्मक स्थिति को प्रभावित कर सकती हैं। इसलिए अपनी स्वयं की बुद्धि के स्वामी बनने की हमारी यात्रा में स्वस्थ आदतों को विकसित करना महत्त्वपूर्ण है। इस अध्याय में हम स्वस्थ आदतें बनाने के महत्त्व का पता लगाएँगे और उदाहरण देंगे कि उन्हें कैसे विकसित और बनाए रखा जाए?

आदतों को समझना

आदतें व्यवहार में गहराई से निहित पैटर्न हैं, जो पुनरावृत्ति और सुदृढ़ीकरण के माध्यम से बनती हैं। वे 'बेसल गैन्लिया' में बनती हैं, मस्तिष्क का वह हिस्सा, जो आदत निर्माण और स्वचालित व्यवहार के लिए जिम्मेदार होता है। जब हम किसी व्यवहार को एक सुसंगत संदर्भ में दोहराते हैं, तो हमारा मस्तिष्क तंत्रिका पथ बनाता है, जो व्यवहार को अधिक स्वचालित और सचेत प्रयास पर कम निर्भर करता है।

आदतें या तो सकारात्मक या नकारात्मक हो सकती हैं, यह उन व्यवहारों पर निर्भर करता है, जिनमें हम बार-बार संलग्न होते हैं। उदाहरण के लिए, नियमित व्यायाम, चेतना अभ्यास और स्वस्थ भोजन जैसी आदतें सकारात्मक हो सकती हैं और हमारे समग्र कल्याण में योगदान दे सकती हैं। दूसरी ओर, अत्यधिक स्क्रीन समय, टालमटोल या अस्वास्थ्यकर भोजन जैसी आदतें हमारे शारीरिक और बौद्धिक स्वास्थ्य के लिए हानिकारक हो सकती हैं।

स्वस्थ आदतें बनाना

स्वस्थ आदतें बनाने के लिए जानबूझकर प्रयास और निरंतरता की आवश्यकता होती है। यहाँ कुछ उदाहरण दिए गए हैं कि आप स्वस्थ आदतों को कैसे विकसित और बनाए रख सकते हैं—

छोटी शुरुआत करें—स्वस्थ आदतें बनाते समय छोटी शुरुआत करना महत्त्वपूर्ण है। एक साथ बहुत से बदलाव करने की कोशिश भारी और अस्थिर हो सकती है। इसके बजाय एक समय में एक आदत पर ध्यान केंद्रित करें और इसे छोटे, प्रबंधनीय चरणों में तोड़ दें।

उदाहरण के लिए, यदि आप नियमित व्यायाम की आदत विकसित करना चाहते हैं, तो एक छोटे लक्ष्य से शुरुआत करें, जैसे कि सप्ताह में तीन बार 10 मिनट की सैर करना। एक बार जब यह आपकी दिनचर्या का एक सुसंगत हिस्सा बन जाता है, तो आप धीरे-धीरे अपने व्यायाम सत्रों की अवधि या आवृत्ति बढ़ा सकते हैं।

स्पष्ट और विशिष्ट लक्ष्य निर्धारित करें—स्पष्ट और विशिष्ट लक्ष्य निर्धारित करने से आपको अपनी वांछित आदत पर ध्यान केंद्रित करने में मदद मिलती है। अस्पष्ट लक्ष्य जैसे 'अधिक व्यायाम करें' या 'पौष्टिक खाएँ' विशिष्ट लक्ष्यों की तुलना में कम प्रभावी होते हैं जैसे 'प्रत्येक सोमवार, बुधवार और शुक्रवार को 30 मिनट की जॉगिंग करें' या 'प्रत्येक भोजन के साथ कम-से-कम एक हरी सब्जी खाएँ।'

एक स्पष्ट और विशिष्ट लक्ष्य होने से आपको एक स्पष्ट दिशा मिलती है और आपकी प्रगति को मापना आसान हो जाता है। यह आपको अपनी सफलता को ट्रैक करने और आवश्यकतानुसार समायोजन करने की भी अनुमति देता है।

एक योजना बनाएँ—स्वस्थ आदतें स्थापित करने के लिए एक योजना बनाना आवश्यक है। एक योजना आपको उन कदमों की रूपरेखा तैयार करने में मदद करती है जिन्हें आपको लेने की आवश्यकता है, आपको जिन संसाधनों की आवश्यकता है और संभावित बाधाओं का सामना करना पड़ सकता है।

उदाहरण के लिए, यदि आप दैनिक ध्यान की आदत स्थापित करना चाहते हैं, तो आप एक योजना बना सकते हैं जिसमें प्रत्येक दिन एक विशिष्ट समय निर्धारित करना, एक शांत और आरामदायक स्थान खोजना और अपने अभ्यास को निर्देशित करने के लिए ध्यान एप या अन्य संसाधनों का उपयोग करना शामिल है। एक योजना होने से आपको ट्रैक पर बने रहने और आने वाली चुनौतियों से पार पाने में मदद मिल सकती है।

इसे सुविधाजनक बनाएँ—आदत बनाने में सुविधा एक महत्त्वपूर्ण कारक है। यदि किसी आदत के लिए बहुत अधिक प्रयास या सुविधा की आवश्यकता होती है, तो उसके बने रहने की संभावना कम होती है। इसलिए, स्वस्थ आदतों को यथासंभव सुविधाजनक बनाना महत्त्वपूर्ण है।

उदाहरण के लिए, यदि आप दिन भर अधिक पानी पीने की आदत विकसित करना चाहते हैं, तो आप हर समय अपने साथ पानी की बोतल रख सकते हैं, अपने फोन पर रिमाइंडर सेट कर सकते हैं, या अपने डेस्क या काउंटरटॉप पर पानी का घड़ा रख सकते हैं। वांछित व्यवहार में शामिल होना आसान बनाकर, आप इसकी आदत बनने की संभावना बढ़ा देते हैं।

उत्तरदायित्व बनाएँ—उत्तरदायित्व आदत निर्माण के लिए एक शक्तिशाली प्रेरक हो सकता है। अपने लक्ष्यों और प्रगति को दूसरों के साथ साझा करके आप बाहरी उत्तरदायित्व की भावना पैदा करते हैं, जो आपको अपनी स्वस्थ आदतों के प्रति प्रतिबद्ध रहने में मदद कर सकता है।

उदाहरण के लिए, आप एक कसरत समूह, एक स्वस्थ खाने की चुनौती में शामिल हो सकते हैं, या एक जवाबदेही भागीदार ढूँढ़ सकते हैं, जो समान लक्ष्यों को साझा करता हो। आप किसी पत्रिका या एप में अपनी प्रगति को भी ट्रैक कर सकते हैं और नियमित रूप से अपनी सफलताओं और चुनौतियों की समीक्षा कर सकते हैं और उन पर विचार कर सकते हैं। अपनी आदत बनाने की प्रक्रिया में उत्तरदायित्व का निर्माण करने से आपको प्रेरित रहने और ट्रैक पर रहने में मदद मिल सकती है, भले ही आगे बढ़ना कठिन हो।

अस्वास्थ्यकर आदतों को स्वस्थ आदतों से बदलें—अस्वास्थ्यकर आदतों को तोड़ना चुनौतीपूर्ण हो सकता है, लेकिन उन्हें स्वस्थ विकल्पों के साथ बदलने से प्रक्रिया आसान हो सकती है। ट्रिगर्स या संकेतों की पहचान करें, जो आपकी अस्वास्थ्यकर आदतों को प्रेरित करते हैं और उन्हें बदलने के लिए स्वस्थ विकल्प ढूँढ़ते हैं।

उदाहरण के लिए, यदि आप तनावग्रस्त होने पर अस्वास्थ्यकर खाद्य पदार्थों का नाश्ता करते हैं, तो आप उस आदत को एक स्वस्थ मुकाबला तंत्र से बदल सकते हैं, जैसे कि टहलना, गहरी साँस लेने का अभ्यास करना या किसी मित्र से बात करना। अस्वास्थ्यकर आदतों को स्वस्थ आदतों से बदलकर आप न केवल नकारात्मक व्यवहारों के चक्र को तोड़ते हैं, बल्कि उनके स्थान पर नई, सकारात्मक आदतें भी स्थापित करते हैं।

लगातार और धैर्यवान बने रहें—स्वस्थ आदतें बनाने में समय और मेहनत लगती है और पूरी प्रक्रिया के दौरान लगातार और धैर्यवान बने रहना महत्त्वपूर्ण है। रास्ते में असफलताओं, चूकों और चुनौतियों का सामना करना सामान्य है। हालाँकि, यह आवश्यक है कि आप अपने लक्ष्यों के प्रति प्रतिबद्ध रहें और आसानी से हार न मानें।

याद रखें कि आदतें दोहराव से बनती हैं और नए व्यवहारों को स्वचालित बनने में समय लगता है। अपने प्रति दयालु बनें, आत्म-करुणा का अभ्यास करें और रास्ते में छोटी-छोटी जीत का जश्न मनाएँ। अपनी स्वस्थ आदतों के प्रति निरंतर, धैर्यवान और प्रतिबद्ध रहें और अंततः वे दूसरी प्रकृति बन जाएँगी।

स्वस्थ आदतों के उदाहरण

आइए, अब स्वस्थ आदतों के कुछ उदाहरण देखें, जिन्हें आप अपनी दिनचर्या में शामिल कर सकते हैं—

नियमित व्यायाम—शारीरिक स्वास्थ्य और सेहत को बनाए रखने के लिए व्यायाम महत्त्वपूर्ण है। नियमित व्यायाम की आदत स्थापित करने से कई लाभ हो सकते हैं, जिनमें बेहतर हृदय स्वास्थ्य, बढ़ी हुई शक्ति और लचीलापन, बेहतर मूड और कम तनाव शामिल हैं।

आप सप्ताह में तीन से पाँच दिन प्रतिदिन 30 मिनट के लिए टहलना, दौड़ना या साइकिल चलाना, जैसी सरल गतिविधियों से शुरुआत कर सकते हैं। आप अपनी रुचियों और फिटनेस स्तर के आधार पर व्यायाम के विभिन्न रूपों, जैसे तैराकी, योग या शक्ति प्रशिक्षण का भी पता लगा सकते हैं। खोजें कि आपके लिए सबसे अच्छा क्या है और इसे अपनी दिनचर्या का एक सुसंगत हिस्सा बनाएँ।

माइंडफुल ईटिंग—माइंडफुल ईटिंग एक स्वस्थ आदत है जिसमें बिना विचलित हुए भोजन के स्वाद, गंध, बनावट और आनंद पर ध्यान देना शामिल है। यह आपको भोजन के साथ एक स्वस्थ संबंध विकसित करने में मदद करता है और बिना सोचे-समझे खाने से रोकता है, जिससे अधिक खाने और कुपोषण से बचा जा सकता है।

आप धीरे-धीरे खाकर, प्रत्येक निवाले का स्वाद लेकर तथा भूख और परिपूर्णता के संकेतों पर ध्यान देकर सावधानीपूर्वक खाने का अभ्यास कर सकते हैं। विचलित होकर खाने से बचें, जैसे कि टी.वी. देखना या अपने कंप्यूटर पर काम करना, क्योंकि इससे बिना सोचे-समझे खाने की आदत पड़ सकती है। इसके

बजाय, अपने भोजन के लिए एक शांत और सुखद वातावरण बनाएँ और खाने के अनुभव के दौरान पूरी तरह उपस्थित रहें।

पर्याप्त नींद—नींद समग्र स्वास्थ्य और तंदुरुस्ती के लिए महत्त्वपूर्ण है। स्वस्थ नींद की आदतें स्थापित करने से आपकी मनोदशा, संज्ञानात्मक कार्य, प्रतिरक्षा प्रणाली और जीवन की समग्र गुणवत्ता में सुधार हो सकता है।

बिस्तर पर जाकर और हर दिन एक ही समय पर उठकर, यहाँ तक कि सप्ताहांत में भी, एक सुसंगत नींद कार्यक्रम बनाएँ। अपने शरीर को संकेत देने के लिए एक शांत सोने की दिनचर्या बनाएँ, जैसे कि किताब पढ़ना, गरम स्नान करना, या विश्राम तकनीकों का अभ्यास करना, यह समय आराम करने का है। उत्तेजक गतिविधियों से बचें, जैसे इलेक्ट्रॉनिक उपकरणों का उपयोग करना या सोते समय कैफीन का सेवन करना, क्योंकि यह आपकी नींद को बाधित कर सकता है।

दैनिक ध्यान या चेतना अभ्यास—ध्यान या चेतना अभ्यास एक स्वस्थ आदत है, जो आपकी बौद्धिक भलाई में सुधार कर सकती है, तनाव कम कर सकती है और आत्म-चेतना बढ़ा सकती है। इसमें निर्णय के बिना वर्तमान क्षण पर आपका ध्यान केंद्रित करना शामिल है।

आप प्रत्येक दिन बस कुछ मिनटों के ध्यान या सचेतन अभ्यास से शुरुआत कर सकते हैं और धीरे-धीरे अवधि बढ़ा सकते हैं, क्योंकि आप अधिक सहज हो जाते हैं। विभिन्न प्रकार के ध्यान या चेतना अभ्यास हैं, जैसे कि निर्देशित ध्यान, शरीर स्कैन, प्रेममय-कृपा ध्यान, या बस अपनी साँस का अवलोकन करना। एक अभ्यास खोजें, जो आपके साथ प्रतिध्वनित हो और लाभों को पुनः प्राप्त करने के लिए इसे अपनी दिनचर्या का नियमित हिस्सा बनाएँ।

हाइड्रेशन—हाइड्रेटेड रहना समग्र स्वास्थ्य और तंदुरुस्ती के लिए आवश्यक है। पूरे दिन पर्याप्त मात्रा में पानी पीने से उचित शारीरिक कार्यों को बनाए रखने, स्वस्थ पाचन का समर्थन करने, स्पष्ट त्वचा को बढ़ावा देने और निर्जलीकरण को रोकने में मदद मिल सकती है।

पूरे दिन नियमित रूप से पानी पीने की आदत बनाएँ और पानी की आसान पहुँच सुनिश्चित करने के लिए अपने साथ पानी की बोतल ले जाएँ। स्वाद बढ़ाने तथा इसे पीने हेतु और अधिक सुखद बनाने के लिए आप फलों, सब्जियों या जड़ी-बूटियों के साथ पानी भी मिला सकते हैं। शक्करयुक्त पेय या अत्यधिक कैफीन से बचें, क्योंकि वे आपके शरीर को निर्जलित कर सकते हैं।

कृतज्ञता का अभ्यास—कृतज्ञता का अभ्यास करना एक स्वस्थ आदत है, जो आपके बौद्धिक कल्याण और जीवन के समग्र दृष्टिकोण में सुधार कर सकती है। इसमें जानबूझकर आपके जीवन के सकारात्मक पहलुओं पर ध्यान केंद्रित करना और उनके लिए आभार व्यक्त करना शामिल है।

आप एक आभार पत्रिका रखकर और प्रत्येक दिन के लिए तीन चीजें लिख कर शुरू कर सकते हैं, जिनके लिए आप आभारी हैं। आप मौखिक या बौद्धिक रूप से भी आभार व्यक्त कर सकते हैं और वर्तमान क्षण की पूरी तरह से सराहना करने के लिए चेतना का अभ्यास कर सकते हैं। सकारात्मक बौद्धिकता विकसित करने के लिए अपनी दिनचर्या में कृतज्ञता को शामिल करें, जैसे सुबह या शाम के अनुष्ठानों के दौरान।

दैनिक गति—अच्छे शारीरिक स्वास्थ्य को बनाए रखने के लिए पूरे दिन नियमित गति आवश्यक है। लंबे समय तक बैठने से आपके आसन, चयापचय और समग्र स्वास्थ्य पर नकारात्मक प्रभाव पड़ सकता है। दैनिक क्रियाशीलता की आदत स्थापित करने से आपकी शारीरिक फिटनेस, ऊर्जा के स्तर और समग्र कल्याण में सुधार हो सकता है।

अपनी दैनिक दिनचर्या में क्रियाशीलता को शामिल करें, जैसे छोटी सैर करना, स्ट्रेचिंग करना या स्क्वाट या लंग्स के सरल व्यायाम करना। आप विभिन्न प्रकार की शारीरिक गतिविधियों का भी पता लगा सकते हैं जिनका आप आनंद लेते हैं, जैसे कि नृत्य करना, कोई खेल खेलना या फिटनेस क्लास लेना। अपने दिन के एक स्वाभाविक हिस्से को स्थानांतरित करने के तरीके खोजें, भले ही आपके पास गतिहीन नौकरी हो।

स्क्रीन टाइम को सीमित करना—आज के डिजिटल युग में, अत्यधिक स्क्रीन टाइम आपके बौद्धिक और शारीरिक स्वास्थ्य पर नकारात्मक प्रभाव डाल सकता है। स्क्रीन में बहुत अधिक समय व्यतीत करने से आँखों में तनाव, खराब नींद, गतिहीन व्यवहार और सामाजिक अलगाव हो सकता है।

अपने डिवाइस के उपयोग पर सीमाएँ निर्धारित करके स्क्रीन समय के आसपास स्वस्थ आदतें बनाएँ। स्क्रीन-मुक्त समय निर्धारित करें, जैसे भोजन के दौरान या सोने से एक घंटे पहले, ताकि आप खुद को डिस्कनेक्ट कर सकें और अन्य गतिविधियों पर ध्यान केंद्रित कर सकें। आप अपने समग्र स्क्रीन समय को कम करने के लिए स्क्रीन-मुक्त शौक या गतिविधियों में भी शामिल हो सकते हैं, जैसे कि किताब पढ़ना, प्रकृति में समय बिताना या शौक का अभ्यास करना।

स्व-देखभाल को प्राथमिकता देना—अच्छे बौद्धिक स्वास्थ्य और तंदुरुस्ती को बनाए रखने के लिए स्वयं की देखभाल आवश्यक है। इसमें आपकी शारीरिक, बौद्धिक और भावनात्मक जरूरतों की देखभाल के लिए जानबूझकर काररवाई करना शामिल है।

अपने शरीर, मस्तिष्क और आत्मा को पोषण देने वाली गतिविधियों को प्राथमिकता देकर स्वयं की देखभाल को अपनी दिनचर्या का एक आवश्यक हिस्सा बनाएँ। इसमें पर्याप्त नींद लेना, पौष्टिक भोजन खाना, जरूरत पड़ने पर ब्रेक लेना, विश्राम तकनीकों का अभ्यास करना, शौक में शामिल होना, प्रियजन के साथ समय बिताना और जरूरत पड़ने पर पेशेवर मदद लेना शामिल हो सकता है। स्व देखभाल को प्राथमिकता देने से आपको रिचार्ज करने, तनाव कम करने और अपने समग्र स्वास्थ्य में सुधार करने में मदद मिलेगी।

सकारात्मक संबंध बनाना—हमारे बौद्धिक और भावनात्मक कल्याण के लिए सकारात्मक संबंध महत्त्वपूर्ण हैं। अपने आप को सहायक, सकारात्मक और समान विचारधारा वाले व्यक्तियों के साथ घेरने से आपकी खुशी और जीवन की समग्र गुणवत्ता पर महत्त्वपूर्ण प्रभाव पड़ सकता है।

इसे अपने जीवन में सकारात्मक संबंधों को विकसित करने और बनाए रखने की आदत बनाएँ। इसमें प्रियजन के साथ समय बिताना, दोस्तों या परिवार के सदस्यों तक पहुँचना, सामाजिक या सामुदायिक समूहों में शामिल होना, स्वेच्छा से काम करना या जरूरत पड़ने पर पेशेवर सहायता प्राप्त करना शामिल हो सकता है। सकारात्मक संबंधों का पोषण करने से आपको जुड़ाव, समर्थन और भावनात्मक रूप से पूर्ण महसूस करने में मदद मिलेगी।

स्वस्थ आदतें बनाना आपके समग्र कल्याण में सुधार लाने और अपनी बुद्धि का स्वामी बनने के लिए खुद को सशक्त बनाने के लिए आवश्यक है। सचेत रूप से स्वस्थ आदतों को अपनी दिनचर्या में शामिल करके आप अपने शारीरिक, बौद्धिक और भावनात्मक स्वास्थ्य पर सकारात्मक प्रभाव डाल सकते हैं और अंततः अपने जीवन की गुणवत्ता में सुधार कर सकते हैं।

याद रखें कि स्वस्थ आदतें बनाने में समय और मेहनत लगती है। अपने आप के साथ धैर्य रखना और कुछ लचीलेपन की अनुमति देना महत्त्वपूर्ण है, क्योंकि आप नई दिनचर्या स्थापित करने की दिशा में काम करते हैं। छोटी शुरुआत करें, एक समय में एक आदत पर ध्यान दें और धीरे-धीरे उन पर अमल करें। संगति महत्त्वपूर्ण है, इसलिए इन आदतों का नियमित रूप से अभ्यास करने का लक्ष्य रखें

जब तक कि वे दूसरी प्रकृति न बन जाएँ।

इसके अलावा अपनी विशिष्ट आवश्यकताओं और जीवन-शैली के अनुरूप अपनी स्वस्थ आदतों को अनुकूलित करना महत्त्वपूर्ण है। एक व्यक्ति के लिए जो काम करता है, वह दूसरे के लिए काम नहीं कर सकता है, इसलिए अपने शरीर और मस्तिष्क को सुनना और उसके अनुसार समायोजन करना आवश्यक है। अपनी खुद की सीमाओं से सावधान रहें और पूरी प्रक्रिया के दौरान स्वयं की देखभाल को प्राथमिकता दें।

याद रखें कि आदतें दोहराव और निरंतरता से बनती हैं। स्वस्थ आदतें स्थापित करने में समय और प्रयास लग सकता है, लेकिन दीर्घकालिक लाभ इसके निश्चित हैं। दृढ़ संकल्प, आत्म-चेतना और जानबूझकर किए गए प्रयास से आप स्वस्थ आदतें बना सकते हैं, जो आपके शारीरिक, बौद्धिक और भावनात्मक कल्याण का समर्थन करती हैं और खुद को अपनी बुद्धि का स्वामी बनने के लिए सशक्त बनाती हैं।

अंत में, स्वस्थ आदतें बनाना आपके मस्तिष्क पर नियंत्रण रखने और आपके समग्र कल्याण में सुधार करने का एक शक्तिशाली उपकरण है। इसके लिए आत्म-चेतना, दृढ़ संकल्प और निरंतर प्रयास की आवश्यकता होती है, लेकिन दीर्घकालिक लाभ इसके अवश्यंभावी हैं। स्वस्थ आदतों में शामिल करें, जैसे आत्म-प्रतिबिंब, चेतना, नियमित व्यायाम, स्वस्थ भोजन, जलयोजन, कृतज्ञता, दैनिक क्रियाशीलता, स्क्रीन समय को सीमित करना, आत्म-देखभाल को प्राथमिकता देना और अपने जीवन में सकारात्मक संबंधों की रचना करना तथा अपने को बौद्धिक, भावनात्मक रूप से देखना। याद रखें, आपके पास स्वस्थ आदतें बनाने की शक्ति है, जो आपके जीवन को बदल सकती है और आपको अपनी बुद्धि का स्वामी बनने के लिए सशक्त कर सकती है। तो आज ही पहला कदम उठाएँ और ऐसी स्वस्थ आदतें बनाना शुरू करें, जो आने वाले वर्षों में आपकी भलाई में सहायक होंगी।

□

41
ध्यान की कला में महारत हासिल करना

ध्यान एक शक्तिशाली उपकरण है जिसका उपयोग सदियों से एक शांत और केंद्रित मस्तिष्क विकसित करने, तनाव कम करने, बौद्धिक स्पष्टता में सुधार करने और समग्र कल्याण को बढ़ाने के लिए किया जाता रहा है। यह एक प्राचीन विधि है, जो समय की कसौटी पर खरी उतरी है और मस्तिष्क, शरीर और आत्मा के लिए इसके कई लाभों के लिए व्यापक रूप से पहचानी जाती है। इस अध्याय में हम ध्यान की कला, इसके विभिन्न रूपों और तकनीकों का पता लगाएँगे और यह भी जानेंगे कि कैसे इसे अपनी बुद्धि का स्वामी बनने की यात्रा में एक मूल्यवान उपकरण बनाकर महारत हासिल की जा सकती है ?

ध्यान को समझना

ध्यान एक अभ्यास है जिसमें मस्तिष्क को गहन विश्राम, केंद्रित ध्यान और चेतना बढ़ाने के लिए प्रशिक्षित करना शामिल है। यह अकसर चेतना से जुड़ा होता है, जो बिना निर्णय के वर्तमान क्षण पर ध्यान देने का अभ्यास है। जबकि ध्यान की जड़ें प्राचीन आध्यात्मिक और धार्मिक परंपराओं में हैं, यह एक धर्मनिरपेक्ष अभ्यास बनने के लिए विकसित हुआ है, जो सभी पृष्ठभूमि और विश्वासों के लोगों के लिए सुलभ है।

ध्यान मस्तिष्क को खाली करने या पूर्ण मौन की स्थिति प्राप्त करने के बारे में नहीं है, बल्कि यह चेतना की गुणवत्ता विकसित करने के बारे में है, जो हमें अपने विचारों, भावनाओं और संवेदनाओं को उनमें उलझे बिना देखने की अनुमति देता है। यह एक अभ्यास है, जो हमारे विचारों से अलग होने की भावना पैदा करता है

तथा हमें उनके प्रति एक गैर-प्रतिक्रियात्मक और गैर-निर्णयात्मक रवैया विकसित करने में मदद करता है।

ध्यान के लाभ

ध्यान का अभ्यास वैज्ञानिक रूप से बौद्धिक, भावनात्मक और शारीरिक कल्याण के लिए व्यापक रूप से लाभकारी साबित हुआ है। ध्यान के कुछ प्रमुख लाभों में शामिल हैं—

कम तनाव और चिंता—ध्यान शरीर की विश्राम प्रतिक्रिया को सक्रिय करने के लिए दिखाया गया है, जो तनाव हारमोन के उत्पादन को कम करने और रक्तचाप को कम करने में मदद करता है। नियमित ध्यान अभ्यास व्यक्तियों को तनाव और चिंता को अधिक प्रभावी ढंग से प्रबंधित करने में मदद कर सकता है।

बेहतर बौद्धिक स्पष्टता और फोकस—ध्यान मस्तिष्क को वर्तमान में रहने तथा विकर्षणों से दूर न होने के लिए प्रशिक्षित करके एकाग्रता और ध्यान में सुधार करने में मदद करता है। यह संज्ञानात्मक कार्य को बढ़ा सकता है तथा स्मृति और ध्यान अवधि में सुधार कर सकता है।

आत्म-चेतना में वृद्धि—ध्यान आत्म-चेतना पैदा करता है, जिससे व्यक्ति अपने विचारों, भावनाओं और संवेदनाओं के प्रति अधिक अभ्यस्त हो जाते हैं। इस बढ़ी हुई आत्म-चेतना से बेहतर भावनात्मक विनियमन, बेहतर निर्णय लेने और आत्म-प्रतिबिंब में वृद्धि हो सकती है।

बढ़ी हुई भावनात्मक भलाई—ध्यान व्यक्तियों को चुनौतियों का सामना करने के लिए समभाव और शांत होने की अधिक भावना विकसित करने में मदद करके भावनात्मक लचीलापन और विनियमन में सुधार कर सकता है। यह करुणा, दया और कृतज्ञता जैसी सकारात्मक भावनाओं को भी बढ़ावा दे सकता है।

बेहतर शारीरिक स्वास्थ्य—ध्यान का शारीरिक स्वास्थ्य पर सकारात्मक प्रभाव पड़ता है, जिसमें कम सूजन, बेहतर प्रतिरक्षा कार्य और हृदय रोग तथा मधुमेह जैसी पुरानी स्थितियों का कम जोखिम शामिल है।

बढ़ी हुई रचनात्मकता और अंतर्ज्ञान—ध्यान मस्तिष्क को शांत करके और गहरी अंतर्दृष्टि और प्रेरणाओं को उत्पन्न होने की अनुमति देकर व्यक्तियों को उनकी आंतरिक रचनात्मकता और अंतर्ज्ञान में टैप करने में मदद कर सकता है।

ध्यान की कला में महारत हासिल करना

ध्यान एक कौशल है जिसे नियमित अभ्यास और समर्पण से विकसित किया जा सकता है। यहाँ कुछ प्रमुख सिद्धांत और तकनीकें हैं, जो व्यक्तियों को ध्यान की कला में महारत हासिल करने में मदद कर सकती हैं—

बुनियादी बातों से शुरू करें—यदि आप ध्यान में नए हैं, तो बुनियादी बातों से शुरुआत करना महत्त्वपूर्ण है। बैठने या लेटने के लिए एक शांत और आरामदायक जगह खोजें, जहाँ आपको परेशान न किया जाए। अपनी आँखें बंद करें और अपने शरीर और मस्तिष्क को आराम देने के लिए कुछ गहरी साँसें लें। छोटे सत्रों से शुरू करें, जैसे 5-10 मिनट और धीरे-धीरे अवधि बढ़ाएँ, क्योंकि आप अभ्यास के साथ अधिक सहज हो जाते हैं।

एक ध्यान तकनीक चुनें—ध्यान के विभिन्न रूप हैं और एक ऐसी तकनीक चुनना महत्त्वपूर्ण है, जो आपके साथ प्रतिध्वनित हो। ध्यान के कुछ सामान्य रूपों में चेतना मेडिटेशन, लविंग-काइंडनेस मेडिटेशन, बॉडी स्कैन मेडिटेशन और ब्रीद अवेयरनेस मेडिटेशन शामिल हैं। विभिन्न तकनीकों के साथ प्रयोग करें और जो आपको सबसे अच्छा लगे, उसे खोजें।

अपनी साँस पर ध्यान दें—ध्यान में उपयोग की जाने वाली सबसे आम तकनीकों में से एक है अपनी साँस पर ध्यान केंद्रित करना। अपनी साँस की अनुभूति पर ध्यान दें, क्योंकि यह आपकी नाक या आपकी छाती से अंदर और बाहर जाती है। इसे बदलने की कोशिश किए बिना लय, तापमान और प्रत्येक साँस की अनुभूति पर ध्यान दें। जब आपका मस्तिष्क इधर-उधर भटकता है, तो धीरे-धीरे बिना निर्णय या हताशा के अपना ध्यान अपनी साँसों पर वापस लाएँ।

चेतना पैदा करें—चेतना निर्णय के बिना वर्तमान क्षण पर ध्यान देने का अभ्यास है। इसमें आपके विचारों, भावनाओं, संवेदनाओं और आपके आसपास के वातावरण के बारे में पूरी तरह से उपस्थित होना और जागरूक होना शामिल है। जैसा कि आप ध्यान करते हैं, अपने अनुभव में, जो कुछ भी उत्पन्न होता है, उसके साथ संलग्न हुए बिना या इसे बदलने की कोशिश करके बस ध्यान से चेतना विकसित करें। चीजों को आने और जाने की अनुमति दें, और जब भी आपका मस्तिष्क भटके तो अपना ध्यान वर्तमान क्षण पर वापस लाएँ।

प्रेम-कृपा का अभ्यास करें—प्रेम-कृपा ध्यान, जिसे 'मेटा' ध्यान के रूप में भी जाना जाता है, में स्वयं और दूसरों के प्रति प्रेम और करुणा की भावना पैदा करना शामिल है। अपने प्रति प्रेम-कृपा को निर्देशित करके शुरू करें, फिर इसे

प्रियजन, परिचितों, अजनबियों और उन लोगों तक भी बढ़ाएँ, जिनके साथ आपको कठिनाइयाँ हो सकती हैं। "क्या मैं खुश रह सकता हूँ? क्या मैं स्वस्थ रह सकता हूँ? क्या मैं सुरक्षित रह सकता हूँ? क्या मैं आराम से रह सकता हूँ?" जैसे वाक्यांशों का उपयोग करें और उन्हें चुपचाप या जोर से दोहराएँ, क्योंकि आप खुद को और दूसरों को शुभकामनाएँ भेजते हैं।

धैर्य और निरंतरता विकसित करें—ध्यान एक अभ्यास है, जिसके लिए धैर्य और निरंतरता की आवश्यकता होती है। यह कुछ ऐसा नहीं है जिसे रातोरात हासिल किया जा सकता है और कभी-कभी प्रगति धीमी हो सकती है। अपने आप के साथ धैर्य रखें और अपने ध्यान सत्रों को 'अच्छा' या 'बुरा' मानने से बचें। बिना आसक्ति या द्वेष के अपने अभ्यास में, जो कुछ भी उत्पन्न होता है, बस उसका निरीक्षण करें और उसे स्वीकार करें। संगति भी महत्त्वपूर्ण है, इसलिए नियमित ध्यान की दिनचर्या स्थापित करने का प्रयास करें और इसे अपने दैनिक जीवन में एक आदत बना लें।

ध्यान को अपने दैनिक जीवन में शामिल करें—ध्यान केवल औपचारिक अभ्यास के दौरान की जाने वाली चीज नहीं है, बल्कि इसे आपके दैनिक जीवन में भी एकीकृत किया जा सकता है। जब आप अपनी दैनिक गतिविधियों, जैसे कि खाना, चलना, या दूसरों से बात करना, के बारे में सोचते हैं तो सचेतनता और चेतना का अभ्यास करें। ध्यान के गुण, जैसे कि उपस्थिति, गैर-निर्णय और करुणा, दूसरों के साथ अपनी बातचीत में और अपनी दिनचर्या में एक सचेत और सक्रिय जीवन जीने के तरीके को शामिल करें।

दैनिक जीवन में ध्यान के उदाहरण

ध्यान का अभ्यास आपके दैनिक जीवन में विभिन्न तरीकों से किया जा सकता है। यहाँ कुछ उदाहरण दिए गए हैं कि कैसे आप ध्यान को अपनी दिनचर्या में शामिल कर सकते हैं—

मॉर्निंग मेडिटेशन—अपने दिन की शुरुआत एक छोटे से मेडिटेशन सेशन से करें ताकि आने वाले दिन के लिए टोन सेट किया जा सके। एक शांत स्थान खोजें, आराम से बैठें और कुछ मिनटों के लिए अपनी चुनी हुई ध्यान तकनीक का अभ्यास करें। यह आपके दिन की शुरुआत एक शांत और केंद्रित मस्तिष्क के साथ करने में मदद कर सकता है और आपके बाकी के दिन के लिए एक सकारात्मक टोन सेट कर सकता है।

माइंडफुल ईटिंग—अपना भोजन करते समय चेतना का अभ्यास करें। अपने भोजन के स्वाद, बनावट और गंध पर ध्यान दें। धीरे-धीरे चबाएँ और प्रत्येक निवाले का स्वाद लें। ध्यान दें, जब आपका मस्तिष्क अन्य चीजों के लिए भटकता है और धीरे-धीरे अपना ध्यान अपने भोजन पर वापस लाएँ। यह आपको चेतना, स्वस्थ खाने की आदतों को विकसित करने और अपने भोजन के लिए अधिक सराहना करने में मदद कर सकता है।

वॉकिंग मेडिटेशन—अपनी दैनिक सैर को मेडिटेशन अभ्यास में बदल दें। अपने पैरों के जमीन से टकराने की अनुभूति, अपने शरीर की गति और अपने आसपास की आवाजों और नजारों पर ध्यान दें। अपने आप को विचारों या विकर्षणों में खोए बिना चलने की क्रिया का पूरी तरह से अनुभव करने दें।

माइंडफुल कम्युनिकेशन—दूसरों के साथ बातचीत के दौरान चेतना का अभ्यास करें। जिस व्यक्ति से आप बात कर रहे हैं, उसे पूरी तरह से सुनें, बिना किसी रुकावट के या यह सोचे कि आप आगे क्या कहेंगे? संवाद करते समय अपनी प्रतिक्रियाओं, भावनाओं एवं विचारों पर ध्यान दें और दया और करुणा के साथ प्रतिक्रिया दें। यह आपको अपने संचार कौशल को बेहतर बनाने में मदद कर सकता है, दूसरों के साथ अपने संबंधों को गहरा कर सकता है तथा दूसरों से संबंधित होने का एक अधिक विचारशील और दयालु तरीका विकसित कर सकता है।

बेडटाइम मेडिटेशन—सोने से पहले अपनी बुद्धि और शरीर को आराम देने के लिए मेडिटेशन सेशन के साथ अपने दिन का अंत करें। बिस्तर पर आराम से लेट जाएँ और दिन भर के तनाव और चिंताओं को दूर करने के लिए विश्राम तकनीक या निर्देशित ध्यान का अभ्यास करें। यह आपको रात की आरामदायक नींद लेने और सुबह तरोताजा महसूस करने में मदद कर सकता है।

मस्तिष्की काम—ध्यान का अभ्यास करने के लिए या बस इस समय उपस्थित रहने के लिए दिन भर में छोटे-छोटे ब्रेक लेकर अपने काम में सावधानी बरतें। अपनी साँस पर ध्यान दें, अपने शरीर की संवेदनाओं पर ध्यान दें और अपने विचारों एवं भावनाओं को उनमें उलझे बिना देखें। यह आपको तनाव कम करने, ध्यान केंद्रित करने तथा उत्पादकता बढ़ाने में मदद कर सकता है और काम करने के लिए अधिक मस्तिष्की दृष्टिकोण पैदा कर सकता है।

मस्तिष्क लगाकर घर के काम—सांसारिक (घर के) कामों को एक ध्यान अभ्यास में बदल दें। काम पर पूरा ध्यान दें, चाहे वह बरतन धोना हो, कपड़े धोना हो या अपने घर की सफाई करना हो। कार्य से जुड़ी संवेदनाओं, हलचलों और गंधों

पर ध्यान दें तथा उत्पन्न होने वाले किसी भी विचार या विकर्षण को जाने दें। यह आपको रोजमर्रा की गतिविधियों में चेतना पैदा करने और उन्हें ध्यान के अवसरों में बदलने में मदद कर सकता है।

प्रकृति ध्यान—प्रकृति में समय बिताएँ और इसे ध्यान अभ्यास के रूप में प्रयोग करें। पार्क में टहलने जाएँ, समुद्र तट पर बैठें या पहाड़ों में लंबी पैदल यात्रा करें। प्रकृति के नजारों, आवाजों एवं महक पर ध्यान दें और इस समय खुद को पूरी तरह से मौजूद रहने दें। यह आपको प्राकृतिक दुनिया से जुड़ने, तनाव कम करने तथा अपने आसपास की सुंदरता के लिए विस्मय और प्रशंसा की भावना पैदा करने में मदद कर सकता है।

अनुकंपा ध्यान—स्वयं को और दूसरों को शुभकामनाएँ भेजकर करुणामय ध्यान का अभ्यास करें। आराम से बैठें और चुपचाप वाक्यांशों को दोहराएँ, जैसे "सभी प्राणी सुखी हों, सभी प्राणी स्वस्थ हों, सभी प्राणी सुरक्षित हों।" अपने आप को, प्रियजन को, परिचितों को, अजनबियों को और यहाँ तक कि उन लोगों को भी शामिल करें जिनके साथ आपको कठिनाइयाँ हो सकती हैं। यह आपको करुणा, सहानुभूति और सभी प्राणियों के साथ परस्पर जुड़ाव की भावना पैदा करने में मदद कर सकता है।

अंत में, ध्यान आपके मस्तिष्क की कला में महारत हासिल करने का एक शक्तिशाली उपकरण है। यह आपको आंतरिक शक्ति विकसित करने, तनाव का प्रबंधन करने, आत्म-चेतना बढ़ाने और जीवन जीने का एक अधिक विचारशील और दयालु तरीका विकसित करने में मदद कर सकता है। नियमित रूप से ध्यान का अभ्यास करके और इसे अपने दैनिक जीवन में शामिल करके, आप अपने स्वयं के मस्तिष्क के स्वामी बन सकते हैं तथा अधिक संतुलित, शांतिपूर्ण और पूर्ण जीवन जी सकते हैं।

याद रखें, ध्यान एक अभ्यास है और प्रगति धीरे-धीरे हो सकती है। स्वयं के साथ धैर्य रखें और अपने ध्यान अभ्यास को जिज्ञासा, खुलेपन और गैर-निर्णय के दृष्टिकोण के साथ करें। विभिन्न तकनीकों के साथ प्रयोग करें, खोजें कि आपके लिए सबसे अच्छा क्या है और इसे अपनी दिनचर्या का हिस्सा बनाएँ। समय और निरंतरता के साथ आप एक मजबूत ध्यान अभ्यास विकसित कर सकते हैं, जो आपके बौद्धिक, भावनात्मक एवं शारीरिक कल्याण का समर्थन करता है तथा आपको जीवन की चुनौतियों को अधिक आसानी और लचीलेपन के साथ नेविगेट करने में मदद करता है।

इसलिए, एक गहरी साँस लें, आराम से बैठें और ध्यान की कला में महारत हासिल करने की यात्रा शुरू करें। आंतरिक शांति, स्पष्टता और ज्ञान की खोज करें, जो आपके भीतर है, साथ ही अपनी बुद्धि की पूरी क्षमता को अनलॉक करें। आपके पास अपनी बुद्धि को बदलने की शक्ति है और आत्म-खोज और आत्म-निपुणता की इस सुंदर यात्रा पर ध्यान आपका मार्गदर्शक हो सकता है।

□

42

नींद और आराम

नींद हमारे शारीरिक और बौद्धिक कल्याण का एक अनिवार्य पहलू है। यह हमारे समग्र स्वास्थ्य, संज्ञानात्मक कार्य, भावनात्मक विनियमन और दैनिक प्रदर्शन में महत्त्वपूर्ण भूमिका निभाती है। हालाँकि, आज की तेज-तर्रार दुनिया में बहुत से लोग नींद की समस्या से जूझते हैं, जैसे कि सोने में कठिनाई, सोते रहना या आराम की नींद लेना। इस अध्याय में हम नींद और आराम को बेहतर बनाने के लिए विभिन्न रणनीतियों एवं उदाहरणों का पता लगाएँगे, ताकि हम अपना जीवन सफल बना सकें।

नींद के महत्त्व को समझना

नींद केवल बेहोशी की एक निष्क्रिय अवस्था नहीं है; यह एक सक्रिय प्रक्रिया है, जो हमारे शारीरिक और बौद्धिक स्वास्थ्य में महत्त्वपूर्ण भूमिका निभाती है। नींद के दौरान हमारा शरीर कई महत्त्वपूर्ण प्रक्रियाओं से गुजरता है, जैसे ऊतक की मरम्मत, हारमोन विनियमन और स्मृति समेकन। नींद क्यों जरूरी है? इसके कुछ प्रमुख कारण यहाँ दिए गए हैं—

शरीर को पुनर्स्थापित करना—नींद शरीर को स्वयं की मरम्मत और पुनर्स्थापित करने की अनुमति देती है। नींद के दौरान शरीर विकास हारमोन पैदा करता है, जो ऊतक की मरम्मत, सेल पुनर्जनन और प्रतिरक्षा प्रणाली के कामकाज में मदद करता है। यह चयापचय, रक्त शर्करा के स्तर और हृदय स्वास्थ्य को विनियमित करने में भी मदद करता है।

संज्ञानात्मक कार्य को बढ़ाना—नींद सीखने, स्मृति समेकन, समस्या-समाधान और रचनात्मकता जैसी संज्ञानात्मक प्रक्रियाओं में महत्त्वपूर्ण भूमिका

निभाती है। यह मस्तिष्क की प्रक्रिया में मदद करती है और सूचना को व्यवस्थित करती है, जो जागने के घंटों के दौरान इष्टतम संज्ञानात्मक प्रदर्शन के लिए महत्त्वपूर्ण है।

भावनात्मक विनियमन—नींद भावनात्मक भलाई से निकटता से जुड़ी हुई है। भावनात्मक नियमन, मूड स्थिरता और तनाव प्रबंधन के लिए पर्याप्त नींद महत्त्वपूर्ण है। नींद की कमी से चिड़चिड़ापन, मिजाज और भावनात्मक प्रतिक्रिया में वृद्धि हो सकती है।

शारीरिक प्रदर्शन—शक्ति, धीरज, समन्वय और संतुलन सहित शारीरिक प्रदर्शन के लिए नींद महत्त्वपूर्ण है। एथलीटों, विशेष रूप से, इष्टतम प्रदर्शन और पुनर्प्राप्ति के लिए पर्याप्त नींद की आवश्यकता होती है।

समग्र स्वास्थ्य—पुरानी नींद की कमी को विभिन्न स्वास्थ्य मुद्दों से जोड़ा गया है, जैसे मोटापा, मधुमेह, हृदय रोग, कमजोर प्रतिरक्षा प्रणाली और बौद्धिक स्वास्थ्य विकार। संपूर्ण स्वास्थ्य और तंदुरुस्ती के लिए पर्याप्त, गुणवत्तापूर्ण नींद लेना आवश्यक है।

आइए, अब नींद और आराम को बेहतर बनाने के लिए कुछ रणनीतियों और उदाहरणों का पता लगाएँ, ताकि आप अपनी बुद्धि पर काबू पा सकें।

नींद के अनुकूल वातावरण बनाना

जिस वातावरण में आप सोते हैं, वह आपकी नींद की गुणवत्ता में महत्त्वपूर्ण भूमिका निभाता है। नींद के अनुकूल वातावरण बनाने के लिए यहाँ कुछ रणनीतियाँ और उदाहरण दिए गए हैं—

अपने बेडरूम में अँधेरा रखें—सुनिश्चित करें कि सोते समय आपके बेडरूम में अँधेरा हो। किसी भी बाहरी प्रकाश को अवरुद्ध करने के लिए काले परदे का उपयोग करें और चमकदार स्क्रीन वाले किसी भी इलेक्ट्रॉनिक उपकरण को हटाने पर विचार करें, जो आपके सर्केडियन लय को बाधित कर सकता है।

एक आरामदायक तापमान बनाए रखें—अपने बेडरूम को ठंडे, आरामदायक तापमान पर रखें, जो सोने के लिए अनुकूल हो। अत्यधिक गरमी या ठंड से बचें, क्योंकि वे आपकी नींद में खलल डाल सकते हैं।

शोर कम करें—अपने बेडरूम में ईयरप्लग, शोररोधी मशीन या ध्वनिरोधी का उपयोग करके शोर को कम करें। शोर आपकी नींद में खलल डाल सकता है और इसकी गुणवत्ता को प्रभावित कर सकता है।

आरामदायक गद्दे और तकिए—आरामदायक गद्दा और तकिए अच्छी नींद के लिए महत्त्वपूर्ण हैं। एक गद्दा और तकिया चुनें, जो आपके शरीर एवं नींद की प्राथमिकताओं का समर्थन करते हैं तथा जब वे खराब हो जाते हैं या असुविधाजनक होते हैं तो उन्हें बदल दें।

अपने शयनकक्ष को व्यवस्थित करें—आराम व शांत वातावरण बनाने के लिए अपने शयनकक्ष को साफ और व्यवस्थित रखें। अव्यवस्था दृश्य विकर्षण पैदा कर सकती है और आपकी नींद की गुणवत्ता को प्रभावित कर सकती है।

लगातार नींद की दिनचर्या स्थापित करना

नींद की नियमित दिनचर्या होने से आपके शरीर की आंतरिक घड़ी को विनियमित करने और आपकी नींद की गुणवत्ता में सुधार करने में मदद मिल सकती है। यहाँ कुछ रणनीतियाँ और उदाहरण दिए गए हैं, जिनसे एक सुसंगत नींद की दिनचर्या स्थापित की जा सकती है—

नियमित सोने का समय निर्धारित करें—हर दिन एक ही समय पर सोने और उठने की कोशिश करें, जिसमें सप्ताहांत भी शामिल है। यह आपकी सर्कैडियन लय को विनियमित करने में मदद करता है और बेहतर नींद की गुणवत्ता को बढ़ावा देता है।

सोने का एक समय निर्धारित करें—अपने शरीर को संकेत देने के लिए सोने की एक आरामदेह दिनचर्या स्थापित करें कि यह आराम करने और सोने के लिए तैयार होने का समय है। इसमें पढ़ना, शांत करने वाला संगीत सुनना, विश्राम तकनीकों का अभ्यास करना या गरम स्नान करना, जैसी गतिविधियाँ शामिल हो सकती हैं।

सोने से पहले स्क्रीन के संपर्क को सीमित करें—इलेक्ट्रॉनिक उपकरणों, जैसे स्मार्टफोन, टैबलेट और कंप्यूटर से निकलने वाली नीली रोशनी, नींद को नियंत्रित करने वाले हारमोन मेलाटोनिन के उत्पादन को बाधित कर सकती है। बेहतर नींद को बढ़ावा देने के लिए सोने से कम-से-कम एक घंटे पहले अपना स्क्रीन समय सीमित करें।

सोने से पहले उत्तेजक गतिविधियों से बचें—उत्तेजक गतिविधियों में संलग्न होना, जैसे गहन व्यायाम, काम से संबंधित कार्य या तनावपूर्ण चर्चा, सोने के समय के करीब होने से आपके शरीर और मस्तिष्क को आराम करना मुश्किल हो सकता है। अपने शरीर को आराम करने और विश्राम के लिए तैयार करने के लिए सोने से

पहले ऐसी गतिविधियों से बचने की कोशिश करें।

सोने के समय शांत वातावरण बनाएँ—अपने सोने के समय के वातावरण को शांत और आरामदेह बनाएँ। इसमें रोशनी को कम करना, लैवेंडर जैसी आरामदायक सुगंध का उपयोग करना तथा आरामदायक कंबल और तकिए के साथ आरामदायक नींद का माहौल बनाना शामिल हो सकता है।

बेहतर नींद के लिए जीवन-शैली कारकों का प्रबंध करना

कई जीवन-शैली कारक आपकी नींद की गुणवत्ता को प्रभावित कर सकते हैं। स्वस्थ जीवन-शैली के विकल्प बनाकर आप अपनी नींद और आराम में सुधार कर सकते हैं। यहाँ कुछ रणनीतियाँ और उदाहरण दिए गए हैं—

नियमित व्यायाम—दिन के दौरान नियमित शारीरिक गतिविधि आपकी नींद की गुणवत्ता में सुधार करने में मदद कर सकती है। हालाँकि, सोने के समय के करीब कठिन व्यायाम से बचें, क्योंकि इसका विपरीत प्रभाव हो सकता है और आपके शरीर को उत्तेजित कर सकता है।

संतुलित आहार—स्वस्थ, संतुलित आहार खाने से भी आपकी नींद की गुणवत्ता प्रभावित हो सकती है। सोने से पहले भारी भोजन, कैफीन और शराब से बचें, क्योंकि ये आपकी नींद को बाधित कर सकते हैं। इसके बजाय हलका, पौष्टिक भोजन चुनें और उत्तेजक पदार्थों का सेवन सीमित करें।

तनाव का प्रबंधन करें—उच्च स्तर का तनाव आपकी नींद को बाधित कर सकता है। तनाव को प्रभावी ढंग से प्रबंधित करने और अपनी नींद में सुधार करने के लिए तनाव प्रबंधन तकनीकों का अभ्यास करें, जैसे विश्राम अभ्यास, चेतना या चिकित्सक से बात करना।

शांत सोने का रुटीन बनाएँ—शांत सोने का रुटीन स्थापित करने से आपको आराम करने और नींद के लिए तैयार होने में मदद मिल सकती है। इसमें पढ़ने, शांत संगीत सुनने या विश्राम तकनीकों में शामिल होने जैसी गतिविधियाँ शामिल हो सकती हैं।

झपकी लेना सीमित करें—जहाँ कुछ लोगों के लिए झपकी लेना फायदेमंद हो सकता है, वहीं दिन में अत्यधिक झपकी लेना आपकी रात की नींद को बाधित कर सकता है। रात में अपनी नींद में बाधा डालने से बचने के लिए दिन में 20-30 मिनट तक झपकी लें।

शराब और कैफीन का सेवन सीमित करें—शराब और कैफीन नींद को बाधित

करने के लिए जाने जाते हैं। अपनी नींद की गुणवत्ता में सुधार के लिए इन पदार्थों का सेवन सीमित करें, विशेष रूप से सोने के समय के करीब।

बेहतर नींद के लिए रिलैक्सेशन तकनीकों का अभ्यास

रिलैक्सेशन तकनीक आपके मस्तिष्क और शरीर को शांत करने में मदद कर सकती है, बेहतर नींद को बढ़ावा दे सकती है। यहाँ कुछ विश्राम तकनीकें हैं, जिनका आप अभ्यास कर सकते हैं—

गहरी साँस लेना—गहरी साँस लेना एक सरल विश्राम तकनीक है, जो आपके मस्तिष्क और शरीर को शांत करने में मदद कर सकती है। आराम से लेट जाएँ और अपनी नाक से धीमी, गहरी साँस लें और मुँह से बाहर छोड़ें। अपनी साँस पर ध्यान दें और खुद को आराम करने दें।

प्रोग्रेसिव मसल रिलैक्सेशन—प्रोग्रेसिव मसल रिलैक्सेशन में तनाव मुक्त करने और विश्राम को बढ़ावा देने के लिए आपके शरीर में विभिन्न मांसपेशी समूहों को तानना और आराम देना शामिल है। आराम से लेट जाएँ और अपने पैर की उँगलियों के तनाव और आराम से शुरू करें, फिर अपने पैरों, जाँघों, पेट, छाती, बाँहों आदि पर ऊपर की ओर बढ़ें, जब तक कि आप अपने सिर तक नहीं पहुँच जाते।

गाइडेड इमेजरी—गाइडेड इमेजरी में शांत करने वाली बौद्धिक छवियाँ बनाने के लिए आपकी कल्पना का उपयोग करना शामिल है। आप पहले से रिकॉर्ड किए गए निर्देशित इमेजरी सत्र सुन सकते हैं या अपना खुद का बना सकते हैं। अपने आप को एक शांतिपूर्ण, शांत वातावरण में कल्पना करें, जैसे समुद्र तट, जंगल या घास का मैदान और अपने आप को आराम करने दें और किसी भी तनाव को जाने दें।

ध्यान—ध्यान एक शक्तिशाली विश्राम तकनीक है, जो आपके मस्तिष्क और शरीर को शांत करने में मदद कर सकती है, बेहतर नींद को बढ़ावा दे सकती है। विभिन्न प्रकार के ध्यान हैं, जैसे सचेतन ध्यान, प्रेमपूर्ण दयालुता ध्यान और शरीर स्कैन ध्यान, जिनका अभ्यास आप आराम करने तथा नींद के लिए तैयार करने के लिए कर सकते हैं।

योग—योग व्यायाम का एक कोमल रूप है, जो शारीरिक गति को ध्यान व विश्राम तकनीकों के साथ जोड़ता है, जिससे यह नींद और आराम में सुधार के लिए एक उत्कृष्ट अभ्यास बन जाता है। कुछ योग मुद्राएँ, जैसे कि बाल मुद्रा, लैग-अप-द-वॉल मुद्रा तथा शव मुद्रा-सा शवासन, आपके शरीर को आराम देने और आपके मस्तिष्क को शांत करने में मदद कर सकते हैं, बेहतर नींद को बढ़ावा दे सकते हैं।

अरोमा थेरैपी—अरोमा थेरैपी के माध्यम से शांत सुगंध, जैसे लैवेंडर, कैमोमाइल, या बर्गमोट का उपयोग करना, बेहतर नींद को बढ़ावा देने, आपके मस्तिष्क और शरीर को आराम करने में मदद कर सकता है। आप एक विसारक में आवश्यक तेलों का उपयोग कर सकते हैं, उन्हें अपने तकिए पर स्प्रे कर सकते हैं या शांत सोने का माहौल बनाने के लिए उन्हें गरम स्नान में डाल सकते हैं।

बेहतर नींद—अच्छी बेहतर नींद की आदतों का अभ्यास करने से आपकी नींद की गुणवत्ता पर बहुत प्रभाव पड़ सकता है। इसमें एक सुसंगत नींद कार्यक्रम स्थापित करना, अपने शयनकक्ष को अँधेरे, शांत और आरामदायक तापमान पर रखना और केवल सोने एवं अंतरंगता के लिए अपने बिस्तर का उपयोग करना शामिल है।

अनिद्रा के लिए संज्ञानात्मक व्यवहार थेरैपी—यह एक प्रकार की थेरैपी है, जो नींद से संबंधित नकारात्मक विचार पैटर्न और व्यवहार को पहचानने व बदलने पर केंद्रित है। यह नींद की गुणवत्ता में सुधार करने में अत्यधिक प्रभावी है और अकसर इसका उपयोग अनिद्रा के लिए प्रथम-पंक्ति उपचार के रूप में किया जाता है।

नींद और आराम में सुधार के वास्तविक जीवन के उदाहरण

आइए, कुछ वास्तविक जीवन के उदाहरणों पर नजर डालें कि कैसे लोगों ने अपनी नींद और आराम में सफलतापूर्वक सुधार किया है—

सीमा 30 के दशक के मध्य में एक कामकाजी पेशेवर, रात भर सोने के लिए संघर्ष करती थी। उसने एक शांत सोने की दिनचर्या बनाने का फैसला किया, जिसमें एक किताब पढ़ना, गहरी साँस लेने का अभ्यास करना और एक विसारक में लैवेंडर का उपयोग करना शामिल था। उसने एक सुसंगत नींद कार्यक्रम भी स्थापित किया, कैफीन का सेवन सीमित किया और सोने से पहले स्क्रीन से परहेज किया। इन परिवर्तनों के साथ, सीमा ने अपनी नींद की गुणवत्ता में महत्त्वपूर्ण सुधार देखा और दिन के दौरान अधिक तरोताजा और ऊर्जावान महसूस किया।

मनोज अपने शुरुआती 20 के दशक में एक कॉलेज का छात्र, देर रात तक पढ़ाई करने और दिन में बार-बार झपकी लेने के कारण अनियमित नींद के पैटर्न का इस्तेमाल करता था। उसने अपनी नींद को प्राथमिकता देने का फैसला किया, एक सुसंगत नींद कार्यक्रम स्थापित किया और दिन के दौरान अपनी झपकी को 20 मिनट तक सीमित कर दिया। उसने आराम करने तथा आराम करने में मदद करने के लिए सोने से पहले व्यायाम न करने और ध्यान का भी अभ्यास किया। नतीजतन,

मनोज की नींद की गुणवत्ता में सुधार हुआ और उसने खुद को अपनी कक्षाओं के दौरान अधिक सतर्क व केंद्रित पाया।

40 के दशक के अंत में घर पर रहने वाली लता, रात में बेसिर-पैर के विचारों और चिंता से जूझती थी, जिससे उसकी सो जाने की क्षमता प्रभावित होती थी। उसने अपनी बुद्धि को शांत करने तथा अपने शरीर को आराम देने के लिए सोने से पहले चेतना मेडिटेशन और गाइडेड इमेजरी का अभ्यास करने का फैसला किया। उसने मंद रोशनी का उपयोग करके, नरम संगीत बजाकर और सोने से पहले स्क्रीन से परहेज करके एक शांत सोने का माहौल भी बनाया। इन परिवर्तनों के साथ, लता ने अपनी रात की चिंता में उल्लेखनीय कमी देखी और उसकी नींद की गुणवत्ता में सुधार हुआ।

अंत में, नींद व आराम में सुधार समग्र कल्याण और बौद्धिक स्वास्थ्य के लिए महत्त्वपूर्ण है। स्वस्थ नींद की आदतों को शामिल करके, जीवन-शैली के कारकों को प्रबंधित करके और विश्राम तकनीकों का अभ्यास करके आप अपनी नींद की गुणवत्ता को प्रभावी ढंग से बढ़ा सकते हैं तथा तरोताजा और कायाकल्प महसूस कर सकते हैं। याद रखें, हर किसी की नींद की जरूरतें अलग-अलग होती हैं, इसलिए यह जानना जरूरी है कि आपके लिए सबसे अच्छा क्या है? और इसे अपनी दिनचर्या में प्राथमिकता दें। निरंतर प्रयास और अभ्यास से आप अपने स्वयं के मस्तिष्क के स्वामी बन सकते हैं और आरामदायक नींद प्राप्त कर सकते हैं।

□

43

जाने देने की कला में महारत हासिल करना

अपनी बुद्धि पर काबू पाने के लिए सबसे आवश्यक कौशल में से एक है जाने देने की क्षमता। जाने देना उन विचारों, भावनाओं, विश्वासों और स्थितियों से लगाव को मुक्त करना है, जो अब आपके लिए बेकार हैं। इसके लिए नियंत्रण मुक्त करने, वर्तमान क्षण को आत्मसमर्पण करने और प्रतिरोध के बिना जीवन को प्रवाहित करने की इच्छा की आवश्यकता होती है। जाने देने की कला में महारत हासिल करने से अधिक शांति, स्वतंत्रता और कल्याण हो सकता है। इस अध्याय में हम जाने देने की अवधारणा का पता लगाएँगे, यह बौद्धिक निपुणता के लिए क्यों महत्त्वपूर्ण है ? और इसके उदाहरण प्रदान करेंगे कि आप अपने दैनिक जीवन में जाने देने के कौशल को कैसे विकसित कर सकते हैं ?

जाने देने की अवधारणा को समझना

जाने देना हार मानने या निष्क्रिय होने के बारे में नहीं है। यह आसक्ति की पकड़ को मुक्त करने, प्रतिरोध को मुक्त करने और जीवन को स्वाभाविक रूप से प्रकट होने देने के बारे में है। यह पहचानने के बारे में है कि कुछ चीजें आपके नियंत्रण से बाहर हैं और उन पर टिके रहना केवल पीड़ा का कारण बनता है। जाने देना समर्पण और स्वीकार करने की एक प्रक्रिया है, बिना निर्णय या प्रतिरोध के। इसमें उन विचारों, भावनाओं, विश्वासों और स्थितियों को जारी करना शामिल है, जो अब आपकी सेवा नहीं कर रहे हैं और नए अनुभवों, दृष्टिकोणों और संभावनाओं के लिए जगह बना रहे हैं।

जाने देने का मतलब अतीत को भूलना या अनदेखा करना नहीं है और न ही इसका मतलब भविष्य की उपेक्षा करना है। इसका अर्थ है इस क्षण में पूरी तरह से उपस्थित होना और अपने आप को अतीत से चिपके बिना या भविष्य को समझे बिना जीवन के प्रवाह का अनुभव करने की अनुमति देना। इसका अर्थ है अपने विचारों व भावनाओं से अवगत होना और उन्हें पकड़े बिना उन्हें आगे बढ़ने देना। इसका अर्थ है—नियंत्रण की आवश्यकता को मुक्त करना और विश्वास करना कि जीवन अपने प्राकृतिक तरीके से प्रकट होगा।

बौद्धिक निपुणता के लिए जाने देना क्यों महत्त्वपूर्ण है?

जाने देना बौद्धिक निपुणता के लिए एक महत्त्वपूर्ण कौशल है, क्योंकि यह आपको अतीत के बंधनों, भविष्य की चिंताओं और अपने स्वयं के विचारों और विश्वासों की सीमाओं से मुक्त करने की अनुमति देता है। जब आप उन विचारों, भावनाओं, विश्वासों और स्थितियों को कसकर पकड़ते हैं, जो अब आपकी सेवा नहीं करते हैं, तो आप अपनी बुद्धि में अनावश्यक पीड़ा व प्रतिरोध पैदा करते हैं। इससे बौद्धिक एवं भावनात्मक संकट हो सकता है, साथ ही वर्तमान क्षण में प्रभावी ढंग से प्रतिक्रिया करने की आपकी क्षमता में बाधा आ सकती है।

जाने देना आपके बौद्धिक और भावनात्मक बोझ को मुक्त करने में सक्षम बनाता है, जो आपको हलका करता है तथा नए दृष्टिकोणों, अंतर्दृष्टि और संभावनाओं के लिए जगह खोलता है। यह आपको अधिक स्पष्टता और लचीलेपन के साथ आगे बढ़ने की अनुमति देता है। जाने देना आत्म-चेतना को भी बढ़ावा देता है, क्योंकि इसके लिए आपको अपने विचारों, भावनाओं और आसक्तियों के प्रति सचेत होने की आवश्यकता होती है। यह आत्म-चेतना आपको अपनी बुद्धि के साथ एक स्वस्थ संबंध विकसित करने तथा विचार और व्यवहार के अचेतन पैटर्न से प्रेरित होने के बजाय सचेत विकल्प बनाने की अनुमति देती है।

रोजमर्रा की जिंदगी में जाने देने के उदाहरण

जाने देना एक अभ्यास है, जिसे जीवन के विभिन्न पहलुओं पर लागू किया जा सकता है। यहाँ कुछ उदाहरण दिए गए हैं कि आप अपने दैनिक जीवन में जाने देने के कौशल को कैसे विकसित कर सकते हैं—

अतीत के पछतावे को जाने देना

स्थिति—आप अतीत के पछतावे, गलतियों या असफलताओं से परेशान हैं, जो आपके मूड और सेहत को प्रभावित करते रहते हैं।

लेट्स गो रिस्पॉन्स—अतीत के पछतावे को बिना निर्णय के स्वीकार करके और यह स्वीकार करने का अभ्यास करें कि आप अतीत को नहीं बदल सकते। पहचानें कि पछतावा करने से केवल वर्तमान क्षण में पीड़ा बनी रहती है। इसके बजाय वर्तमान क्षण पर ध्यान केंद्रित करें और सकारात्मक परिवर्तन करने के लिए आप अभी क्या कर सकते हैं? अपने आप को दया और समझ प्रदान करके आत्म-क्षमा और आत्म-करुणा का अभ्यास करें। ऐसी गतिविधियों में संलग्न रहें, जो आपको वर्तमान क्षण में खुशी एवं तृप्ति प्रदान करें और अतीत पर ध्यान देने की आवश्यकता को छोड़ दें।

भविष्य की चिंता छोड़ दें

स्थिति—आप भविष्य के बारे में लगातार चिंतित रहते हैं, जैसे वित्तीय चिंताएँ, स्वास्थ्य संबंधी समस्याएँ या रिश्ते, जो चिंता और तनाव का कारण बनते हैं।

लेट्स गो रिस्पॉन्स—भविष्य के बारे में चिंता करने का अभ्यास करें, यह पहचानकर कि चिंता करने से परिणाम नहीं बदलते हैं। यह केवल वर्तमान क्षण में अनावश्यक तनाव और चिंता जोड़ता है। स्वीकार करें कि भविष्य अनिश्चित है और आप सबकुछ नियंत्रित नहीं कर सकते। भविष्य के लिए तैयारी करने के लिए आप वर्तमान क्षण में क्या कर सकते हैं? इस पर ध्यान केंद्रित करें, जैसे कि व्यावहारिक कदम उठाना, उचित निर्णय लेना और जो कुछ भी आपके रास्ते में आता है, उसे सँभालने की आपकी क्षमता पर भरोसा करना। भविष्य के बारे में चिंताओं में खो जाने के बजाय, सचेतनता का अभ्यास करें और इस समय पूरी तरह से उपस्थित रहें। जीवन की अंतर्निहित अच्छाई में सकारात्मक बौद्धिकता और विश्वास पैदा करें।

नकारात्मक विचारों और विश्वासों को जाने देना

स्थिति—आप नकारात्मक विचारों, आत्म-संदेह और सीमित विश्वासों से त्रस्त हैं, जो आपको अपनी पूरी क्षमता तक पहुँचने से रोकते हैं।

लेट्स गो रिस्पॉन्स—नकारात्मक विचारों और विश्वासों के बारे में निर्णय किए बिना उनके बारे में जागरूक होकर जाने देने का अभ्यास करें। पहचानें कि विचार तथ्य नहीं हैं और आपके पास यह चुनने की शक्ति है कि किन विचारों पर

विश्वास करना है और किस पर ध्यान देना है ? नकारात्मक विचारों और विश्वासों को उनकी वैधता पर सवाल उठाकर और उन्हें सकारात्मक, सशक्त बनाने के साथ बदलकर चुनौती दें। आत्म-करुणा और आत्म-स्वीकृति का अभ्यास करें तथा अपने आप को लगातार आँकने एवं आलोचना करने की आवश्यकता को जाने दें। सकारात्मक आत्म-चर्चा और प्रतिज्ञान में व्यस्त रहें, अपने आप को सहायक लोगों और वातावरण से घेरें, जो आपको ऊपर उठाएँ।

नियंत्रण छोड़ना

स्थिति—आपको अपने जीवन के हर पहलू को नियंत्रित करने की सख्त आवश्यकता है, जिसमें परिणाम, अन्य लोगों का व्यवहार और बाहरी परिस्थितियाँ शामिल हैं, जो तनाव व हताशा पैदा करते हैं।

लेट्स गो रिस्पॉन्स—यह पहचान कर नियंत्रण छोड़ने का अभ्यास करें कि कुछ चीजें आपके नियंत्रण से बाहर हैं और यह कि सबकुछ नियंत्रित करने का प्रयास केवल अनावश्यक तनाव व पीड़ा की ओर ले जाता है। वर्तमान क्षण में आत्मसमर्पण करने का अभ्यास करें और जीवन को स्वाभाविक रूप से प्रकट होने दें। अपनी क्षमताओं और जीवन के ज्ञान पर भरोसा रखें। आप जो नियंत्रित कर सकते हैं, उस पर ध्यान केंद्रित करें, जैसे कि आपके विचार, भावनाएँ एवं कार्य, और बाहरी परिस्थितियों या अन्य लोगों को नियंत्रित करने की आवश्यकता को जाने दें। लचीलेपन एवं अनुकूलता का अभ्यास करें तथा खुले मस्तिष्क व दिल से जीवन की अज्ञात और अनिश्चितताओं को गले लगाएँ।

राग और द्वेष का त्याग

स्थिति—आप पिछले दुःखों या अन्याय के लिए दूसरों के प्रति शिकायत या नाराजगी रखते हैं, जो आपको नकारात्मक भावनाओं में फँसाए रखता है तथा उपचार और विकास को रोकता है।

लेट्स गो रिस्पॉन्स—उत्पन्न होने वाली भावनाओं को स्वीकार करने तथा स्वीकार करके असंतोष व आक्रोश को दूर करने का अभ्यास करें और फिर सचेत रूप से उन्हें मुक्त करने का चयन करें। इस बात को पहचानें कि द्वेष या आक्रोश को बनाए रखने से केवल आपकी अपनी बुद्धि और शरीर में पीड़ा बनी रहती है। अतीत के भावनात्मक बोझ से खुद को मुक्त करने के तरीके के रूप में, अपने और दूसरों दोनों के लिए क्षमा का अभ्यास करें। दूसरों के प्रति सहानुभूति, करुणा और

समझ पैदा करें और उपचार पर ध्यान केंद्रित करें तथा खुले दिल और मस्तिष्क से आगे बढ़ें।

भौतिक संपत्ति के प्रति आसक्ति को छोड़ना

स्थिति—आप भौतिक संपत्ति, जैसे धन, संपत्ति या स्थिति से जुड़े हुए हैं, जो पहचान और सुरक्षा की भावना पैदा करते हैं, लेकिन लालच, लगाव और पीड़ा को भी जन्म देते हैं।

लेट्स गो रिस्पॉन्स—भौतिक वस्तुओं के प्रति लगाव को छोड़ने का अभ्यास करें, यह पहचानकर कि संपत्ति आपके मूल्य या खुशी को परिभाषित नहीं करती है। भौतिक संपत्ति की नश्वरता और भौतिक धन और स्थिति की क्षणभंगुर प्रकृति पर चिंतन करें। अधिक के लिए लगातार प्रयास करने के बजाय, वर्तमान क्षण में आपके पास जो कुछ भी है, उसके लिए प्रचुरता और कृतज्ञता की बौद्धिकता विकसित करें। अपनी संपत्ति को दूसरों के साथ साझा करके उदारता और वैराग्य का अभ्यास करें और खुशी के प्राथमिक स्रोत के रूप में भौतिक धन संचय करने की आवश्यकता को छोड़ दें। प्रेम, करुणा और ज्ञान जैसे आंतरिक गुणों को विकसित करने पर ध्यान केंद्रित करें, जो स्थायी तृप्ति और खुशी लाते हैं।

उम्मीदों को छोड़ना

स्थिति—चीजों को कैसा होना चाहिए? या दूसरों को कैसे व्यवहार करना चाहिए? इसके बारे में आपकी कठोर अपेक्षाएँ हैं, जो वास्तविकता को आपकी अपेक्षाओं को पूरा नहीं करने पर निराशा, हताशा और संघर्ष की ओर ले जाती हैं।

लेट्स गो रिस्पॉन्स—यह पहचानकर अपेक्षाओं को छोड़ देने का अभ्यास करें कि अपेक्षाएँ अकसर व्यक्तिपरक धारणाओं और अनुमानों पर आधारित होती हैं और यह कि वे हमेशा वास्तविकता के साथ संरेखित नहीं हो सकती हैं। विभिन्न परिणामों और दृष्टिकोणों की संभावना के लिए खुले रहें और दूसरों को वह होने दें, जो वे हैं, बिना उन पर अपनी अपेक्षाएँ थोपे। स्वीकृति और अनुकूलता का अभ्यास करें और वर्तमान क्षण को वैसे ही गले लगाएँ, जैसे कि चीजों को अलग करने के लिए लगातार प्रयास किए बिना। एक लचीली और खुली बौद्धिकता विकसित करने पर ध्यान केंद्रित करें और उन कठोर उम्मीदों को छोड़ना सीखें, जो जीवन को पूरी तरह से अनुभव करने और उसकी सराहना करने की आपकी क्षमता को सीमित कर सकती हैं।

व्यवहार में जाने देने के उदाहरण

आइए, विभिन्न स्थितियों में जाने देने की कला को लागू करने के कुछ व्यावहारिक उदाहरण देखें—

एक पुराने रिश्ते को जाने देना

मीना अपने लॉन्ग-टर्म पार्टनर के साथ मुश्किल ब्रेकअप से गुजरी थी। उसने खुद को लगातार अतीत में पाया, यादों को दोहराते हुए तथा उदासी और आक्रोश में फँसा हुआ महसूस किया। उसने महसूस किया कि अतीत को पकड़े रहना उसे आगे बढ़ने और शांति पाने से रोक रहा था। मीना ने अपनी भावनाओं को स्वीकार करते हुए जाने देने का अभ्यास करने का फैसला किया, खुद को नुकसान का शोक मनाने की अनुमति दी और फिर सचेत रूप से अतीत के प्रति लगाव को छोड़ने का विकल्प चुना। उसने अपने और अपने पूर्व-साथी के प्रति आत्म-करुणा और क्षमा का अभ्यास किया और वर्तमान क्षण और स्वयं के उपचार पर ध्यान केंद्रित किया। मीना आत्म-देखभाल में लगी हुई है, सहायक मित्रों और परिवार के साथ समय बिताती है तथा नए शौक व रुचियों का अनुसरण करती है। समय के साथ मीना ने पाया कि वह अतीत को जाने देने तथा खुद को नई संभावनाओं और उज्ज्वल भविष्य के लिए खोलने में सक्षम थी।

पूर्णतावाद को जाने देना

प्रवीण हमेशा एक पूर्णतावादी था, अपने काम और निजी जीवन में लगातार उच्च मानकों के लिए प्रयास करता रहा। हालाँकि, उसने महसूस किया कि उसका पूर्णतावाद उसे तनाव, चिंता और जलन का कारण बना रहा था। उसने पूर्णतावाद को छोड़ने का अभ्यास करने का फैसला किया, यह पहचानकर कि पूर्णता एक अप्राप्य मानक है और उसे पूर्णतावाद के माध्यम से लगातार अपनी योग्यता साबित करने की आवश्यकता नहीं है। प्रवीण ने अपने लिए यथार्थवादी उम्मीदें स्थापित करना तथा अपनी खामियों को स्वीकार करना और गले लगाना सीखा। उसने आत्म-करुणा और आत्म-देखभाल का अभ्यास किया और अपनी उपलब्धियों का जश्न मनाना सीखा, भले ही वे पूर्णता के उसके पिछले मानकों को पूरा न करते हों। प्रवीण ने पाया कि पूर्णतावाद को छोड़ने से उसे सीखने और बढ़ने की प्रक्रिया का आनंद लेने की अनुमति मिली तथा उसकी समग्र भलाई और खुशी में सुधार हुआ।

पालन-पोषण में नियंत्रण छोड़ना

माता-पिता के रूप में प्रियंका अपने बच्चों के जीवन के हर पहलू को नियंत्रित करने की आवश्यकता से जूझ रही थी। वह लगातार उनकी सुरक्षा, स्कूल में प्रदर्शन और भविष्य की सफलता को लेकर चिंतित रहती थी। हालाँकि, उसने महसूस किया कि नियंत्रण की उसकी आवश्यकता उसके बच्चों के साथ उसके संबंधों में तनाव पैदा कर रही थी और उन्हें अपनी स्वायत्तता और लचीलापन विकसित करने से रोक रही थी। प्रियंका ने यह पहचानने का अभ्यास करने का फैसला किया कि कैसे उसके बच्चे अपने अनुभवों और सीख द्वारा सबक सीखें? उसने अपनी क्षमताओं पर भरोसा करना और अपने जीवन का सूक्ष्म प्रबंधन करना सीखा। प्रियंका ने भरोसे, संचार और आपसी सम्मान पर आधारित अपने बच्चों के साथ एक स्वस्थ एवं खुले संबंध बनाने पर ध्यान केंद्रित किया। उसने पालन-पोषण की अनिश्चितताओं को गले लगाना और अपने बच्चों को गलतियाँ करने और उनसे सीखने की अनुमति देना सीखा। इसके बाद उसकी सारी चिंताएँ समाप्त हो गईं।

नकारात्मक विचारों और विश्वासों को जाने देना

सिद्धार्थ के पास लगातार नकारात्मक विचारों एवं आत्म-संदेह का प्रवाह था, जो उसे अपने सपनों और लक्ष्यों का पीछा करने से रोकता था। उसने महसूस किया कि ये विचार वास्तविकता पर आधारित नहीं थे और ये उसे उसकी पूरी क्षमता तक पहुँचने से रोक रहे थे। सिद्धार्थ ने उनके बारे में जागरूक होकर नकारात्मक विचारों और विश्वासों को छोड़ने का अभ्यास करने का निर्णय लिया। उसने उनकी वैधता को चुनौती देना और उन्हें सकारात्मक, सशक्त विचारों और विश्वासों से बदलना सीखा। सिद्धार्थ ने चेतना और आत्म-करुणा का अभ्यास किया और उन नकारात्मक विचारों को छोड़ना सीखा, जो उसकी प्रगति में बाधा बन रहे थे। उसने एक चिकित्सक से भी समर्थन माँगा और सकारात्मक प्रतिज्ञान और आत्म-चर्चा में लगा रहा। समय के साथ सिद्धार्थ ने अपनी बौद्धिकता और समग्र कल्याण में एक महत्त्वपूर्ण बदलाव देखा। वह अधिक आत्मविश्वासी, लचीला और आशावादी बन गया।

भौतिक वस्तुओं का त्याग

लीला ने महसूस किया कि उसने वर्षों में बहुत सारी भौतिक संपत्ति जमा कर ली थी, जो अब उसके लिए सेव्य नहीं थी। उसने अपने घर को व्यवस्थित करके

और अपने जीवन को सरल बनाकर भौतिक संपत्ति को त्यागने का अभ्यास करने का फैसला किया। लीला ने अपने सामानों को छाँट लिया और केवल उन वस्तुओं को रखा, जो वास्तव में उसे खुशी देती थीं और एक व्यावहारिक उद्‌देश्य पूरा करती थीं। उसने अपनी बाकी संपत्ति को दान कर दिया या बेच दिया तथा भौतिक संपत्ति से अपनी पहचान और मूल्य को अलग करना सीख लिया। लीला ने पाया कि भौतिक संपत्ति को छोड़ देने से उसके जीवन में अनुभवों, रिश्तों और व्यक्तिगत विकास के लिए जगह खाली हो गई। उसने यह भी पाया कि उसे अपनी खुशी को परिभाषित करने के लिए भौतिक संपत्ति की आवश्यकता नहीं थी और वह सच्ची तृप्ति भीतर से आई थी।

पछतावे और अपराधबोध को जाने देना

सुरेश पर पिछली गलतियों और असफलताओं का पछतावा व ग्लानि का भारी बोझ था। उसने पाया कि वह लगातार अतीत की घटनाओं पर चिंतन कर रहा था और अपनी कथित कमियों के लिए खुद को पीट रहा था। सुरेश ने महसूस किया कि पछतावा और अपराध-बोध उसे अतीत में जकड़े हुए था तथा उसे वर्तमान क्षण में पूरी तरह से जीने से रोक रहा था। उसने निर्णय के बिना अपनी गलतियों और असफलताओं को स्वीकार करके तथा खुद को क्षमा करके खेद और अपराध को छोड़ने का अभ्यास करने का फैसला किया। सुरेश ने जहाँ संभव हो, वहाँ सुधार करना और पछतावे पर रहने के बजाय अपने पिछले अनुभवों से सीखे गए पाठों पर ध्यान केंद्रित करना भी सीखा। उसने आत्म-करुणा एवं आत्म-क्षमा का अभ्यास किया तथा विकास और सीखने की बौद्धिकता को अपनाया।

तुलना और निर्णय को जाने देना

किशोरी ने अकसर खुद को दूसरों से तुलना करते हुए और बाहरी मानकों के आधार पर खुद को और दूसरों को आँकते हुए पाया। उसने महसूस किया कि यह आदत उसे अपर्याप्त, ईर्ष्यालु और दूसरों से अलग महसूस करा रही थी। किशोरी ने आत्म-स्वीकृति एवं गैर-निर्णय की बौद्धिकता पैदा करके तुलना और निर्णय को छोड़ने का अभ्यास करने का फैसला किया। उसने अपने अद्वितीय गुणों और शक्तियों की सराहना करना तथा बिना किसी निर्णय के दूसरों में मतभेदों को स्वीकार करना और उनका जश्न मनाना सीखा। किशोरी ने भी अपने जीवन में वर्तमान क्षण और आशीर्वाद पर ध्यान केंद्रित करते हुए सचेतनता एवं कृतज्ञता का अभ्यास

किया। उसने सचेत रूप से अपने विचारों और भाषा को एवं अधिक दयालु तथा खुद को और दूसरों को स्वीकार करने के लिए फिर से तैयार किया। किशोरी ने पाया कि तुलना एवं निर्णय को छोड़ देने से उसके आत्मसम्मान, रिश्तों और समग्र कल्याण में सुधार हुआ।

अंत में, जाने देना एक कला है, जिसमें अभ्यास, आत्म-चेतना और सचेत प्रयास की आवश्यकता होती है। यह आसक्तियों, अपेक्षाओं और नकारात्मक भावनाओं को मुक्त करने की एक प्रक्रिया है, जो हमें वर्तमान क्षण में पूरी तरह से जीने से रोकती है। जाने देने की कला में महारत हासिल करके हम अपने आप को अतीत के बोझ, भविष्य की चिंताओं और अपनी बुद्धि की सीमाओं से मुक्त कर सकते हैं। हम स्वीकृति, अनुकूलन क्षमता और लचीलेपन की बौद्धिकता विकसित कर सकते हैं तथा खुद को नई संभावनाओं, अनुभवों एवं विकास के लिए खोल सकते हैं। जाने देना हार मानने या निष्क्रिय होने के बारे में नहीं है, बल्कि वर्तमान क्षण में पसंद की शक्ति को नियंत्रित करने और गले लगाने के लिए आत्मसमर्पण करने के बारे में है।

जाने देना हमेशा आसान नहीं होता है और इसके लिए सचेत प्रयास और अभ्यास की आवश्यकता हो सकती है। इसमें असुविधाजनक भावनाओं का सामना करना तथा अपने स्वयं के भय और असुरक्षाओं का सामना करना भी शामिल हो सकता है। हालाँकि, जाने देने के लाभ बहुत अधिक हैं। यह हमें उस भावनात्मक बोझ को मुक्त करने की अनुमति देता है, जो हमें हलका करता है, नए अनुभवों व संभावनाओं के लिए जगह बनाता है और वर्तमान क्षण में पूरी तरह से जीता है।

□

44
डर और चिंता का प्रबंध करना

भय और चिंता सामान्य मानवीय भावनाएँ हैं, जो विभिन्न स्थितियों में उत्पन्न हो सकती हैं और हमारे बौद्धिक, भावनात्मक और शारीरिक स्वास्थ्य को प्रभावित कर सकती हैं। रोजमर्रा के तनावों से लेकर जीवन के प्रमुख परिवर्तनों तक, भय और चिंता कभी-कभी भारी महसूस करा सकती हैं तथा एक पूर्ण एवं संतुलित जीवन जीने की हमारी क्षमता में बाधा उत्पन्न कर सकती हैं। हालाँकि, यह संभव है कि आप अपने स्वयं के मस्तिष्क के स्वामी बनें तथा भय और चिंता को प्रभावी ढंग से प्रबंधित करें। इस अध्याय में हम डर और चिंता को प्रबंधित करने के लिए रणनीतियों एवं उदाहरणों का पता लगाएँगे, ताकि आप लचीलेपन और आंतरिक शक्ति के साथ चुनौतीपूर्ण स्थितियों में नेविगेट कर सकें।

डर और चिंता को समझना

भय और चिंता कथित खतरों या खतरों के प्रति स्वाभाविक प्रतिक्रियाएँ हैं। वे हमारे विकासवादी उत्तरजीविता तंत्र का हिस्सा हैं, जो हमें संभावित नुकसान का जवाब देने और खुद को बचाने में मदद करते हैं। डर एक तत्काल खतरे की प्रतिक्रिया है, जबकि चिंता अकसर भविष्य की घटनाओं के बारे में प्रत्याशित खतरों या चिंताओं से संबंधित होती है।

जबकि डर और चिंता कुछ स्थितियों में मददगार हो सकते हैं, जैसे कि जब वे हमें आवश्यक सावधानी बरतने या जोखिम भरे व्यवहार से बचने के लिए प्रेरित करते हैं, तो वे भारी भी हो सकते हैं और हमारे दैनिक जीवन में हस्तक्षेप कर सकते हैं, यदि उन्हें प्रभावी ढंग से प्रबंधित नहीं किया जाता है। लंबे समय तक भय और चिंता विभिन्न बौद्धिक स्वास्थ्य मुद्दों को जन्म दे सकती है, जैसे चिंता विकार,

पैनिक डिसऑर्डर, फोबिया और बहुत कुछ।

भय और चिंता-उत्तेजक स्थितियों के उदाहरणों में शामिल हो सकते हैं—

सार्वजनिक बोलना—बहुत से लोग सार्वजनिक रूप से बोलते समय डर और चिंता का अनुभव करते हैं, चाहे वह बड़े दर्शकों के सामने प्रस्तुत करना हो या काम पर एक बैठक में भाग लेना हो।

वित्तीय तनाव—धन, ऋण और वित्तीय अस्थिरता के बारे में चिंता भय व चिंता को ट्रिगर कर सकती है, जिससे तनाव और रातों की नींद हराम हो जाती है।

स्वास्थ्य संबंधी चिंताएँ—किसी गंभीर बीमारी का सामना करना, चिकित्सा प्रक्रिया से गुजरना, या किसी प्रियजन के स्वास्थ्य के बारे में चिंता करना भय व चिंता का कारण बन सकता है।

रिश्ते की चुनौतियाँ—रिश्तों में कठिनाइयाँ, जैसे कि साथी, परिवार के सदस्य या दोस्त के साथ टकराव, भय व चिंता को ट्रिगर कर सकता है।

जीवन परिवर्तन—प्रमुख जीवन परिवर्तन, जैसे कि एक नया काम शुरू करना, एक नए शहर में जाना या तलाक के माध्यम से जाना, भय व चिंता को भड़का सकता है, क्योंकि हम अपरिचित क्षेत्र से नेविगेट करते हैं।

अनिश्चितता—अज्ञात या अप्रत्याशित स्थितियों का सामना करना, जैसे कि अर्थव्यवस्था में परिवर्तन, राजनीतिक अशांति या वैश्विक घटनाएँ, भविष्य के बारे में भय व चिंता को ट्रिगर कर सकती हैं।

भय और चिंता का प्रबंधन

जबकि भय व चिंता मानव अनुभव के अपरिहार्य पहलू हैं, उन्हें सही रणनीतियों और बौद्धिकता के साथ प्रभावी ढंग से प्रबंधित किया जा सकता है। डर व चिंता को प्रबंधित करने में आपकी मदद करने के लिए तकनीकों और दृष्टिकोणों के कुछ उदाहरण यहाँ दिए गए हैं—

आत्म-चेतना का अभ्यास करें—भय व चिंता के प्रबंधन में पहला कदम आत्म-चेतना पैदा करना है। भय या चिंता उत्पन्न होने पर अपने विचारों, भावनाओं और शारीरिक संवेदनाओं पर ध्यान दें। किसी भी पैटर्न, ट्रिगर्स या स्वचालित नकारात्मक विचारों पर ध्यान दें, जो आपके डर और चिंता में योगदान दे रहे हों।

उदाहरण के लिए, यदि आप देखते हैं कि आप परिस्थितियों को विनाशकारी करते हैं या भविष्य के बारे में नकारात्मक विचार रखते हैं, तो इन विचारों के प्रति

चेतना लाएँ तथा उन्हें अधिक यथार्थवादी और तर्कसंगत दृष्टिकोण से चुनौती दें। यह आपको अपने विचारों पर नियंत्रण पाने और भय व चिंता की तीव्रता को कम करने में मदद कर सकता है।

मुकाबला करने की रणनीति विकसित करें—मुकाबला करने की रणनीति विकसित करने से आपको डर व चिंता का प्रबंधन करने में मदद मिल सकती है। तनाव एवं भावनाओं से निपटने के लिए मुकाबला करने की रणनीति स्वस्थ तरीके हैं और वे व्यक्ति के आधार पर भिन्न हो सकते हैं। मुकाबला करने की रणनीतियों के उदाहरणों में गहरी साँस लेने के व्यायाम, चेतना अभ्यास, व्यायाम, जर्नलिंग, एक भरोसेमंद दोस्त या चिकित्सक से बात करना और शौक या गतिविधियों में शामिल होना शामिल है, जो आपको खुशी देते हैं।

उदाहरण के लिए, यदि आप सार्वजनिक बोलने की व्यस्तता से पहले चिंतित महसूस करते हैं, तो आप अपने तंत्रिका तंत्र को शांत करने के लिए गहरी साँस लेने का अभ्यास कर सकते हैं, अपने आप को प्रस्तुति में सफल होने की कल्पना कर सकते हैं तथा अभ्यास और पूर्वाभ्यास करके पूरी तरह से तैयारी कर सकते हैं। मुकाबला करने की ये रणनीतियाँ सार्वजनिक बोलने से जुड़े डर व चिंता को प्रबंधित करने में आपकी मदद कर सकती हैं।

नकारात्मक विचारों को चुनौती दें—भय व चिंता अकसर नकारात्मक विचारों के साथ होते हैं, जो भय व चिंता के चक्र में शामिल हो जाते हैं। डर व चिंता की पकड़ से मुक्त होने के लिए इन नकारात्मक विचारों और विश्वासों को चुनौती देना महत्त्वपूर्ण है। अपने आप से पूछें कि क्या आपके विचार-तथ्यों या धारणाओं पर आधारित हैं? क्या उनकी जड़ें वास्तविकता में हैं या वे डर व चिंता से प्रेरित हैं? क्या इन विचारों का समर्थन करने के लिए कोई सबूत या प्रमाण है? अकसर, हमारे डर व चिंताएँ तर्कहीन या अतिरंजित विचारों पर आधारित होते हैं, जो जाँच के दायरे में नहीं आते।

उदाहरण के लिए, यदि आप एक नौकरी के साक्षात्कार के बारे में चिंतित हैं और "मैं असफल होने जा रहा हूँ" या "मैं बहुत अच्छा नहीं हूँ" जैसे विचार हैं, तो इन विचारों को अपने आप से पूछकर चुनौती दें कि क्या इन मान्यताओं का समर्थन करने के लिए कोई ठोस सबूत है? क्या कोई पिछले अनुभव या उपलब्धियाँ हैं, जो इन नकारात्मक विचारों का खंडन करती हैं? उन्हें अधिक संतुलित और तर्कसंगत विचारों से बदलें, जैसे "मैंने साक्षात्कार के लिए अच्छी तैयारी की है और मैं

अपना सर्वश्रेष्ठ प्रदर्शन करूँगा" या "मेरे पास इस नौकरी के लिए कौशल और योग्यताएँ हैं।"

चेतना का अभ्यास करें—डर व चिंता को प्रबंधित करने के लिए चेतना एक शक्तिशाली उपकरण है। इसमें निर्णय के बिना और पूरी चेतना के साथ वर्तमान क्षण पर ध्यान देना शामिल है। चेतना का अभ्यास करके आप भविष्य के बारे में चिंता करने या अतीत के बारे में पछताने के बजाय अपना ध्यान यहाँ और अभी पर ला सकते हैं।

ऐसी कई चेतना तकनीकें हैं, जिनका आप अभ्यास कर सकते हैं, जैसे मेडिटेशन, बॉडी स्कैन और माइंडफुल ब्रीदिंग। जब डर या चिंता पैदा होती है, तो आप इसे बदलने की कोशिश किए बिना, साँस लेने और छोड़ने की अनुभूति को ध्यान में रखते हुए अपनी चेतना को अपनी साँस में ला सकते हैं। यह आपके तंत्रिका तंत्र को शांत करने में मदद कर सकता है और आपको वर्तमान क्षण में वापस ला सकता है, भय और चिंता की तीव्रता को कम कर सकता है।

एक सपोर्ट सिस्टम बनाएँ—एक सपोर्ट सिस्टम होना डर व चिंता के प्रबंधन में अमूल्य हो सकता है। अपने आप को ऐसे लोगों से घेरें, जो समझदार, तटस्थ और सहायक हों। अपने डर व चिंताओं को भरोसेमंद दोस्तों, परिवार के सदस्यों या चिकित्सक के साथ साझा करें। अपने डर व चिंताओं के बारे में बात करने से आपको परिप्रेक्ष्य हासिल करने, अपनी भावनाओं को संसाधित करने और समर्थन व प्रोत्साहन प्राप्त करने में मदद मिल सकती है।

उदाहरण के लिए, यदि आप एक चुनौतीपूर्ण जीवन संक्रमण से गुजर रहे हैं, जैसे कि तलाक या नौकरी छूटना, दोस्तों और परिवार के सदस्यों का एक सहायक नेटवर्क होने से आपको भावनात्मक समर्थन, व्यावहारिक मदद और स्थिति पर अलग-अलग दृष्टिकोण मिल सकते हैं। वे आपको आपकी ताकत और क्षमताओं की याद भी दिला सकते हैं, जो डर व चिंता को प्रबंधित करने में आपके आत्मविश्वास और लचीलेपन को बढ़ा सकते हैं।

आत्म-देखभाल का अभ्यास करें—डर व चिंता को प्रबंधित करने के लिए अपने शारीरिक, बौद्धिक और भावनात्मक स्वास्थ्य का खयाल रखना महत्त्वपूर्ण है। सुनिश्चित करें कि आप अपनी दिनचर्या में स्वयं की देखभाल को प्राथमिकता देते हैं। पर्याप्त नींद लें, संतुलित भोजन करें, नियमित व्यायाम करें और योग या ध्यान जैसी विश्राम तकनीकों का अभ्यास करें।

अपने बौद्धिक और भावनात्मक स्वास्थ्य का खयाल रखना भी महत्त्वपूर्ण है। ऐसी गतिविधियों में संलग्न रहें, जो आपको आनंद और तृप्ति प्रदान करें, आत्म-करुणा का अभ्यास करें और अपने जीवन में तनाव के साथ स्वस्थ सीमाएँ निर्धारित करें। खुद की समग्र रूप से देखभाल करने से आपको लचीलापन बनाने और डर और चिंता को बेहतर ढंग से प्रबंधित करने में मदद मिल सकती है।

अपने कंफर्ट जोन को चुनौती दें—डर और चिंता अकसर तब पैदा होती है, जब हम नई या अपरिचित परिस्थितियों का सामना करते हैं। अपने सुविधा क्षेत्र से बाहर निकलना डराने वाला हो सकता है, लेकिन यह विकास और सीखने का अवसर भी हो सकता है। जानबूझकर अपने सुविधा क्षेत्र को चुनौती देकर आप भय और चिंता को प्रबंधित करने में लचीलेपन और आत्मविश्वास का निर्माण कर सकते हैं।

उदाहरण के लिए, यदि आपको ऊँचाई का डर है, तो आप धीरे-धीरे अपने आप को एक सुरक्षित और नियंत्रित वातावरण में ऊँचाई पर उजागर कर सकते हैं, जैसे सीढ़ी चढ़ना या किसी ऊँची इमारत की बालकनी पर खड़े होना। बार-बार प्रदर्शन और अभ्यास के माध्यम से आप खुद को ऊँचाइयों के डर से दूर कर सकते हैं और समान परिस्थितियों में भय और चिंता को प्रबंधित करने में अधिक लचीलापन विकसित कर सकते हैं।

अभ्यास स्वीकृति—स्वीकृति डर और चिंता के प्रबंधन का एक महत्त्वपूर्ण पहलू है। स्वीकृति का अर्थ डर और चिंता को छोड़ना या त्यागना नहीं है, बल्कि उनकी उपस्थिति को स्वीकार करना और बिना किसी निर्णय के उन्हें अनुभव करने की अनुमति देना है। भय और चिंता से बचाव या प्रतिरोध अकसर उन्हें तीव्र कर सकता है और उनके प्रभाव को बढ़ा सकता है।

स्वीकृति का अभ्यास करने में आपके डर या चिंता को बदलने या दबाने की कोशिश किए बिना स्वीकार करना शामिल है। अपने आप को उन भावनाओं को महसूस करने दें, जो निर्णय या आत्म-आलोचना के बिना उत्पन्न होती हैं। अपने प्रति दयालु और करुण बनें, यह पहचानते हुए कि भय व चिंता सामान्य मानवीय भावनाएँ हैं, जो हर किसी को कभी-न-कभी अनुभव होती हैं।

उदाहरण के लिए, यदि आप किसी आगामी सामाजिक घटना के बारे में चिंतित महसूस कर रहे हैं, तो चिंता को दूर करने या घटना से पूरी तरह बचने की कोशिश करने के बजाय अपनी चिंता को स्वीकार करके और खुद को इसे महसूस

करने की अनुमति देकर स्वीकृति का अभ्यास करें। आप अपने आप से कह सकते हैं, "मैं इस घटना के बारे में चिंतित महसूस करता हूँ और यह ठीक है। यह एक सामान्य मानवीय भावना है और मैं चिंतित होने के बावजूद भी इस कार्यक्रम में भाग लेने का विकल्प चुन सकता हूँ।"

विजुअलाइजेशन तकनीकों का उपयोग करें—विजुअलाइजेशन तकनीकें भय व चिंता को प्रबंधित करने में शक्तिशाली उपकरण हो सकती हैं। जब आप भयभीत या चिंतित महसूस कर रहे हों, तो आप अपनी कल्पना का उपयोग सकारात्मक बौद्धिक छवियाँ बनाने के लिए कर सकते हैं, जो नकारात्मक विचारों और भावनाओं का प्रतिकार करती हैं।

उदाहरण के लिए, यदि आप काम पर प्रस्तुति देने के बारे में चिंतित हैं, तो आप अपनी आँखें बंद कर सकते हैं तथा आत्मविश्वास और सफल प्रस्तुति देने के लिए खुद की कल्पना कर सकते हैं। अपने आप को स्पष्ट और आत्मविश्वास से बोलते हुए देखें, अपने दर्शकों से सकारात्मक प्रतिक्रिया प्राप्त करें तथा उपलब्धि की भावना महसूस करें। विजुअलाइजेशन तकनीक आपको सकारात्मक बौद्धिकता बनाने तथा भय व चिंता की तीव्रता को कम करने में मदद कर सकती है।

पेशेवर मदद लें—अगर डर और चिंता आपके दैनिक जीवन और कामकाज को महत्त्वपूर्ण रूप से प्रभावित कर रहे हैं, तो पेशेवर मदद लेना महत्त्वपूर्ण है। एक योग्य चिकित्सक या परामर्शदाता आपको भय और चिंता के प्रबंधन में मूल्यवान उपकरण, तकनीक और सहायता प्रदान कर सकता है।

थेरैपी आपको डर व चिंता के अंतर्निहित कारणों की पहचान करने और उनका पता लगाने में मदद कर सकती है, जैसे कि पिछले आघात या अनसुलझे मुद्दे। यह आपको डर व चिंता को स्वस्थ और प्रभावी ढंग से प्रबंधित करने में मदद करने के लिए मुकाबला करने की रणनीति, विश्राम तकनीक और संज्ञानात्मक-व्यवहार हस्तक्षेप भी प्रदान कर सकता है।

अंत में, डर व चिंता को प्रबंधित करना आपके अपनी बुद्धि पर काबू पाने का एक महत्त्वपूर्ण कौशल है। इसके लिए चेतना, आत्म-करुणा और विभिन्न तकनीकों और रणनीतियों के जानबूझकर अभ्यास की आवश्यकता होती है। नकारात्मक विचारों को चुनौती देकर, चेतना का अभ्यास करके, एक सपोर्ट सिस्टम बनाकर, आत्म-देखभाल का अभ्यास करके, अपने कंफर्ट जोन को चुनौती देकर, स्वीकृति

का अभ्यास करके, विजुअलाइजेशन तकनीकों का उपयोग करके और जरूरत पड़ने पर पेशेवर मदद माँगकर आप अपने डर व चिंताओं पर लचीलापन और महारत हासिल कर सकते हैं।

याद रखें कि भय व चिंता सामान्य मानवीय भावनाएँ हैं और उन्हें अनुभव करना ठीक है। कुंजी यह नहीं है कि उन्हें अपने जीवन को नियंत्रित करने दें और आपको पूरी तरह से जीने से रोकें। अभ्यास और समर्थन के साथ आप डर व चिंता को स्वस्थ और प्रभावी ढंग से प्रबंधित करना सीख सकते हैं, परिणामस्वरूप आप अपनी बुद्धि के स्वामी बन सकते हैं तथा अधिक पूर्ण और सशक्त जीवन जी सकते हैं।

□

45

स्व-स्वीकृति और क्षमा को बढ़ाना

स्व-स्वीकृति और क्षमा बौद्धिक और भावनात्मक कल्याण के महत्त्वपूर्ण घटक हैं। वे हमें स्वयं के साथ एक स्वस्थ संबंध विकसित करने की अनुमति देते हैं, हमारी खामियों को स्वीकार करते हैं और आत्म-दोष और अपराध-बोध को छोड़ देते हैं। स्व-स्वीकृति और क्षमा हानिकारक व्यवहार को माफ करने या क्षमा करने के बारे में नहीं है, बल्कि हमारी मानवता को स्वीकार करने, आत्म-करुणा को गले लगाने और आंतरिक उपचार और विकास को बढ़ावा देने के बारे में है। इस अध्याय में हम अपने जीवन में स्व-स्वीकृति और क्षमा के महत्त्व का पता लगाएँगे और कैसे उन्हें अपनी बुद्धि का स्वामी बनने के लिए बढ़ाया जा सकता है?

स्व-स्वीकृति और क्षमा की कमी के परिणाम

जब हम आत्म-स्वीकृति और क्षमा की कमी रखते हैं, तो हम विभिन्न नकारात्मक परिणामों का अनुभव कर सकते हैं, जो हमारे बौद्धिक और भावनात्मक कल्याण को प्रभावित कर सकते हैं। इन परिणामों में शामिल हो सकते हैं—

आत्म-आलोचना और नकारात्मक आत्म-चर्चा—जब हम स्वयं को पूरी तरह से स्वीकार नहीं करते हैं, तो हम आत्म-आलोचना और नकारात्मक आत्म-चर्चा में संलग्न हो सकते हैं। हम अपनी कथित खामियों, गलतियों और असफलताओं के लिए लगातार खुद को कोस सकते हैं। यह नकारात्मक आत्म-चर्चा हमारे आत्मसम्मान को नष्ट कर सकती है, आत्म-संदेह पैदा कर सकती है और नकारात्मक आत्म-छवि में योगदान कर सकती है।

अपराध-बोध और शर्म—क्षमा के बिना, हम पिछले कार्यों या गलतियों से अनसुलझे दोष और शर्मिंदगी ले सकते हैं। हम लगातार अपनी पिछली त्रुटियों पर विचार कर सकते हैं तथा अपराध-बोध और शर्म के बोझ से दबे हुए महसूस कर सकते हैं। इससे आत्म-दंड, अंतर्ध्वंस और नकारात्मक भावनाओं का एक सतत चक्र हो सकता है।

आंतरिक संघर्ष और प्रतिरोध—स्व-स्वीकृति का अभाव हमारे भीतर आंतरिक संघर्ष और प्रतिरोध पैदा कर सकता है। हम अपनी पहचान, विश्वासों या भावनाओं के कुछ पहलुओं को स्वीकार करने में संघर्ष कर सकते हैं, जिससे हम कौन हैं ? और हम क्या सोचते हैं ? कि हमें होना चाहिए के बीच एक आंतरिक लड़ाई हो सकती है। यह आंतरिक तनाव पैदा कर सकता है और आंतरिक अशांति की भावना में योगदान कर सकता है।

तनावपूर्ण रिश्ते—जब हम खुद को पूरी तरह से स्वीकार और माफ नहीं करते हैं, तो यह दूसरों के साथ हमारे रिश्तों को प्रभावित कर सकता है। हम अपनी आत्म-आलोचना, अपराधबोध या शर्म को दूसरों पर प्रोजेक्ट कर सकते हैं, जिससे तनावपूर्ण रिश्ते, विश्वास की कमी और भावनात्मक दूरी हो सकती है।

स्व-स्वीकृति बढ़ाने के उदाहरण—

आइए, कुछ उदाहरण देखें कि हम अपने जीवन के विभिन्न पहलुओं में स्व-स्वीकृति कैसे बढ़ा सकते हैं—

शारीरिक छवि—नीलम सालों से बॉडी इमेज के मुद्दों से जूझ रही है। उसने हमेशा खुद की तुलना दूसरों से की है, अपने रूप-रंग के बारे में आत्म-जागरूक महसूस किया है और लगातार अपने शरीर की आलोचना की है। नीलम को पता चलता है कि उसकी नकारात्मक आत्म-चर्चा एवं आत्म-स्वीकृति की कमी उसके आत्मसम्मान और समग्र कल्याण को प्रभावित कर रही है। वह अपने शरीर को दूसरों से तुलना किए बिना या उसकी आलोचना किए बिना उसके शरीर को स्वीकार करने और उसकी सराहना करके आत्म-स्वीकृति का अभ्यास करने का निर्णय लेती है। नीलम आत्म-देखभाल और आत्म-करुणा पर ध्यान देना शुरू कर देती है, अपने शरीर को दया व सम्मान के साथ व्यवहार करती है। वह अपने दृष्टिकोण को बदलने और अपने शरीर के प्रति स्व-स्वीकृति विकसित करने के लिए सकारात्मक पुष्टि, कृतज्ञता और चेतना का अभ्यास करती है।

पिछली गलतियाँ—योगेश ने काम पर एक महत्त्वपूर्ण गलती की, जिससे उनकी कंपनी को वित्तीय नुकसान हुआ। वह दोषी व शर्मिंदा महसूस करता है

और त्रुटि के लिए लगातार खुद को कोसता है। योगेश को पता चलता है कि वह अतीत को नहीं बदल सकता तथा अपराध-बोध और शर्मिंदगी को पकड़े रहना उसके बौद्धिक स्वास्थ्य एवं उत्पादकता को प्रभावित कर रहा है। वह अपनी गलती को स्वीकार करते हुए, उसकी जिम्मेदारी लेते हुए और उससे सीखते हुए आत्म-स्वीकृति का अभ्यास करने का निर्णय लेता है। वह गलती के लिए खुद को माफ कर देता है और अनुभव से सीखने और बढ़ने के लिए प्रतिबद्ध होता है। योगेश एक भरोसेमंद दोस्त या सलाहकार से भी समर्थन माँगता है, जो उसे प्रोत्साहित करता है और स्थिति पर परिप्रेक्ष्य हासिल करने में उसकी मदद करता है। आत्म-स्वीकृति एवं क्षमा के माध्यम से, योगेश अपराध और शर्म के बोझ को छोड़ता है तथा शांति और आत्म-करुणा की भावना के साथ आगे बढ़ता है।

व्यक्तिगत पहचान—कामिनी अपने यौन अभिविन्यास को स्वीकार करने के लिए संघर्ष कर रही है। वह दूसरों से अपने सच्चे स्व को छिपाती रही है तथा निर्णय और अस्वीकृति के डर से अपनी स्वयं की पहचान को नकारती रही है। कामिनी को पता चलता है कि गलत तरीके से जीना उसके बौद्धिक और भावनात्मक संकट का कारण बन रहा है। वह अपनी वास्तविक पहचान को अपनाने और स्वयं और दूसरों के साथ ईमानदार होकर आत्म-स्वीकृति का अभ्यास करने का निर्णय लेती है। कामिनी एक चिकित्सक से सहायता माँगती है, जो उसकी यौन अभिविन्यास से संबंधित उसकी भावनाओं, विचारों और भय का पता लगाने में उसकी मदद करता है। वह खुद को अपनी पहचान के बारे में शिक्षित करती है, समान अनुभव साझा करने वाले अन्य लोगों से जुड़ती है तथा खुद को पूरी तरह से गले लगाना और स्वीकार करना सीखती है। आत्म-स्वीकृति के माध्यम से कामिनी निर्णय के भय को छोड़ सकती है और प्रामाणिक रूप से जी सकती है, जिससे उसे मुक्ति और आंतरिक शांति की अनुभूति होती है।

भावनात्मक भेद्यता—प्रकाश ने हमेशा अपनी भावनाओं को खुलकर व्यक्त करने में संघर्ष किया है। उसे यह विश्वास करने के लिए अनुकूलित किया गया है कि भेद्यता दिखाना कमजोरी का संकेत है और उसने अपने अधिकांश जीवन के लिए अपनी भावनाओं को दबा दिया है। प्रकाश को पता चलता है कि उनकी आत्म-स्वीकृति की कमी और कमजोर होने का डर उनके रिश्तों एवं बौद्धिक कल्याण को प्रभावित कर रहा है। वह निर्णय के बिना अपनी भावनाओं को स्वीकार और सम्मान करके आत्म-स्वीकृति का अभ्यास करने का निर्णय लेता है। प्रकाश अपनी भावनाओं को पहचानने, व्यक्त करने और स्वस्थ रूप से संसाधित करके

भावनात्मक बुद्धिमत्ता का अभ्यास करना शुरू कर देता है। वह अपनी भावनाओं को मानव होने के एक स्वाभाविक हिस्से के रूप में स्वीकार करना और मान्य करना सीखता है तथा वह अपनी भावनाओं के बारे में दूसरों के साथ खुलकर और प्रामाणिक रूप से संवाद करना भी सीखता है।

क्षमा बढ़ाने के उदाहरण

आइए, कुछ उदाहरण देखें कि हम अपने जीवन के विभिन्न पहलुओं में क्षमा को कैसे बढ़ा सकते हैं—

दूसरों को क्षमा करना—राखी अपने उस दोस्त के प्रति नाराजगी रखती है, जिसने उसके भरोसे को धोखा दिया। उसे पता चलता है कि वह अपने दोस्त के प्रति, जो गुस्सा और कड़वाहट महसूस करती है, वह उसके बौद्धिक एवं भावनात्मक स्वास्थ्य पर भारी पड़ रहा है। राखी ने अपनी भावनाओं को स्वीकार करके और नाराजगी को दूर करने के लिए सचेत विकल्प बनाकर माफी का अभ्यास करने का फैसला किया। वह आत्म-चिंतन और सहानुभूति में संलग्न है, अपने मित्र के कार्यों के पीछे के कारणों को समझने की कोशिश कर रही है। राखी भी स्वस्थ सीमाएँ निर्धारित करना सीखती है और अपने मित्र के साथ खुलकर संवाद करती है कि वह कैसा महसूस करती है? क्षमा के अभ्यास के माध्यम से, राखी नकारात्मकता को दूर कर सकती है तथा उपचार और मेल-मिलाप की ओर बढ़ सकती है।

खुद को माफ करना—राकेश ने एक गलती की है, जिसकी वजह से उसके परिवार को आर्थिक नुकसान हुआ है। वह खुद को गहराई से दोषी और शर्मिंदा महसूस करता है तथा त्रुटि के लिए खुद को भावनात्मक रूप से दंडित करता रहा है। राकेश को पता चलता है कि वह अतीत को नहीं बदल सकता तथा अपराध और शर्म को पकड़े रहना उचित नहीं है। वह अपनी गलती को स्वीकार करते हुए, उसकी जिम्मेदारी लेते हुए और उससे सीखते हुए आत्म-क्षमा का अभ्यास करने का निर्णय लेता है। वह अपने आप को करुणा और समझ प्रदान करता है, ठीक वैसे ही, जैसे वह किसी प्रियजन को करता है। राकेश भी स्थिति को सुधारने और भविष्य में इसी तरह की गलतियों को रोकने के लिए कदम उठाकर संशोधन करता है। आत्म-क्षमा के माध्यम से, राकेश अपराध और शर्म के बोझ को मुक्त कर सकता है तथा आत्म-उपचार और विकास की ओर बढ़ सकता है।

क्षमाशील जीवन परिस्थितियाँ—जेसिका ने अपने अतीत में एक दर्दनाक घटना का अनुभव किया है जिसने उसे गहरे भावनात्मक घावों के साथ छोड़ दिया है। वह उन परिस्थितियों के प्रति क्रोध और आक्रोश से वशीभूत है, जो आघात का कारण बनीं। जेसिका को पता चलता है कि क्रोध और आक्रोश को पकड़ना उसकी अच्छी तरह से सेवा नहीं कर रहा है और उसे जीवन में आगे बढ़ने से रोक रहा है। वह उन जीवन परिस्थितियों के लिए क्षमा का अभ्यास करने का निर्णय लेती है, जिन्हें वह बदल नहीं सकती। जेसिका अपनी भावनाओं को संसाधित करने और स्थिति पर दृष्टि हासिल करने के लिए चिकित्सा एवं अन्य उपचार पद्धतियों से जुड़ती है। वह अतीत को स्वीकार करना सीखती है तथा अपने वर्तमान और भविष्य पर ध्यान केंद्रित करती है। क्षमा के माध्यम से, जेसिका भावनात्मकता को छोड़ सकती है और अधिक सकारात्मक और पूर्ण जीवन बना सकती है।

अनसुलझे रिश्तों को माफ करना—अतीत की गलतफहमियों और भूलों के कारण मोहन का अपने पिता के साथ तनावपूर्ण रिश्ता है। वह अपने पिता के प्रति दुर्भावना और नाराजगी रखता रहा है, जिसने उनके रिश्ते में तनाव पैदा किया है तथा मोहन की बौद्धिक और भावनात्मक भलाई को भी प्रभावित किया है। मोहन को पता चलता है कि अतीत को पकड़े रहने और नाराजगी को दूर करने से उसे कोई शांति या संकल्प नहीं मिल रहा है। वह अपने पिता के पास पहुँचकर तथा एक खुली और ईमानदार बातचीत शुरू करके क्षमा का अभ्यास करने का निर्णय लेता है। मोहन अपनी भावनाओं को व्यक्त करता है और बिना निर्णय के अपने पिता के दृष्टिकोण को सुनता है। वह सही होने की आवश्यकता को छोड़ना सीखता है और इसके बजाय आम तथ्यों को समझने व खोजने पर ध्यान केंद्रित करता है।

अंत में, आत्म-स्वीकृति और क्षमा को बढ़ाना हमारे अपनी बुद्धि पर काबू पाने के आवश्यक पहलू हैं। आत्म-स्वीकृति के माध्यम से हम अपनी सभी शक्तियों एवं कमजोरियों के साथ बिना किसी शर्त के खुद को गले लगाना और प्यार करना सीखते हैं। हम अपनी भावनाओं, विचारों और अनुभवों को बिना किसी निर्णय के स्वीकार करना सीखते हैं तथा स्वयं के साथ एक सकारात्मक संबंध विकसित करते हैं। आत्म-स्वीकृति हमें आत्म-संदेह, आत्म-आलोचना और बाहरी सत्यापन की आवश्यकता को दूर करने की अनुमति देती है तथा हमें प्रामाणिक रूप से और पूरी तरह से जीने में सक्षम बनाती है।

दूसरी ओर, क्षमा हमें अतीत के दु:खों, पछतावे और आक्रोश के भावनात्मक बोझ से मुक्त करती है। यह हमें नकारात्मकता को दूर करने, उपचार को बढ़ावा देने तथा सुलह और संकल्प की ओर बढ़ने की अनुमति देती है। क्षमा दूसरों या स्वयं के कार्यों को क्षमा करने या भूलने के बारे में नहीं है, बल्कि उन कार्यों से जुड़े दर्द और चोट के प्रति भावनात्मक लगाव को छोड़ने के बारे में है। यह खुद को अतीत से मुक्त करने तथा एक अधिक सकारात्मक व सशक्त वर्तमान और भविष्य बनाने का एक सचेत विकल्प है।

□

46

आत्मविश्वास बढ़ाना

आत्मविश्वास हमारे बौद्धिक कल्याण और जीवन में समग्र सफलता का एक महत्त्वपूर्ण पहलू है। यह एक सकारात्मक आत्म-छवि, मजबूत आत्मसम्मान और हमारी अपनी क्षमताओं में विश्वास की नींव है। जब हमें खुद पर भरोसा होता है, तो हम अपने लक्ष्यों का पीछा करने, लचीलेपन के साथ चुनौतियों का सामना करने और अपनी पूरी क्षमता हासिल करने की अधिक संभावना रखते हैं। हालाँकि, कई लोग आत्मविश्वास के साथ संघर्ष करते हैं, अकसर आत्म-संदेह, असफलता का डर और अपनी क्षमताओं में विश्वास की कमी का अनुभव करते हैं। अच्छी खबर यह है कि आत्मविश्वास एक कौशल है, जिसे अभ्यास एवं चेतना से विकसित और बढ़ाया जा सकता है। इस अध्याय में हम रणनीतियों एवं उदाहरणों का पता लगाएँगे कि कैसे आत्मविश्वास बढ़ाया जाए और अपने स्वयं के मस्तिष्क के स्वामी बनें ?

आत्मविश्वास को समझना

आत्मविश्वास अपने स्वयं के मूल्य, क्षमताओं और शक्ति में विश्वास है। यह अहंकारी या घमंडी होने के बारे में नहीं है, बल्कि स्वयं के बारे में यथार्थवादी और सकारात्मक धारणा रखने के बारे में है। आत्मविश्वास मस्तिष्क की एक आंतरिक स्थिति है, जो हमारे प्रति हमारे विचारों, भावनाओं और व्यवहारों को दरशाता है। यह हमारे पालन-पोषण, अनुभवों और पर्यावरण सहित विभिन्न कारकों से प्रभावित होता है। हालाँकि, आत्मविश्वास कुछ ऐसा नहीं है, जो स्थिर या तटस्थ है, बल्कि एक गतिशील गुण है, जिसे समय के साथ विकसित और मजबूत किया जा सकता है।

आत्मविश्वास बढ़ाना

सीमित विश्वासों को पहचानें और चुनौती दें—आत्मविश्वास बढ़ाने के पहले कदमों में से एक यह है कि किन्हीं भी सीमित विश्वासों की पहचान करें और उन्हें चुनौती दें, जो आपको वापस पकड़ सकते हैं। विश्वासों को सीमित करना आपके बारे में नकारात्मक विचार या विश्वास हैं, जो आत्म-संदेह पैदा करते हैं और आपके आत्मविश्वास को कमजोर करते हैं। उदाहरण के लिए, "मैं काफी अच्छा नहीं हूँ," "मैं असफल हूँ," या "मैं कभी सफल नहीं हो पाऊँगा" जैसे विचार सभी सीमित विश्वास हैं, जो आपके आत्मविश्वास को नकारात्मक रूप से प्रभावित कर सकते हैं।

सीमित मान्यताओं को चुनौती देने के लिए उनके बारे में जागरूक होकर शुरुआत करें। ध्यान दें कि ये नकारात्मक विचार कब उठते हैं और उनकी वैधता पर सवाल उठाते हैं? अपने आप से पूछें कि क्या इन मान्यताओं का समर्थन करने के लिए कोई सबूत है? और यदि वे तथ्यों या धारणाओं पर आधारित हैं। अधिक तर्कसंगत और सकारात्मक विचारों के साथ इन विश्वासों को चुनौती दें। उदाहरण के लिए, यदि आप खुद को यह सोचते हुए पाते हैं, "मैं काफी अच्छा नहीं हूँ," तो इसे एक अधिक सशक्त विचार से बदल दें, जैसे "मैं सक्षम हूँ और सफलता के योग्य हूँ।"

उदाहरण—कल्पना एक युवा पेशेवर है, जो काम पर आत्मविश्वास के साथ संघर्ष करती है। वह अकसर अपने सहयोगियों से हीन महसूस करती है और नई चुनौतियों का सामना करने की अपनी क्षमताओं पर संदेह करती है। आत्म-प्रतिबिंब के माध्यम से उसे पता चलता है कि वह अपनी क्षमताओं के बारे में विश्वासों को सीमित कर रही है, जैसे "मैं पर्याप्त स्मार्ट नहीं हूँ" और "मैं पर्याप्त अनुभवी नहीं हूँ।" वह अपनी पिछली सफलताओं का मूल्यांकन करके और अपनी ताकत और कौशल को स्वीकार कर इन मान्यताओं को चुनौती देती है। वह अपने सीमित विश्वासों को अधिक सकारात्मक और तर्कसंगत विचारों के साथ बदल देती है, जैसे "मैंने अतीत में अपनी क्षमताओं को सिद्ध किया है और मैं अपनी भूमिका में सीखने और बढ़ने में सक्षम हूँ।" बौद्धिकता में यह बदलाव उसके आत्मविश्वास को बढ़ाता है और उसे अधिक सकारात्मक दृष्टिकोण के साथ काम पर नई जिम्मेदारियाँ लेने की अनुमति देता है।

यथार्थवादी लक्ष्य निर्धारित करें तथा उन्हें प्राप्त करें—आत्मविश्वास बढ़ाने का एक और प्रभावी तरीका यथार्थवादी लक्ष्य निर्धारित करना और उन्हें प्राप्त करने की

दिशा में काम करना है। जब हम प्राप्त करने योग्य लक्ष्य निर्धारित करते हैं और उन्हें प्राप्त करने की दिशा में कदम उठाते हैं, तो हम उपलब्धि और संतुष्टि की भावना का अनुभव करते हैं, जो हमारे आत्मविश्वास को बढ़ा सकता है।

अपने मूल्यों और रुचियों के अनुरूप विशिष्ट, मापने योग्य और प्राप्त करने योग्य लक्ष्य निर्धारित करके प्रारंभ करें। उन्हें छोटे, प्रबंधनीय चरणों में विभाजित करें और उन्हें प्राप्त करने के लिए एक योजना बनाएँ। रास्ते में अपनी प्रगति का जश्न मनाएँ और अपनी उपलब्धियों को स्वीकार करें, चाहे वे कितनी भी छोटी क्यों न लगें! इससे आपको अपनी क्षमताओं में आत्म-प्रभावकारिता और आत्मविश्वास की भावना पैदा करने में मदद मिलेगी।

उदाहरण—कमल एक कॉलेज का छात्र है, जो सार्वजनिक बोलने में अपने आत्मविश्वास में सुधार करना चाहता है। वह सेमेस्टर के अंत तक अपनी कक्षा के सामने एक प्रस्तुति देने का लक्ष्य रखता है। वह लक्ष्य को छोटे-छोटे चरणों में विभाजित करता है, जैसे कि विषय पर शोध करना, रूपरेखा तैयार करना, दर्पण के सामने अभ्यास करना और प्रतिक्रिया के लिए दोस्तों के एक छोटे समूह को प्रस्तुति देना। वह पूरी लगन से अपनी योजना का पालन करता है और प्रत्येक चरण में अपनी प्रगति को स्वीकार करता है। अंत में, वह अपनी कक्षा को प्रस्तुति देता है और सकारात्मक प्रतिक्रिया प्राप्त करता है। यह उपलब्धि सार्वजनिक बोलने में उसके आत्मविश्वास को बढ़ाती है तथा उसे भविष्य में और अधिक बोलने के अवसरों को लेने के लिए प्रोत्साहित करती है।

सीखने के अवसर के रूप में असफलता को गले लगाएँ—असफलता का डर आत्मविश्वास के लिए एक आम बाधा है। बहुत से लोग जोखिम लेने या अपने लक्ष्यों का पीछा करने से बचते हैं, क्योंकि वे असफल होने और अस्वीकृति या निराशा का सामना करने से डरते हैं। हालाँकि, असफलता जीवन का एक स्वाभाविक हिस्सा है और सीखने का एक मूल्यवान अवसर हो सकता है, जो वास्तव में आत्मविश्वास बढ़ा सकता है।

असफलता से डरने के बजाय इसे सीखने, बढ़ने और सुधारने के अवसर के रूप में ग्रहण करें। अपनी योग्यता या क्षमताओं के प्रतिबिंब के रूप में विफलता को देखने से अपनी बौद्धिकता को उस प्रतिक्रिया के रूप में देखने के लिए बदलें, जो आपके दृष्टिकोण को परिष्कृत करने और भविष्य में बेहतर विकल्प बनाने में आपकी सहायता कर सकती है। एक विकास बौद्धिकता को अपनाएँ, जो पूर्णता के बजाय निरंतर सुधार पर केंद्रित हो।

उदाहरण—जानकी एक महत्त्वाकांक्षी उद्यमी है, जो अपना खुद का व्यवसाय शुरू करने का सपना देखती है। हालाँकि, उसे असफलता का डर है और वह पहला कदम उठाने से हिचकिचाती है। आत्म-चिंतन के माध्यम से उसे पता चलता है कि असफलता का डर उसे अपने जुनून का पीछा करने से रोक रहा है। वह अपनी बौद्धिकता को बदल देती है और असफलता को अपने आत्म-मूल्य के प्रतिबिंब के बजाय सीखने के अवसर के रूप में देखने लगती है। वह अपने लक्ष्य की ओर छोटे-छोटे कदम उठाती है, जैसे बाजार पर शोध करना, व्यवसाय योजना बनाना और मार्गदर्शन के लिए मेंटर्स तक पहुँचना। रास्ते में उसे चुनौतियों एवं असफलताओं का सामना करना पड़ता है, लेकिन वह उनसे सीखती है और आगे बढ़ती रहती है। धीरे-धीरे उसका आत्मविश्वास बढ़ता है, क्योंकि उसे पता चलता है कि असफलता सफलता की ओर एक कदम है।

आत्म-करुणा का अभ्यास करें—आत्म-करुणा स्वयं के साथ दया, समझ और स्वीकृति के साथ व्यवहार करने का अभ्यास है, विशेष रूप से कठिन समय के दौरान या चुनौतियों का सामना करते समय। इसमें सहायक होना और स्वयं के प्रति पोषण करना शामिल है, ठीक वैसे ही, जैसे कोई किसी मित्र या प्रियजन के प्रति होगा। आत्म-करुणा का अभ्यास आत्म-आलोचना, आत्म-निर्णय और नकारात्मक आत्म-चर्चा को कम करके आत्मविश्वास बढ़ा सकता है।

असफलताओं या चुनौतियों का सामना करते समय अपने आप को कोसने या आत्म-आलोचनात्मक विचारों पर रहने के बजाय, आत्म-करुणा का अभ्यास करें। अपने आप से दयालुता का व्यवहार करें, अपनी भावनाओं को स्वीकार करें और अपने आप को प्रोत्साहन देने वाले शब्दों की पेशकश करें। खुद को याद दिलाएँ कि हर कोई गलतियाँ करता है और चुनौतियों का सामना करता है तथा परफेक्ट न होना ठीक है। आत्म-स्वीकृति को गले लगाओ और किसी भी कथित कमियों या असफलताओं के लिए स्वयं को क्षमा कर दो।

उदाहरण—मनोहर एक पेशेवर एथलीट है, जिसने हाल ही में अपने प्रदर्शन में एक झटके का अनुभव किया। वह निराश एवं हताश महसूस करता है और उसका आत्मविश्वास डगमगा जाता है। आत्म-आलोचना और नकारात्मक आत्म-चर्चा पर ध्यान देने के बजाय, वह आत्म-करुणा का अभ्यास करता है। वह अपनी भावनाओं को स्वीकार करता है तथा स्वयं को सांत्वना और प्रोत्साहन के शब्द प्रदान करता है। वह खुद को याद दिलाता है कि असफलताएँ सफलता की यात्रा का एक हिस्सा हैं और वह चुनौतियों का सामना करने वाला अकेला नहीं है। वह खुद के साथ दया का

व्यवहार करता है तथा खुद को उसी स्तर का समर्थन और समझ प्रदान करता है, जो वह एक टीम के साथी को प्रदान करता है। यह आत्म-दयालु दृष्टिकोण उसे झटके से वापस उबरने और अपने आत्मविश्वास का पुनर्निर्माण करने में मदद करता है।

अपने आप को सकारात्मक और सहायक लोगों से घेरें—जिन लोगों के साथ हम खुद को घेरते हैं, वे हमारे आत्मविश्वास पर महत्त्वपूर्ण प्रभाव डाल सकते हैं। नकारात्मक या असहयोगी लोग हमें नीचे ला सकते हैं तथा हमारे आत्मविश्वास को नष्ट कर सकते हैं, जबकि सकारात्मक व सहायक लोग हमें ऊपर उठा सकते हैं और हमारे आत्मसम्मान को बढ़ा सकते हैं।

उन लोगों के साथ समय बिताना चुनें, जो आप पर विश्वास करते हैं, आपके लक्ष्यों का समर्थन करते हैं तथा सकारात्मक प्रतिक्रिया और प्रोत्साहन प्रदान करते हैं। अपने आप को उन लोगों से घेरें, जो आपको प्रेरित करते हैं, आपको बढ़ने के लिए चुनौती देते हैं और आपकी सफलताओं का जश्न मनाते हैं। अपने जोखिम को नकारात्मक प्रभावों या विषम रिश्तों तक सीमित न करें, जो आपको नीचे लाते हैं या आपके आत्मविश्वास को कम करते हैं।

उदाहरण—एमिली एक युवा पेशेवर है जिसने हाल ही में प्रतिस्पर्धी उद्योग में एक नया काम शुरू किया है। उसे पता चलता है कि उसके कुछ सहकर्मी लगातार उसके काम की आलोचना कर रहे हैं और उसकी क्षमताओं के बारे में नकारात्मक टिप्पणियाँ कर रहे हैं। यह उसके आत्मविश्वास को प्रभावित करने लगता है और उसकी क्षमताओं पर संदेह करने लगता है। हालाँकि, वह एक सक्रिय दृष्टिकोण अपनाती है तथा अपने कार्यस्थल में सकारात्मक और सहायक लोगों की तलाश करती है। वह उन सहयोगियों के साथ मित्रता करती है, जो उस पर विश्वास करते हैं, रचनात्मक प्रतिक्रिया और प्रोत्साहन प्रदान करते हैं। वह वरिष्ठ सहयोगियों से सलाह भी लेती है, जो उन्हें प्रेरित करते हैं और मार्गदर्शन प्रदान करते हैं। अपने आप को सकारात्मक व सहायक लोगों के साथ घेरने से उसे अपना आत्मविश्वास वापस पाने और अपनी नौकरी में बेहतर प्रदर्शन करने में मदद मिलती है।

प्राप्त करने योग्य लक्ष्य निर्धारित करें और अपनी प्रगति का जश्न मनाएँ—प्राप्त करने योग्य लक्ष्य निर्धारित करना तथा अपनी प्रगति का जश्न मनाना आत्मविश्वास को बढ़ा सकता है। जब आप यथार्थवादी लक्ष्य निर्धारित करते हैं और उन्हें प्राप्त करने की दिशा में काम करते हैं, तो आप उद्देश्य, दिशा एवं उपलब्धि की भावना पैदा करते हैं। रास्ते में अपनी प्रगति का जश्न मनाकर आप अपने प्रयासों को

स्वीकार करते हैं और सकारात्मक व्यवहार को सुदृढ़ करते हैं, जिससे आपका आत्मविश्वास बढ़ सकता है।

अपने शारीरिक एवं बौद्धिक स्वास्थ्य का ध्यान रखें—हमारा शारीरिक एवं बौद्धिक स्वास्थ्य हमारे आत्मविश्वास के साथ घनिष्ठ रूप से जुड़ा हुआ है। जब हम अपने शरीर और मस्तिष्क का खयाल रखते हैं, तो हम अपने बारे में बेहतर महसूस करते हैं, जो हमारे आत्मविश्वास को बढ़ा सकता है।

संतुलित आहार खाकर, नियमित व्यायाम करके और पर्याप्त नींद लेकर अपने शारीरिक स्वास्थ्य पर ध्यान दें। व्यायाम को मूड में सुधार, तनाव कम करने और आत्मसम्मान बढ़ाने के लिए दिखाया गया है। अपने बौद्धिक स्वास्थ्य का खयाल रखना भी उतना ही महत्त्वपूर्ण है। स्व-देखभाल गतिविधियों, जैसे कि ध्यान, ध्यान और विश्राम तकनीक का अभ्यास करें। जरूरत पड़ने पर किसी थैरेपिस्ट या काउंसलर की मदद लें तथा ऐसी गतिविधियों में शामिल हों, जो आपको खुशी और तृप्ति प्रदान करें।

नकारात्मक विचारों एवं विश्वासों को चुनौती दें—नकारात्मक विचार और विश्वास हमारे आत्मविश्वास को महत्त्वपूर्ण रूप से प्रभावित कर सकते हैं। अकसर हमारे पास अपने बारे में सीमित विश्वास होते हैं, जो हमें रोके रखते हैं और हमें अपनी पूरी क्षमता तक पहुँचने से रोकते हैं। इन नकारात्मक विचारों एवं विश्वासों को चुनौती देने से हमें अधिक यथार्थवादी और सकारात्मक दृष्टिकोण प्राप्त करने में मदद मिल सकती है, जिससे आत्मविश्वास बढ़ सकता है।

अपने मस्तिष्क में उठने वाले किसी भी नकारात्मक विचार या विश्वास से अवगत रहें और उनकी वैधता पर सवाल उठाएँ। अपने आप से पूछें कि क्या वे तथ्यों या धारणाओं पर आधारित हैं? इसके विपरीत साक्ष्य प्रदान करके नकारात्मक विचारों को चुनौती दें और उन्हें अधिक सकारात्मक प्रकाश में दोबारा तैयार करें। नकारात्मक आत्म-चर्चा को सकारात्मक और सशक्त बनाने वाले बयानों से बदलें। सकारात्मक आत्म-चर्चा का अभ्यास करें और आत्म-प्रोत्साहन और आत्म-करुणा की बौद्धिकता विकसित करें।

सीखने के अवसर के रूप में असफलता को गले लगाएँ—असफलता जीवन का एक स्वाभाविक हिस्सा है और हर कोई किसी-न-किसी बिंदु पर असफलताओं का अनुभव करता है। हालाँकि, हम कैसे अनुभव करते हैं और विफलता पर प्रतिक्रिया करते हैं, यह हमारे आत्मविश्वास को बहुत प्रभावित कर सकता है। सीखने के अवसर के रूप में असफलता को गले लगाने से हमें लचीलापन विकसित

करने, अपनी गलतियों से सीखने और अंतत: हमारे आत्मविश्वास को बढ़ाने में मदद मिल सकती है।

असफलता को अपनी काबिलियत या क्षमताओं के प्रतिबिंब के रूप में देखने के बजाय इसे सीखने और बढ़ने के अवसर के रूप में देखें। इस बात पर चिंतन करें कि क्या गलत हुआ ? आप अलग तरीके से क्या कर सकते थे और आप अनुभव से क्या सीख सकते हैं ? असफलता को सुधार और सफलता की सीढ़ी के रूप में प्रयोग करें। याद रखें कि सबसे सफल व्यक्तियों ने भी असफलता का अनुभव किया है और यह उनके मूल्य या क्षमता को परिभाषित नहीं करता है।

अपने कंफर्ट जोन से बाहर निकलें—अपने कंफर्ट जोन से बाहर निकलने और नई चुनौतियों का सामना करने से आपके आत्मविश्वास में काफी वृद्धि हो सकती है। जब आप खुद को चुनौती देते हैं और अपने कंफर्ट जोन से आगे बढ़ते हैं, तो आप खुद को साबित करते हैं कि आप उन चीजों को हासिल करने में सक्षम हैं, जिनके बारे में आपने कभी सोचा भी नहीं था। यह आपके आत्मविश्वास को बढ़ा सकता है और आपकी क्षमताओं का विस्तार कर सकता है।

अपने जीवन के उन क्षेत्रों की पहचान करें, जहाँ आप अपने सुविधा क्षेत्र में रहते हैं और इससे बाहर निकलने का सचेत प्रयास करें। ऐसे लक्ष्य निर्धारित करें जिनके लिए आपको खुद को फैलाने और परिकलित जोखिम लेने की आवश्यकता हो। नए अनुभवों को अपनाएँ, नई चीजों को आजमाएँ और सीखने और विकास के लिए खुले रहें। याद रखें कि प्रगति और विकास आपके सुविधा क्षेत्र के बाहर होता है तथा जोखिम लेने से नए अवसर और आत्मविश्वास में वृद्धि हो सकती है।

अंत में, जीवन में सफलता और पूर्णता प्राप्त करने के लिए आत्मविश्वास एक महत्त्वपूर्ण कारक है। यह सहज नहीं है, बल्कि एक कौशल है, जिसे जानबूझकर प्रयास व अभ्यास के माध्यम से विकसित और बढ़ाया जा सकता है। इस अध्याय में चर्चा की गई रणनीतियों को लागू करके, जैसे कि हमारी बौद्धिकता को बदलना, कौशल निर्माण, समर्थन माँगना, लक्ष्य निर्धारित करना, आत्म-करुणा का अभ्यास करना, सीखने के अवसर के रूप में असफलता को गले लगाना और अपने आराम क्षेत्र से बाहर निकलना, हम अपने आत्म-विकास को बढ़ा सकते हैं—आत्मविश्वास और अपनी स्वयं की बुद्धि के स्वामी बनें।

याद रखें कि आत्मविश्वास बढ़ाना एक सतत प्रक्रिया है, जिसके लिए धैर्य, दृढ़ता और आत्म-चेतना की आवश्यकता होती है। रास्ते में आत्म-संदेह और असफलताओं के क्षण आना सामान्य है, लेकिन निरंतर प्रयास एवं सकारात्मक

बौद्धिकता के साथ हम इन बाधाओं को दूर कर सकते हैं और आत्मविश्वास की एक मजबूत नींव बना सकते हैं। खुद पर विश्वास करके, अपनी ताकत को पहचानकर, अपनी गलतियों से सीखकर और नकारात्मक विचारों को चुनौती देकर हम अपनी पूरी क्षमता को अनलॉक कर सकते हैं तथा आत्मविश्वास के साथ अपने लक्ष्यों को प्राप्त कर सकते हैं।

तो आज ही अपना आत्मविश्वास बढ़ाने की दिशा में पहला कदम उठाएँ। इस अध्याय में चर्चा की गई रणनीतियों पर चिंतन करें और अपने जीवन में उन क्षेत्रों की पहचान करें, जहाँ आप उन्हें लागू कर सकते हैं। अपने आप को सहायक व्यक्तियों के साथ घेरें, यथार्थवादी लक्ष्य निर्धारित करें और अपने आप पर दया करें। समर्पण और अभ्यास के साथ आप अपनी बुद्धि का फलदायी उपयोग कर सकते हैं तथा अपने आत्मविश्वास को नई ऊँचाइयों तक बढ़ा सकते हैं, एक सफल और पूर्ण जीवन का मार्ग प्रशस्त कर सकते हैं। याद रखें, आप महानता हासिल करने में सक्षम हैं और आपका आत्मविश्वास ही आपकी पूरी क्षमता को अनलॉक करने की कुंजी है। अपने आप पर विश्वास करें, काररवाई करें और अपने आत्मविश्वास को ऊपर उठते देखें!

□

उपसंहार

जैसा कि आप इस पुस्तक 'स्टूडेंट Mind Power' के अंत में आते हैं। मुझे आशा है कि आपने आत्म-निपुणता की ओर अपनी यात्रा में मदद करने के लिए मूल्यवान अंतर्दृष्टि और उपकरण प्राप्त किए हैं। सभी अध्यायों में हमने मस्तिष्क के विभिन्न पहलुओं की खोज की है, जिसमें आत्म-चेतना, सचेतनता, भावनात्मक प्रबंधन, संचार और आत्मविश्वास शामिल हैं। हमने व्यावहारिक रणनीतियों, उदाहरणों और अभ्यासों की खोज की है, जो आपको अपनी बुद्धि पर नियंत्रण रखने तथा अपने सच्चे स्व के साथ संरेखित जीवन बनाने के लिए सशक्त बना सकते हैं।

इस पूरी पुस्तक में हमने आत्म-निपुणता के आधार के रूप में आत्म-चेतना के महत्त्व पर बल दिया है। अपने विचारों, भावनाओं और विश्वासों के बारे में अधिक जागरूक होकर आप अपने आंतरिक परिदृश्य के बारे में स्पष्टता प्राप्त कर सकते हैं और समझ सकते हैं कि यह आपके कार्यों एवं व्यवहारों को कैसे प्रभावित करता है ? आत्म-चेतना आपको पैटर्न, ट्रिगर्स और आदतन प्रतिक्रियाओं को पहचानने की अनुमति देती है, जो आपको अच्छी तरह से सेवा नहीं दे सकते हैं तथा वर्तमान क्षण में सचेत विकल्प बनाने के लिए आपको सशक्त बनाते हैं।

हमने ध्यान की शक्ति का भी पता लगाया है, जिसमें निर्णय के बिना वर्तमान क्षण पर ध्यान देना शामिल है। चेतना आपको अपने विचारों और भावनाओं के प्रति एक गैर-प्रतिक्रियाशील, दयालु एवं जिज्ञासु रवैया विकसित करने में सक्षम बनाता है और आपको स्व-स्फूर्त उनका जवाब देने के लिए सशक्त बनाता है। चेतना का अभ्यास करके आप अधिक भावनात्मक विनियमन विकसित कर सकते हैं, तनाव एवं चिंता को कम कर सकते हैं और अपने समग्र कल्याण को बढ़ा सकते हैं।

इसके अलावा हमने नकारात्मक भावनाओं को प्रबंधित करने और स्वस्थ संचार कौशल विकसित करने के महत्त्व पर चर्चा की है। क्रोध, भय एवं उदासी जैसी नकारात्मक भावनाओं को प्रबंधित करना सीखने से आपको चुनौतीपूर्ण स्थितियों को अनुग्रह और लचीलेपन के साथ नेविगेट करने में मदद मिल सकती है। स्वस्थ संचार कौशल, जैसे कि सक्रिय रूप से सुनना, अपने आप को मुखर रूप से व्यक्त करना तथा सहानुभूति और समझ के साथ संघर्षों को हल करना, व्यक्तिगत और पेशेवर दोनों तरह से आपके संबंधों को बढ़ा सकता है।

इसके अलावा हमने आत्म-निपुणता में आत्मविश्वास की भूमिका की खोज की है। आत्मविश्वास पैदा करने में एक सकारात्मक आत्म-छवि विकसित करना, आत्म-सीमित विश्वासों को चुनौती देना, यथार्थवादी लक्ष्य निर्धारित करना और उन्हें प्राप्त करने की दिशा में लगातार कारवाई करना शामिल है। आत्मविश्वास का निर्माण एक ऐसी प्रक्रिया है, जिसके लिए अभ्यास, दृढ़ता एवं आत्म-करुणा की आवश्यकता होती है तथा यह आपके सपनों को आगे बढ़ाने और एक पूर्ण जीवन जीने की आपकी क्षमता को बहुत प्रभावित कर सकता है।

इस पूरी पुस्तक में हमने एक सकारात्मक बौद्धिकता के पोषण और लचीलेपन के निर्माण में आत्म-देखभाल, क्षमा और आत्म-स्वीकृति के महत्त्व पर भी जोर दिया है। स्वस्थ और संतुलित मस्तिष्क बनाए रखने के लिए अपने शारीरिक, बौद्धिक एवं भावनात्मक स्वास्थ्य का ध्यान रखना आवश्यक है। क्षमा, स्वयं और दूसरों, दोनों के लिए उपचार तथा शिकायतों एवं असंतोष के बोझ से मुक्ति की अनुमति देती है। आत्म-स्वीकृति में स्वयं के सभी पहलुओं को शामिल करना शामिल है, जिसमें आपकी खामियाँ व गलतियाँ शामिल हैं और अपने आप को बिना शर्त प्यार करना।

जैसा कि आप इस पुस्तक में साझा की गई शिक्षाओं और अभ्यासों पर विचार करते हैं, यह याद रखना महत्त्वपूर्ण है कि आत्म-निपुणता एक आजीवन यात्रा है। यह पूर्णता प्राप्त करने या अपने जीवन से सभी चुनौतियों को समाप्त करने के बारे में नहीं है। यह आत्म-चेतना, चेतना और जानबूझकर कारवाई के चल रहे अभ्यास को विकसित करने के बारे में है। यह एक व्यक्ति के रूप में लगातार सीखने, बढ़ने और विकसित होने के बारे में है।

आत्म-निपुणता की ओर अपनी यात्रा पर, आपको असफलताओं, बाधाओं और संदेह के क्षणों का सामना करना पड़ सकता है। यह याद रखना महत्त्वपूर्ण है कि यह प्रक्रिया का हिस्सा है और गलतियाँ करना और असफलताओं का अनुभव करना ठीक है। मायने यह रखता है कि आप इन चुनौतियों का जवाब कैसे देते हैं?

इस पुस्तक में साझा किए गए उपकरणों एवं रणनीतियों को लागू करके आप कठिन समय में लचीलेपन, ज्ञान और अनुग्रह के साथ नेविगेट कर सकते हैं।

यह स्वीकार करना भी महत्त्वपूर्ण है कि आत्म-निपुणता एक व्यक्तिगत यात्रा है और हर किसी का मार्ग भिन्न हो सकता है। एक व्यक्ति के लिए, जो काम करता है, वह दूसरे के लिए काम नहीं कर सकता और यह ठीक है। यह पता लगाना महत्त्वपूर्ण है कि आपके साथ क्या प्रतिध्वनित होता है तथा आपकी विशिष्ट आवश्यकताओं एवं परिस्थितियों के अनुरूप विधियों और तकनीकों को तैयार करता है ? अपने आप पर और अपने भीतर के ज्ञान पर भरोसा करें, क्योंकि आप आत्म-निपुणता की ओर अपना रास्ता बनाने जा रहे हैं।

जैसे ही आप इस पुस्तक का अपना पठन समाप्त करते हैं, मैं आपको काररवाई करने तथा शिक्षाओं और विधियों को अपने दैनिक जीवन में लागू करने के लिए प्रोत्साहित करता हूँ। याद रखें कि परिवर्तन में समय व प्रयास लगता है और प्रगति हमेशा रैखिक नहीं हो सकती। खुद के साथ धैर्य रखें और अपनी सफलताओं का जश्न मनाएँ, चाहे वे कितनी भी छोटी क्यों न लगें ?

इसके अलावा, अपने आप को समान विचारधारा वाले व्यक्तियों के एक सहायक समुदाय के साथ घेरें, जो आपको आत्म-निपुणता की ओर आपकी यात्रा पर प्रोत्साहित और उत्थान कर सकते हैं। सलाहकारों, प्रशिक्षकों या दोस्तों की तलाश करें, जो मार्गदर्शन, उत्तरदायित्व और प्रोत्साहन प्रदान कर सकते हैं, क्योंकि आप अपने स्वयं के मस्तिष्क को महारत हासिल करने की चुनौतियों और विजयों पर नेविगेट करते हैं।

जब आप आत्म-निपुणता की ओर अपने पथ पर आगे बढ़ते हैं, तो ध्यान रखें कि यह एक सतत प्रक्रिया है। शारीरिक स्वास्थ्य की तरह बौद्धिक एवं भावनात्मक स्वास्थ्य के लिए निरंतर ध्यान और देखभाल की आवश्यकता होती है। अपने जीवन में आत्म-देखभाल को प्राथमिकता दें और नियमित रूप से अपने विचारों, भावनाओं एवं व्यवहारों का आकलन और पुनर्मूल्यांकन करें, ताकि यह सुनिश्चित हो सके कि वे आपके मूल्यों व लक्ष्यों के अनुरूप हैं।

याद रखें कि आत्म-निपुणता पूर्णता के बारे में नहीं है, बल्कि प्रगति के बारे में है। अपनी खामियों को गले लगाएँ, अपनी गलतियों से सीखें और उन्हें विकास और आत्म-सुधार के अवसरों के रूप में उपयोग करें। अपने प्रति दयालु एवं उदार बनें तथा जीवन के उतार-चढ़ाव को नेविगेट करते हुए आत्म-स्वीकृति और क्षमा का अभ्यास करें।

जब आप आत्म-निपुणता की ओर अपनी यात्रा जारी रखते हैं, तो हमेशा याद रखें कि आप स्वयं के प्रति सच्चे हैं। अपनी अंतरात्मा की आवाज सुनें, अपने अंतर्ज्ञान पर भरोसा करें और अपने मूल्यों एवं विश्वासों के प्रति प्रामाणिक रहें। अपनी तुलना दूसरों से करने या बाहरी मान्यता प्राप्त करने से बचें और इसके बजाय अपनी प्रगति एवं विकास पर ध्यान दें। अपनी विशिष्टता को अपनाएँ और अपने व्यक्तित्व का जश्न मनाएँ।

अंत में, मुझे आशा है कि इस पुस्तक ने आपको मूल्यवान अंतर्दृष्टि, रणनीतियाँ और उपकरण प्रदान किए हैं, जो आपको अपनी बुद्धि का स्वामी बनने में मदद करेंगे। याद रखें कि आत्म-प्रभुता एक सतत यात्रा है तथा इसके लिए निरंतर अभ्यास, आत्म-चेतना और जानबूझकर काररवाई की आवश्यकता होती है। चुनौतियों को स्वीकार करें, सफलताओं का जश्न मनाएँ और हमेशा खुद का सर्वश्रेष्ठ संस्करण बनने का प्रयास करें।

मैं इस यात्रा पर आपके साथ आने के लिए सम्मानित महसूस कर रहा हूँ और मैं आपको आत्म-निपुणता की खोज में शुभकामनाएँ देता हूँ। जैसा कि आप अपनी बुद्धि को विकसित करना जारी रखते हैं तथा अपनी गहरी इच्छाओं और आकांक्षाओं के साथ संरेखित जीवन का निर्माण करते हैं, आपको आंतरिक शांति, स्थिरता एवं तृप्ति मिल सकती है।

□□□